Andrea Isari
Römische Liebe

Zu diesem Buch

Als der Bergführer Sergio Moscone seinen Nachbarn Alessio Consorte tot auffindet, deutet alles auf Selbstmord hin: Offenbar hat sich der prominente Mitinhaber eines Meinungsforschungsinstituts in der Garage seines Hauses mit Autoabgasen erstickt. Dabei hatte er Moscone doch gerade so begeistert von seinen Plänen nach dem Ausstieg aus dem Berufsleben erzählt. Auch Consortes Witwe hat Zweifel und lässt ihren verstorbenen Mann obduzieren. Ein höchst brisanter Fall für Leda Giallo, denn Consorte stand mit seiner Sendung im Brennpunkt der Medien, und in Italien tobt gerade der Wahlkampf für die Parlamentswahlen. Im Fokus der Ermittlungen befinden sich zunächst Consortes Gattin Federica und seine Geschäftspartnerin Rita. Doch dann verdichten sich die Hinweise, dass die Mafia bei dem Meinungsforschungsinstitut die Finger im Spiel haben könnte … In ihrem atemberaubenden Krimi zeichnet Andrea Isari ein authentisches Bild der politischen Ränke und Intrigen in der Ewigen Stadt – und erzählt von der alles zerstörenden Macht der Liebe.

Andrea Isari, geboren 1954 in Koblenz am Rhein, ist Volljuristin und war jahrelang als politische Journalistin in Rio de Janeiro, Bonn und Rom tätig. Nach »Römische Affären«, »Eine Arie für die Diva«, »Letzter Tanz am Tiber« und »Römische Rache« ist »Römische Liebe« der fünfte Fall für Kommissarin Leda Giallo.

Andrea Isari

Römische Liebe

Ein Leda-Giallo-Krimi

Piper München Zürich

Mehr über unsere Autoren und Bücher:
www.piper.de

Von Andrea Isari liegen bei Piper im Taschenbuch vor:
Römische Affären
Eine Arie für die Diva
Letzter Tanz am Tiber
Römische Rache
Römische Liebe

Originalausgabe
Juni 2009
© 2009 Piper Verlag GmbH, München
Umschlag: Büro Hamburg. Anja Grimm, Stefanie Levers
Bildredaktion: Büro Hamburg. Alke Bücking, Sandra Schmidtke
Umschlagfoto: Oberste-Hedtbleck/buchcover.com/VISUM
Autorenfoto: Ulrike Hölzinger-Deuscher
Satz: Filmsatz Schröter, München
Papier: Munken Print von Arctic Paper Munkedals AB, Schweden
Druck und Bindung: CPI - Clausen & Bosse, Leck
Printed in Germany   ISBN 978-3-492-25322-2

I Er schloss die Tür zum Wohnzimmer hinter sich und drückte auf den Lichtschalter im Flur. Die Birne der Deckenlampe flackerte kurz auf und erstarb dann mit einem leisen Knall. Vorsichtig tastete er sich in der Dunkelheit bis zur Holzkommode vor und fand den Schalter der kleinen Stehlampe. Es wurde wieder hell.

In seinem Kopf herrschte eine Ordnung wie schon lange nicht mehr. Er hatte geklärt, was es zu klären gab. Natürlich bedauerte er, vieles von dem hinter sich lassen zu müssen, was ihm bisher etwas bedeutet hatte. Aber ohne Radikalität würde ein wirklicher Neuanfang nicht möglich sein. Dabei schien ihm die Frage des materiellen Verlustes die unwichtigste zu sein. Er wusste, was es hieß, arm zu sein. Denn er stammte aus Verhältnissen, wo das Kinderzimmer zu klein gewesen war, um einen Schreibtisch darin unterzubringen. Am Küchentisch hatten er und seine beiden Brüder über den Schulbüchern gebrütet und sich dabei prächtig entwickelt.

In den vergangenen Jahren hätte er mühelos mehrere Kinder mit jedem denkbaren Komfort, gar Überfluss ausstatten können. Aber er hatte keine, was er mittlerweile als gnädige Bestimmung des Schicksals wertete. Spätestens jetzt hätte er sie bitter enttäuschen müssen. Denn auch ein Dutzend verwöhnter Nachkömmlinge hätte ihn nicht daran gehindert, die Brücken hinter sich abzureißen. Alle. Und zwar kompromisslos.

Er öffnete eine weitere Tür, ertastete den Lichtschalter und drückte ihn. Vor ihm lagen vier Treppenstufen, die in die Garage führten. Er wollte neue Holzscheite für den Kamin im Wohnzimmer holen. Die Flammen brauchten steten Nachschub. Dank eines ausgeklügelten Rohrsystems wurden vom Wohnzimmer aus auch das Schlaf- und das

Badezimmer beheizt. Dort stieg die Temperatur zwar nie so hoch wie im großen Raum unten, aber selbst im kältesten Winter reichte sie aus, um ihn nicht erfrieren zu lassen.

Er liebte dieses Haus – wegen all der Dinge, die dort fehlten. Wie beispielsweise eine Zentralheizung. Er liebte es auch wegen des kalten Bergwassers, wegen der rauen Steinwände, wegen der knarrenden Treppe. Am meisten aber liebte er es wegen der beruhigenden Stille, die er immer schon gebraucht hatte, als Kontrast zum Lärm der Stadt. Zur Hysterie der Städter, die jeden Satz schreien mussten, um überhaupt gehört zu werden. Die sich pausenlos bemerkbar machten, um jedem ihre Existenz zu beweisen. Er kannte das zur Genüge, hatte selbst in der Öffentlichkeit gestanden und Befriedigung aus Popularität und Anerkennung gezogen.

Er setzte den linken Fuß auf die erste Stufe, als ihn eine plötzliche Müdigkeit überfiel. Das musste der Alkohol sein. Er hatte einiges getrunken. Aber so viel war es eigentlich auch nicht gewesen. Wankend stieg er weiter hinab. Schwere machte sich in seinem Körper breit, jede Bewegung wurde zu einem Kraftakt. Er stützte sich an der Wand ab, nahm langsam und unsicher die letzte Stufe. Mit Mühe hob er den Arm, um sich an der Karosserie seines Wagens abzustützen. Welch merkwürdige Schwäche, die jeden Muskel ergriff und seinen Gliedmaßen verwehrte, ihm zu gehorchen.

Mit letzter Kraft öffnete er die Fahrertür und hievte sich auf den Sitz. Er atmete schwer und blieb regungslos sitzen. Gleich würde der Anfall vorüber sein. Er fühlte sich so müde, konnte nichts dagegen tun. Was da mit ihm geschah, war ihm unheimlich. Noch vor wenigen Augenblicken war er ein Mann in den besten Jahren gewesen. Einer mit Zielen, mit Vorsätzen. Sein ganzes Leben wollte er ändern. Zeigte ihm sein Körper, dass er sich zu viel vorgenommen hatte? Oder kollabierte er angesichts all dieser Lügen der Vergangenheit? Warnte er ihn vor der Zukunft? Ein Herzanfall als

Resultat der übermächtigen Anstrengung, die ihn das falsche Leben gekostet hatte? Nein, wie ein kaputtes Herz fühlte sich das nicht an. Es schlug ruhig und regelmäßig vor sich hin. Nein, er war nur müde. Seine Lider senkten sich.

Plötzlich hörte er ein Geräusch. Jemand bewegte sich in der Garage. Er wollte rufen, doch seine Stimme versagte. Nur ein kaum hörbares Brummen verließ seinen Körper. Gern hätte er den Kopf gedreht, aber selbst dafür war er zu träge.

»Alessio?«, hörte er seinen Namen wie ein Echo, das weit entfernt aus den Bergen erklang. »Alessio?«

Aber Alessio Consorte konnte nicht antworten. Still saß er da. Plötzlich merkte er, wie ihm von hinten etwas über den Kopf gestülpt wurde. Eine Plastiktüte. Mit dem allerletzten Rest Wachheit, die noch in ihm steckte, versuchte er sich zu wehren, doch die Tüte wurde an seinem Hals zugezogen. Ihn ergriff Panik, er atmete heftiger. Das Plastik legte sich wie eine Haut über Mund und Nase, verweigerte jede Luftzufuhr. Er würde ersticken. Und er konnte nichts dagegen tun.

II Sergio Moscone liebte diese Tage des ersten Schnees,
wenn der Winter das traurige Grau gegen das reine
Weiß eintauschte. Jedes Jahr überraschte ihn die Verwandlung der Landschaft erneut. Er hatte gestern schon den ganzen Tag den Schnee kommen gespürt, obwohl es Ende Oktober eigentlich noch zu früh dafür war. Bevor er zu Bett
gegangen war, hatte er die Lampe am Schuppen angeknipst,
um ihn sehen zu können, wenn er kam. Nachts war er dann
von dieser unglaublichen Stille aufgewacht, die nur herrschte,
wenn Schnee fiel. Er war aufgestanden, hatte sich seine Bettdecke um den Körper gewickelt, sich ans Fenster gesetzt und
lange hinausgeschaut. Er hatte den Flocken zugesehen, wie
sie im Schein der Lampe tanzend vom schwarzen Himmel
geschwebt waren.

Schon als Kind hatte ihn dieses Schauspiel begeistert. Es
hatte bis heute nichts von seiner Magie verloren. Stundenlang konnte er dasitzen, den Tanz der Kristalle beobachten und sich vorstellen, er wäre eine Flocke, die aus einer
Wolke purzelte und sich, allein von Windströmungen bewegt, in wilden Drehungen die Erde von oben anschaute.
Am schönsten aber war für ihn die Schneestille. Er hasste
nämlich Krach. Nicht das Geräusch von tobendem Wind,
von ohrenbetäubenden Donnern, deren Hall von den Bergwänden abprallte und sich tausendfach vervielfältigte, nicht
das von kreischenden Vögeln oder herunterbrechenden Felsbrocken, die mit lauten Schlägen zerbrachen. Aber er hasste
den Krach, den Menschen erzeugten, insbesondere Motorenlärm. Der Schnee schluckte ihr aufdringliches Brummen,
und solange er fiel, hinderte er die Menschen oft daran, ihre
Autos anzuwerfen. Bis dann so viel Schnee lag, dass die Skifahrer anrollten. Am Wochenende kamen sie in Massen in

die Berge und mit ihnen der Krach. Aber noch war es nicht so weit.

Vergangene Nacht hatte er trotz der Kälte sogar das Fenster geöffnet, um dem zartklirrenden Aufprall der Flocken auf der Erde zu lauschen. Wer ganz genau hinhörte, konnte ein kleines Konzert der Kristalle erleben. Sphärenmusik, nur wahrnehmbar für denjenigen, der die Stille kannte.

Es war gerade hell geworden, als Sergio an diesem Samstagmorgen aus dem Haus trat. Es lag außerhalb des Ortes Pizzoli am Hang. Von der Straße weiter unten im Tal vernahm er das entfernte Brummen des Schneepflugs, der die Fahrbahnen freischaufelte. Die Luft war wunderbar frisch, und er atmete tief ein. Er bückte sich und befühlte den Schnee. Er war fein und trocken, ließ sich nicht formen. Sergio nahm eine Handvoll und rieb sein Gesicht damit ein. Dann ging er los.

Vorsichtig setzte er einen Schritt vor den anderen und lauschte dem Knirschen unter seinen Füßen. Ab und zu drehte er sich um und betrachtete die Abdrücke, die seine Schuhe hinterließen. Nirgendwo konnte man den Winter schöner und direkter erleben als hier oben in den Abruzzen. Wie gut, dass er nicht dort unten leben musste, dort, wo es keinen richtigen Winter gab, wo nur Regen fiel und sich jeder nach dem Sommer sehnte.

Mit zwanzig hatte er eine Zeit lang in Rom beim Bruder seiner Mutter gelebt, weil er dachte, dass es dort für einen jungen Menschen viel interessanter sein müsste. Automechaniker hatte er werden wollen. Doch dann war er an der Stadtluft beinahe erstickt. All der Dreck und der Gestank waren ihm in die Nase und in die Lungen gekrochen, und er hatte es nur ein paar Monate dort ausgehalten. Der Onkel hatte gemeint, er würde sich schon daran gewöhnen. Es dauere eben seine Zeit, bis ein Hinterwäldler wie er den Segen der Zivilisation schätzen lerne. Was er denn dort oben vom Leben habe? »Luft zum Atmen«, hatte Sergio geantwortet und seine Sachen gepackt. Als sich dann der Gran Sasso majestätisch vor ihm erhob, hatte er zu lachen begonnen und gedacht: Und die da unten sind stolz auf ihr winziges Kolosseum.

Manchmal fuhr er in die Stadt, um die Verwandten zu besuchen. Aber immer nur im Frühjahr oder im Herbst. Denn im Sommer war es ihm dort zu heiß und im Winter zu nass. Jedes Mal war er froh, wieder nach Pizzoli zu kommen. Hier gehörte er hin.

Sergio Moscone war Bergführer geworden. Der schönste und aufregendste Beruf, den er sich vorstellen konnte. Tag für Tag bot ihm die Natur eine neue Herausforderung, und so manche hatte er nur mit knapper Not überstanden. Dennoch: Er wollte es so und nicht anders.

Ruhig stapfte er vor sich hin. Er hatte das Gefühl, der erste Mensch auf Erden zu sein. Denn es gab keine anderen Spuren im Schnee als die seinen. Der Schneepflug hatte seine Arbeit beendet oder pausierte, jedenfalls machte er keinen Krach mehr. Zwischen den dicken Schneewolken war ein schmaler Streifen blauen Himmels zu sehen. Aber Sergio vermutete, dass es sich nur um ein unbedeutendes Farbintervall am Himmel handelte. Er roch nach viel mehr Schnee. Und er irrte sich nie, wenn es um solche Fragen ging. In den Bergen kannte er sich aus.

Er war auf dem Weg zu Alessio Consortes Haus. Dieser hatte ihn gestern Abend aus dem Auto noch ziemlich spät angerufen und gebeten, Holz für ihn zu hacken. Vor zwei Tagen sei eine Fuhre gebracht worden. Es musste viel sein. Ein ganzer Wintervorrat. Alessio würde viel brauchen, denn er wollte den ganzen Winter in den Bergen bleiben, wie er Sergio vergangene Woche verraten hatte. Nicht nur am Wochenende oder zwischendurch ein, zwei Tage. Nein, durchgehend wollte er hier wohnen und nicht mehr in der Stadt. Weil er das Leben in den Bergen liebte und das in Rom hasste. Sergio verstand ihn nur zu gut. Alessio gefiel ihm. Er hatte Respekt vor der Natur, genau wie er selbst. Er hatte ihn nie gefragt, aber er war sicher, dass dieser Städter ebenfalls die Schneemusik hören konnte.

Normalerweise hackte Alessio sein Holz selbst. Aber vor vierzehn Tagen hatte er sich beim Bergsteigen mit Sergio den rechten Daumen verknackst und konnte deshalb die Axt nicht halten. Sergio freute sich auf die Arbeit an der frischen Luft. Gern wollte er dem Nachbarn und Freund den Gefallen tun.

Der Weg zum Haus der Consortes stieg ziemlich steil an. Der Schnee war noch jungfräulich, und Sergio sackte bei jedem Schritt ein. Vom Vorplatz des Hauses aus hatte man einen phantastischen Blick über das gesamte Tal und den Ort Pizzoli. Im Hintergrund erhob sich der Monte Marine, der sich in der Nacht einen weißen Mantel übergezogen hatte.

Sergio verweilte ein wenig in der Betrachtung, ehe er den Klopfer auf den eisernen Löwenkopf an der Haustür fallen ließ. Metall krachte auf Metall. Er horchte in Erwartung von Alessios Schritten. Doch nichts tat sich. Er klopfte noch einmal. Wieder reagierte niemand. Hatte Alessio die Verabredung vergessen und war vielleicht fortgefahren? Aber wann? Vielleicht noch mitten in der Nacht? Dann musste es vor zwei Uhr gewesen sein, denn da hatte der Schneefall eingesetzt, und auf dem Weg hatte Sergio keine Reifenspuren gesehen. Nun ja, es hatte heftig und lange geschneit. Stundenlang. Möglicherweise befanden sich die Spuren unter dem Schnee. Aber warum hatte Alessio sich dann am Telefon mit »Ciao, wir sehen uns morgen« verabschiedet?

Sergio ging um das Haus herum in den Hof, wo das Holz in wildem Durcheinander unter einer Schneekappe lag. Es war ein großer Haufen, und er beschloss, sofort zu beginnen. Er wusste, dass die Axt an der Wand in der Garage hing. Sergio trat ein paarmal kräftig gegen die Hauswand, um die Schuhe vom Schnee zu befreien, dann ging er durch die unverschlossene Hintertür ins Haus. Vom Flur aus rief er wieder Alessios Namen, erhielt aber immer noch keine Antwort. Er horchte ins Haus hinein, ob sein Freund vielleicht telefonierte, doch es herrschte Totenstille.

Ein starker Geruch von Kohlendioxid schlug ihm entgegen, als er die Tür zur Garage öffnete. Der Jeep stand an seinem Platz. Sergio schaute unruhig in den Wagen und sah eine Gestalt, die regungslos vornüber auf dem Lenkrad lag.

»Alessio?«, rief er und näherte sich zögernd. Sein Herz raste. »Alessio?«

Es stank entsetzlich nach Abgasen, und Sergio versuchte, möglichst flach zu atmen. Die Scheibe auf der Fahrerseite war weit heruntergedreht. Alessio schien zu schlafen. Sergio rüttelte an ihm: »Alessio! Wach auf!«

Doch der Gerufene rührte sich nicht. Seine Haut fühlte sich unnatürlich kühl an. Sergio ertastete die Halsschlagader. Kein Puls. »Mein Gott, Alessio! Was ist geschehen?«, fragte er den Toten, doch der blieb ihm die Antwort schuldig.

»Alessio Consorte? So wie der Meinungsumfragetyp aus dem Fernsehen?«, erkundigte sich der Polizist Gianni Clemente wenig später am Telefon. Sergio und er kannten sich gut.

»Genau, das ist er.«

»Den habe ich doch gestern Abend noch gesehen. Und der soll tot sein?«

»Kein Puls, keine Atmung.«

»Wo befindet er sich jetzt?«

»In der Garage seines Hauses. Das frühere Haus vom alten Surdo. Wenn man an der Wegkreuzung rechts hoch statt links zu mir fährt. Weißt du, wo?«

»Ja, ich bin doch nicht blöd. Wir kommen so schnell wie möglich. Bleib da, aber fass nichts an. Hörst du, Sergio? Nichts anfassen!«

»Ich glaube, er hat Selbstmord begangen. In der Garage stinkt es furchtbar nach Kohlendioxid.«

»Kann sein. Fass trotzdem nichts an. Va bene?«

12

»Ist ja schon gut. Ich bin auch nicht blöd.«

Gleich nach dem Telefonat verließ Sergio das Haus. Er hielt es drinnen nicht aus. Lieber wartete er in der Kälte draußen, als den Abgasgestank, der inzwischen durch die offene Garagentür auch in den Hausflur gedrungen war, weiter ertragen zu müssen. Er hockte sich auf die Bank unter dem Vordach des Haupteingangs und vergrub das Gesicht in seinen Händen. Vor seinen Augen tauchte der tote Alessio auf, wie er bleich und kalt über dem Lenkrad lag. Wieso beging ein berühmter Mann, dem es an nichts im Leben fehlte, Selbstmord? Warum gerade jetzt, wo er doch beschlossen hatte, ganz hier oben in den Bergen zu bleiben? Er hatte ihm doch erzählt, dass er sich beruflich umorientieren wollte. Weg vom Fernsehen. Bücher hatte er schreiben wollen. Über Politik und Korruption und die Berge, über all das, wovon er etwas verstand. Er hatte kein bisschen verzweifelt geklungen, als er von seinen Plänen sprach. Im Gegenteil, richtig fröhlich war er gewesen. Im neuen Leben, hatte Alessio gesagt, würde er weniger Geld verdienen, viel weniger sogar. Aber das sei ihm egal. Es gehe ihm um ein gesundes Leben, nicht mehr um Geld. Raus aus dem Stress wolle er und mit Sergio in die Berge gehen.

Sergio verstand die Welt nicht mehr. Jedenfalls die Menschen darin nicht. Vielleicht, überlegte er, hatte er sie noch nie verstanden und fühlte sich deshalb in der Natur am wohlsten. Wenn man die Natur studierte und wusste, wie sie funktionierte, wo Gefahren lauerten, wie man ihnen entkam und was man einfach hinnehmen musste, betrog sie einen nie – ganz im Gegensatz zu den Menschen. Sergio misstraute den meisten von ihnen mehr als jedem Bären im Gran-Sasso-Nationalpark.

Alessio hatte er vertraut. Nicht vom Anfang ihrer Bekanntschaft an, aber mit der Zeit. Denn bei Bergtouren lernte man sich kennen, und sie hatten in den vergangenen Jahren einige gemeinsam unternommen. Bis eben noch war Sergio davon

13

überzeugt gewesen, dass Alessio ihn nie betrügen würde. Und jetzt? Jetzt hatte er es doch getan, hatte sich umgebracht und ausgerechnet ihn gerufen, um von ihm tot aufgefunden zu werden. Das war nicht nur Betrug, sondern Verrat. Und warum diese Geschichten, dass er aussteigen und hier oben leben wollte? Warum dieses Theaterspiel?

Doch hatte er gestern Abend am Telefon wie ein Selbstmörder geklungen? Sergio rief sich das Gespräch Wort für Wort in Erinnerung. Nein, auch da fand er keine Anhaltspunkte. Vom bevorstehenden Schnee hatten sie gesprochen, von der Skitour, die sie am Wochenende machen wollten. Vom Holz hatten sie gesprochen, das gehackt werden musste, und davon, dass es im Studio schon wieder so spät geworden war. Alessios Stimme klang ihm noch im Ohr, als dieser lachend durch den Hörer getönt hatte: »Das war das letzte Mal. Jetzt seht ihr mich nie wieder im Fernsehen.«

Plötzlich kamen Sergio Zweifel. »Das letzte Mal«, hatte Alessio gesagt. War das womöglich ein Hinweis auf sein geplantes Ende gewesen? Vielleicht war in Wirklichkeit alles ganz anders gewesen, als Alessio es dargestellt hatte. Vielleicht hatte man ihn gefeuert und ihm den Sinn des Lebens genommen. Sergio kannte solche Leute, die ihre ganze Erfüllung in der Arbeit fanden. Genau genommen gehörte er selbst auch zu ihnen. Denn ohne seine Arbeit wäre auch er ein Nichts. Was sollte er denn tun, außer in die Berge zu gehen und Menschen zu zeigen, wie es dort war, wie es sich anfühlte, wie man sich dort verhielt?

Angst überfiel Sergio. Denn möglicherweise hatte Alessio ihm sein Ende mit diesen Worten ankündigen, ihm einen verschlüsselten Hilferuf senden wollen, den er nicht verstanden hatte. Mein Gott, hatte er Schuld auf sich geladen? Alessios innere Qualen überhört? Ihn in seinen schlimmsten Stunden alleingelassen? War er durch Gleichgültigkeit zum Verräter am Freund geworden? Hätte er ihn retten können? Retten müssen? Nein, aus diesen drei Worten hätte niemand auf

Alessios Plan, wenn es denn einer war, schließen können. Nein, ihn traf keine Schuld.

In Sergio kämpften Anklage und Verteidigung so heftig miteinander, dass er zu schwitzen begann. Er griff sich eine Handvoll Schnee und rieb damit sein Gesicht ab. Das salzige Gemisch aus Tränen und Schweiß lief ihm in den Mund. Er spuckte aus. Dann nahm er noch mehr Schnee und fuhr sich damit über Hals und Nacken. Schweiß und Wasser liefen an seinem Körper hinunter, durchnässten sein Hemd. Irgendwann merkte er, dass er zitterte, aber nicht vor Kälte. Er stand auf und begann zu rufen: »Nein, es ist nicht meine Schuld.« Immer und immer wieder. Seine Worte verloren sich im Tal, sein Schuldgefühl blieb.

Die Ankunft der Fahrzeuge bemerkte Sergio erst, als sie mit laut jaulenden Sirenen vor ihm hielten. Gianni Clemente sprang mit seinem Kollegen aus dem Wagen und schaute Sergio erstaunt an: »Du weinst? Kanntest du ihn so gut?«

Sergio wischte sich mit dem Ärmel übers Gesicht, peinlich berührt, dass er einem anderen Menschen seine Seelenverfassung offenbarte, wenn auch keinem Fremden, denn mit Gianni war er von Kind auf befreundet.

Wortlos warteten sie einen Moment, bis auch der Notarzt kam. Dann stapften sie durch den Schnee zur Tür. Sergio zeigte in den Flur und meinte: »Erste Tür links. Kann ich jetzt gehen?«

»Nein, warte noch. Ich schaue mir das kurz an und muss dich dann einiges fragen. Komm lieber mit rein, sonst erfrierst du noch hier draußen.«

Sergio schüttelte den Kopf. Dieses Haus des Todes würde er nie wieder betreten. »Geht schon«, murmelte er.

Während die anderen im Haus verschwanden, blickte er in den grauen Himmel und überlegte, wie er selbst wohl eines Tages sterben würde. Noch nie hatte er so konkret an das Ende gedacht. An den Tod schon, aber nie ans Sterben. Wie starb man, wenn man Kohlendioxid einatmete?

Erstickte man langsam, oder schlief man einfach ein? Hatte Alessio sich quälen müssen? Gehustet? Nach Luft gerungen? Hatte er wieder leben wollen, aber keine Kraft gehabt, sich im letzten Moment zu befreien? Oder war er ganz ruhig, eins mit sich selbst und seiner Entscheidung, ins Jenseits geglitten? Hatte er am Ende eines Tunnels plötzlich das helle Licht gesehen, von dem Tote berichteten, die ins Leben zurückkehrten?

Was ihn selbst betraf, erschien ihm aus irgendeinem Grund ein Absturz in den Bergen als wahrscheinlichste Todesursache. Ein unvorsichtiger Tritt auf einen lockeren Stein, und dann der freie Fall aus Hunderten von Metern. Er schaute in die Höhe. Den Gipfel des Monte Marine umgaben dicke Schneewolken. Und da schwebten auch schon die ersten Kristalle herab. Erst ein paar, dann immer mehr. Innerhalb weniger Minuten konnte er die beiden Fahrzeuge nur noch schemenhaft erkennen. Das rotierende Blaulicht auf dem Dach des Polizeifahrzeugs tauchte die Flocken in kurzen Abständen in ein unwirkliches Licht, als handle es sich um ein Bühnenstück. Und er stand mittendrin, ohne den Fortgang der Handlung zu kennen oder den Anfang begriffen zu haben. Mit einem Mal fühlte er sich in seiner eigenen Welt bedroht.

III   Leda Giallo, ihres Zeichens Mordkommissarin bei der römischen Polizei, nutzte ihren freien Tag, um das zu tun, was viele andere Frauen täglich taten: Sie kaufte ein. Üblicherweise brachte Maria, ihre treue Seele von Haushälterin, morgens bereits alles mit, was sie fürs Kochen brauchte und wovon sie glaubte, dass es im Haushalt fehlte. Doch an diesem Montag hatte Maria verschlafen und war nach einem Anruf der besorgten Leda, die befürchtete, der sonst so pünktlichen Maria sei etwas zugestoßen, erst gegen zehn Uhr aufgetaucht. Ohne Einkäufe, aber mit vielen Entschuldigungen und Erklärungen, dass sie in den Geburtstag ihres Mannes hineingefeiert hätten und es so spät geworden sei. Vom guten Wein habe sie wohl zu viel getrunken und daher den Wecker überhört. Leda lachte nur und erklärte sich bereit, die Einkäufe zu übernehmen.

Gemächlich schlenderte sie nun durch die Gänge der großen Markthalle, verwirrt von der Fülle des Angebots. Maria hatte ihr einen dicht beschriebenen Zettel mitgegeben. Grüne Paprikaschoten sollte sie beispielsweise kaufen. Aber welche? Die dicken dunkelgrünen oder die schmalen, länglichen hellgrünen? Und hatte Maria die dicken braunen oder die kleinen weißen oder roten Zwiebeln gemeint? Beim Risottoreis fragte sie sich, welche Sorte. Arborio, Vialone, Carnaroli? Es musste irgendeinen Unterschied geben, zumindest kosteten sie bei ein und demselben Händler unterschiedlich viel. Und an welchen Fisch hatte Maria wohl gedacht? Als Leda schließlich vor den Pilzen stand, stürzte sie das erneut in Verwirrung, denn es gab etwa zehn verschiedene Sorten und sie hatte keine Ahnung, was Maria mit den Pilzen anstellen wollte.

Leda zog kurzerhand ihr Telefonino hervor. »Pronto«,

meldete sich eine weibliche Stimme, die Leda sofort erkannte.

»Donna Agata, ich bin's, Leda!«, rief sie viel zu laut ins Handy, weil sie glaubte, die Stimmen der eifrig feilschenden Damen um sich herum übertönen zu müssen.

»Schrei doch nicht so. Wo bist du?«

»In der Markthalle, und ich weiß nicht, was ich kaufen soll. Kann ich bitte mit Maria sprechen?«

»Sie hat dir doch einen Zettel geschrieben. Hast du deine Brille vergessen?«

»Nein, die habe ich auf der Nase. Aber welche Zwiebeln denn und welchen Fisch?«

»Maria, welchen Fisch soll Leda kaufen?«, dröhnte es nun im Gegenzug in ihre Ohren.

»Schwertfisch. Jede Scheibe etwa zweihundertfünfzig Gramm«, hörte Leda Maria antworten.

»Leda, hörst du? Schwertfisch, jede Scheibe ...«, wiederholte Donna Agata jedes Wort.

»Und welche Sorte Zwiebeln?«

»Maria, welche Sorte Zwiebeln?«

»Die kleinen weißen, aber höchstens ein Kilo.«

»Die kleinen weißen, aber ...«

Donna Agata wie auch Maria schienen an dieser Art des Gesprächs nichts, aber auch gar nichts merkwürdig zu finden. Maria soufflierte mit dröhnender Stimme, Leda vermutete, dass sie in der Küche herumhantierte, und Donna Agata gab alles wortgenau an Leda weiter. Das Informationsverfahren war mühsam und dauerte, brachte aber den gewünschten Erfolg.

»Gut, das war's auch schon. Danke und ciao«, sagte Leda schließlich.

»Leg noch nicht auf, mein Kind. Wann kommst du denn zurück?«

»Sobald ich hier fertig bin. Warum?«

»Weil wir zum Arzt müssen. Zu Dottore Baldini.«

»Ja, ich weiß. Aber der Termin ist doch erst heute Nachmittag um drei.«

»Sicher, mein Kind. Aber dort findet man nie Parkplätze, und deshalb möchte ich gern rechtzeitig losfahren.«

»Ja natürlich, Donna Agata. Wir werden rechtzeitig dort sein. Jetzt ist es ja erst halb zehn. Machen Sie sich keine Sorgen. Das schaffen wir auf jeden Fall.«

»Bist du sicher?«

»Sì, Signora, ganz sicher.«

Leda seufzte. Agata Sinibaldi zählte fast fünfundachtzig Jahre und war die Mutter ihres Lebensgefährten Paolo. Bis vor einem Jahr hatte sie rüstig und lebensfroh in ihrer eigenen Wohnung gelebt. Einige Zeit lang sogar mit einem Mann, mit dem sie den Senioren-Tanzpokal von Latium ertanzt hatte. In seinen Armen war ihre Liebe erblüht, was zur Vertreibung Paolos aus der mütterlichen Wohnung in die von Leda geführt hatte. Denn der alte Herr hatte bei Donna Agata bleiben wollen. Aber nach wenigen Monaten des Zusammenlebens, das für den Rest ihres Lebens währen sollte, war sie zerbrochen, diese wunderschöne Altersliebe. In der Phase ihres höchsten Liebeskummers hatten Leda und Paolo die verzweifelte alte Dame zu sich genommen, um ihr Beistand zu leisten.

Der Liebeskummer ging, aber Donna Agata blieb. Hin und wieder, wenn Paolo das Thema auf die mögliche Rückkehr in die eigene Wohnung brachte, begann seine Mutter zu leiden. Mal ereilten sie furchtbare Rückenschmerzen, sodass sie tagelang bewegungslos und stöhnend in einem Sessel saß. Dann plagten sie Schwindelgefühle, für die kein Arzt eine Ursache finden konnte. Donna Agata war intelligent und überaus erfindungsreich, wenn es darum ging, ihre Position zu verteidigen. Sie hatte längst das Zimmer von Ledas Tochter Flavia bezogen, die nach Beendigung ihres Studiums in Rom zu ihrem Freund Alessandro nach Amerika gegangen war und nun an der New Yorker Columbia University nach höheren akademischen Weihen strebte. Donna Agatas ehemalige Wohnung, in der Paolo groß geworden war und bis zum Umzug in Ledas Wohnung gelebt hatte, stand schon lange leer. Ein Verkauf kam für ihn nicht infrage.

»Ich sage dir, Leda, zwei Monate nachdem sie weg wäre, bekämen wir Krach, und du würdest mich rauswerfen. Und dann? Dann säße ich auf der Straße. Das ist genau wie mit dem Heiraten. Da fassen zwei nach fünfzehn Jahren Beziehung den Entschluss, die Sache endlich zu legalisieren. Kaum haben sie es getan, kracht's – und das war's dann. Deshalb mache ich dir keinen Antrag.«

»Und wenn ich dir einen mache?«

»Tu das besser nicht. Denn wie sollte ich Nein sagen? Und dann würde das Drama beginnen.«

»Und was soll mit der Wohnung passieren?«

»Die vermiete ich.«

»Dann kannst du sie auch gleich verkaufen. Denn Mieter bekommst du nie wieder raus.«

»Doch, wenn ich sie möbliert und befristet auf ein halbes Jahr unter Vorauskasse an Ausländer vermiete. Danach fliegt jeder gnadenlos raus«, erläuterte Paolo seinen Plan.

»Und wo nimmst du die Ausländer her?«

»Übers Internet sind sie leicht zu finden. Mein Kollege Lauro macht das seit Jahren so und verdient sich eine goldene Nase dabei.«

Donna Agata war mit dieser Lösung mehr als zufrieden, weil sich damit jede Diskussion über ihren Auszug erübrigte.

Als Leda aus der Markthalle trat, goss es in Strömen, als wollte der Herrgott die Ewige Stadt und alle ihre Bewohner ertränken. Sie schickte tausend Flüche gen Himmel, während sie schnaufend die Einkaufstüten zum Auto schleppte. Als sie dort ankam, hingen ihre sorgfältig in Form geföhnten Haare wie tropfende Spaghetti am Kopf. Sie stieß noch ein paar Flüche aus, stieg ein und fuhr zu Marios Bar.

20

Jetzt brauchte sie dringend einen anständigen Morgencappuccino.

Da weit und breit kein legaler Parkplatz in Sicht war, nahm sie kurzerhand das Schild *Polizei im Einsatz* aus dem Handschuhfach und legte es aufs Armaturenbrett. Zusätzlich setzte sie das Blaulicht aufs Dach und wähnte sich nun – völlig zu Recht – vor polizeilicher Verfolgung geschützt.

»Buongiorno, Commissaria. Sie sind im Bareinsatz, wenn ich mir Ihren Wagen so anschaue«, grüßte Mario, der Barbesitzer, lachend. »Vermuten Sie bei mir Leichen im Keller?«

»Nein, aber Kaffee im Automaten. Schön heißen, damit ich wieder warm werde.«

»Was treiben Sie sich auch im Regen herum? Hatten Sie Nachtdienst?«, erkundigte sich Mario. Dabei füllte er mit rasender Geschwindigkeit den Filter der chromblitzenden Espressomaschine mit Kaffeepulver, klickte ihn in die Halterung und drückte auf den Startknopf. Dann verschwand er hinter dem Vorhang zum Flur und kehrte Sekunden später mit einem frischen, gefalteten Handtuch zurück und hielt es ihr hin.

»Wollen Sie sich erst mal die Haare ein bisschen trocknen? Sie können die Toilette benutzen. Sie ist sauber, und da hängt auch ein Spiegel.«

Leda nahm den Vorschlag gern an, denn sie fror, und das von den Haaren herabtropfende Wasser durchnässte den Blusenkragen immer mehr. Vorsichtig drückte sie das Handtuch auf den Kopf. Ein Blick in den Spiegel bestätigte ihre schlimmsten Befürchtungen: Sie sah aus wie ein Pudel. Millionen von Löckchen ringelten sich auf ihrem Kopf, rot und ungezügelt. Leda hasste ihre Haare, wie sie es schon als Zwölfjährige getan hatte, als die anderen Kinder sie Karotte nannten und sie sich dafür so furchtbar schämte. Niemandem in der Familie außer ihr waren rote Haare aus der Kopfhaut gewachsen. Von Sizilianern und Engländern kannte

21

man das. Aber eine Römerin mit dunkelhaarigen römischen Eltern?

»Commissaria? Alles in Ordnung?«, hörte sie Mario rufen. »Ihr Cappuccino wird kalt.«

Neben die Tasse hatte Mario wie üblich ein Cornetto mit Vanillecremefüllung gelegt. Leda schaute es mit traurigen Augen an und schob es dann zurück.

»Danke, aber das fällt in der nächsten Zeit aus.«

»Wieso denn? Sind Sie krank?«

»Nein, aber zu dick. Ich mache gerade eine Diät. Zwanzig Kilo müssen runter.«

»Das ist aber sehr viel. Dann würden Sie ja ganz verschwinden.«

»Nein, der Arzt hat mir das verschrieben, und er hat recht.«

»Meine Frau bekommt manchmal auch solche Anfälle. Dann hungert sie, ist schlecht gelaunt, nimmt tatsächlich drei oder vier Kilo ab und anschließend fünf zu. Ich denke, das bringt nichts.«

»Es muss aber sein.«

»Wie Sie meinen. Dann also kein Cornetto. Cappuccino geht aber?«

»Eigentlich auch nicht. Besser wäre Kaffee ohne Milch. Und davon auch nur wenig. Aber irgendwie muss ich ja überleben. Cappuccino am Morgen und Kaffee tagsüber sind für mich wichtiger als Wasser.«

»Vergessen Sie nicht den Wein am Abend.«

»Gestrichen, zumindest vorläufig.«

»Wie grausam«, meinte Mario und schüttelte den Kopf. »Und wie lange wollen Sie das durchhalten?«

»Ein paar Monate, bis das überschüssige Fett weg ist. Aber jetzt lass uns bitte das Thema wechseln. Was gibt es Neues?«

Mario zeichnete sich als intensiver Zeitungsleser und -kommentator aus. Er betrieb seine Bar nicht zuletzt deshalb mit Begeisterung, weil sie ihm außer dem Lebensunterhalt auch das notwendige Maß an täglicher Kommunikation lieferte. Seine Stammgäste bombardierte er mit Meinungen und Fragen zu allem und jedem: Politik, Gesellschaft, Religion, Kirche, Familie, Wirtschaft und Fußball. Im Gespräch mit Leda standen meist aktuelle Verbrechen im Mittelpunkt, vorzugsweise diejenigen, in deren Ermittlung Leda einbezogen war.

»Neues? Das Wichtigste dürfte ja wohl der Selbstmord von Alessio Consorte sein. Können Sie mir vielleicht erklären, warum ein berühmter und reicher Mensch wie er sich umbringt? Der sah im Fernsehen immer so aus, als würde er das Leben genießen. Und nun das. Da sieht man mal wieder, dass es diesen Stars noch schlechter geht als uns Normalbürgern. Die besitzen zwar alles, was ich gern hätte. Dafür habe ich etwas, was die anscheinend nicht haben: Ich bin mit wenigem ganz zufrieden. Nette Bar, nette Gäste, nette Frau, nette Tochter, guten Kaffee. Was will man mehr?«

»Alessio Consorte? Das ist doch der Meinungsumfragetyp. Den habe ich Freitagabend noch im Fernsehen gesehen.«

»Und? Haben Sie seine Verzweiflung bemerkt?«

»Ehrlich gesagt, war er wie immer. Nur das, was er sagte, fand ich merkwürdig. Es ist doch kaum zu glauben, dass der PID, diese neue Partei namens Partito Italia Democratica, bei den Umfragen so plötzlich eine Mehrheit haben soll. Aber wenn Consorte das sagt, wird es schon stimmen, habe ich noch gedacht. Und der soll tot sein?«

»Mausetot. Man hat ihn in der Garage seines Hauses in den Abruzzen gefunden.«

»Und warum hat er sich umgebracht?«

»Darüber wird noch gerätselt, so steht es zumindest in den Zeitungen. Es gibt wohl keinen Abschiedsbrief.«

Leda musste den ganzen Tag über immer wieder an Consortes Tod denken. Sie hatte seine uneitle Art der Darstellung sehr geschätzt, weil er sich von anderen Fernsehkollegen wohltuend abhob. Er pflegte die Ergebnisse der von seinem Institut Mediapoll erhobenen Umfragen schnörkellos zu präsentieren und den Zuschauer sachlich in die Arithmetik möglicher Parteienkonstellationen nach der Parlamentswahl in drei Monaten einzuweihen. Sie hatte ihn für einen klugen Mann gehalten, der seinen Job ohne das übliche Schauverhalten vor der Kamera versah.

»Hast du etwas, mein Kind?«, erkundigte sich später sogar Donna Agata, weil ihr Leda abwesend erschien, während sie nach dem Arztbesuch einen Einkaufsbummel machten, um Geburtstagsgeschenke für Paolo zu suchen. »Bekommt dir deine Diät etwa nicht? Wenn sie dich schwächt, solltest du sie auf jeden Fall abbrechen.«

Leda versicherte ihr, dass es ihr bestens gehe, und zeigte von nun an großes Interesse an dem Fernsehsessel, den Donna Agata für ihren Sohn kaufen wollte. Er war mit feinstem cognacfarbenem Veloursleder bezogen und mit einer ausfahrbaren Fußstütze und weit nach hinten klappbarer Rückenlehne ausgestattet. Alles per Knopfdruck auf einer Fernbedienung einstellbar und unverschämt teuer. Leda konnte sich zwar beim besten Willen nicht daran erinnern, dass Paolo von einem solchen Sessel geschwärmt hätte, wie Donna Agata behauptete. Aber die alte Dame hatte sich ganz offensichtlich in das Möbelstück verliebt. Erst nahm sie selbst darauf Platz und ließ unter freudigem Gekicher ihren Körper in jede mögliche Sitz- und Liegeposition fahren. Dann musste Leda das Gleiche über sich ergehen lassen und kam zu dem Schluss, dass dies der bequemste Sessel war, in dem sie jemals gesessen hatte. Allerdings war auch klar, dass jeder, der sich in diesem Prachtstück vor dem Bildschirm niederlassen würde, wenig später in seligen Schlaf verfallen musste. Was aber angesichts der Qualität der Fernsehsendungen kaum ernsthafte Versäumnisse zur Folge haben würde. Und Paolos begeistertes Gesicht beim Bedienen der Technik sah Leda förmlich vor sich.

»Eine tolle Idee«, bestätigte sie Donna Agata.

»Und was wirst du ihm schenken?«

»Einen elektronisch hochgerüsteten Hometrainer.«

»Einen was?«

»Ein Zimmerfahrrad ohne Räder zum Trainieren. Das ist gesund. Paolo bewegt sich viel zu wenig.«

»Du aber auch«, meinte Donna Agata prompt und völlig zu Recht. »Wirst du ihn benutzen?«

»Falls Paolo mich draufIässt.«

Der Arzt hatte Leda zum Kauf eines solchen Gerätes geraten, um die Gewichtsreduzierung zu unterstützen und zu beschleunigen. Da Paolo nach Ledas Meinung alles, aber auch alles hatte, was er zum Leben brauchte, und auf die mehrfach gestellte Frage, was er sich denn zum Geburtstag wünsche, eine Antwort schuldig geblieben war, hatte sie beschlossen, zwei Fliegen mit einer Klappe zu schlagen. Der große Karton stand bereits vor neugierigen Blicken geschützt im Keller, den Paolo so gut wie nie betrat.

Donna Agatas Vorstellung von gelebtem Glück hing stark mit dem Besuch von Cafés zusammen. Und zwar solchen, die möglichst raffinierte Dolci, also Torten und Gebäck, anboten. Für Leda eine Horrorvorstellung: Seit vier Wochen hatte sie auf Süßes verzichtet, sich konsequent jeder Verlockung entzogen. Und nun steuerte Donna Agata zielsicher und entschlossen auf ein Café zu, in dessen Schaufenster Zehntausende von Kalorien in sahnigen, schokoladigen, fruchtigen und cremigen Zubereitungsvarianten einen zynischen Angriff auf die Standfestigkeit von Diätgeplagten zelebrierten.

»Ich weiß, du darfst nichts essen. Aber wir schauen, dass wir einen Platz bekommen, wo du diese Köstlichkeiten nicht siehst«, schlug Donna Agata großmütig vor, öffnete die Tür und war auch schon im Inneren des Verführungstempels verschwunden. Es kam, wie es kommen musste: Der einzige freie Tisch stand direkt vor der Auslage. Leda setzte sich mit dem Rücken zu ihr und bestellte einen Tee, um ihr Leiden bis zum Letzten auszukosten.

Am Abend schaltete sie den Fernsehapparat ein, um im Telegiornale, den Nachrichten, etwas über den Tod Alessio Consortes zu erfahren. Ausführlich wurde vom Fundort des Toten, der Garage bei Consortes Ferienhaus, berichtet, und man lernte einige Nachbarn des Ortes Pizzoli kennen, die mit betroffenen Mienen erklärten, Consorte nur aus dem Fernsehen gekannt zu haben, aber trotzdem sehr, sehr traurig über sein Ableben zu sein.

Der Polizist Gianni Clemente erklärte, dass den Prominenten ein gewisser Sergio Moscone gefunden habe, dieser aber nicht bereit sei, vor die Kameras zu treten, und dass es bisher keinerlei Anhaltspunkte gebe, warum Consorte hätte aus dem Leben scheiden wollen. Ein Abschiedsbrief sei in Pizzoli jedenfalls nicht gefunden worden.

Dann erschien Rita Bevilacqua, Consortes Geschäftspartnerin und Mitinhaberin der Firma Mediapoll. Er sei der großartigste Mann gewesen, den sie gekannt habe, sagte sie unter Tränen. Mit ihm gemeinsam habe sie die Firma aufgebaut. Ohne seine fachliche Brillanz, seine persönliche Integrität und seine Ausstrahlung hätten sie es wohl niemals dorthin gebracht, wo sie jetzt standen. Dank Alessio sei Mediapoll das zuverlässigste und bekannteste Meinungsforschungsinstitut im ganzen Land. Ihm allein sei es zu verdanken, dass sie heute die qualifiziertesten Mitarbeiter hätten. Und sie verstehe nicht, warum dieser wunderbare Mensch sich umgebracht habe. Vielleicht persönliche Probleme, deren Natur ihr aber unbekannt sei.

Auch die Moderatorin Manuela Cecamore zeigte sich erschüttert vom unerwarteten Tod Consortes, aber auch völlig ratlos, was seine Ursache betraf: Als sie am vergangenen

Freitag mit ihm zusammen die Aufzeichnung für die Abend-
sendung gemacht habe, berichtete sie, sei er professionell
und freundlich wie immer gewesen.

IV Leda kämpfte in den nächsten Tagen mit dem großen Abschlussbericht ihres vorigen Falls, den sie gemeinsam mit ihrem Team in der vergangenen Woche aufgeklärt hatte. Diese Beschäftigung schätzte sie wenig, fügte sich aber der Pflicht. Sie blieb abends lang im Büro, nicht zuletzt um dem häuslichen Kühlschrank und der Vorratskammer fern zu sein. Denn der Kampf gegen ihre Esslust fiel ihr noch schwerer als der gegen die Tasten des Computers.

Als das Schlimmste überhaupt empfand sie das strikte Alkoholverbot, genauer gesagt, den Verzicht auf das geliebte Glas Rotwein am Abend. Ein weiteres Kilo hatte sich bei der morgendlichen Gewichtskontrolle auf der Waage verflüchtigt, und Leda hatte sich großartig gefühlt, ein bisschen wie eine Heldin, der es gelang, mit dem Schwert eiserner Disziplin ihre eigene Fettfestung auszuhungern. Beim Blick in den Spiegel hatte sie allerdings keinen wahrnehmbaren Schwund ihrer selbst feststellen können. Verkündete die schwarze Hose, die behauptet hatte, sie bräuchte die nächstgrößere Ausgabe ihrer Machart, Besseres? Sie war hineingeschlüpft. Und siehe da, der Reißverschluss ließ sich ohne Probleme schließen. Leda hatte innerlich gejubelt. Sie würde es schaffen: Bis zu Paolos Geburtstag würde sie wieder in ihr schwarzes Taftkleid passen, das er so an ihr liebte.

Als der Bericht endlich fertig war, begann Leda, ihr Büro aufzuräumen. Auf und neben ihrem Schreibtisch stapelte sich Papier, das entweder in den Reißwolf oder zwischen Aktendeckel gehörte. Außerdem musste sie Computertabellen mit angelaufenen Reisekostenabrechnungen füttern, die Überstundenbelege ihrer Mitarbeiter prüfen, einen Umschlag mit einem Geldbeitrag für das Geburtstagsgeschenk eines Kollegen füllen und schließlich ein neues Computerprogramm studieren, das immer wiederkehrende Tätigkeiten für die Statistik erfasste und die Rationalisierung der Arbeit ermöglichen sollte, was Leda für reine Zeitverschwendung hielt. Überdies hatten sich die Mitarbeiter schon beschwert, dass die Einsatz- und Urlaubsplanung im Argen lag, für die Leda als Abteilungsleiterin verantwortlich war. Zusätzlich wurde sie um halb elf Uhr zur Wochenbesprechung der Abteilungsleiter unter der Leitung von Polizeipräsident Alberto Libero erwartet.

Sie arbeitete zügig und konzentriert. Kleine Probleme bereitete lediglich der Dienstplan, der mit den Wünschen nach freien Tagen, auf die fast alle Mitarbeiter reichlich Anspruch hatten, in Übereinstimmung gebracht werden musste. Auf einer großen Wandtafel trug sie Namen ein, radierte sie wieder aus, setzte sie woanders ein und fand dann, als sie alles für alle zufriedenstellend organisiert hatte, doch noch einen Urlaubsantrag, der weitere Änderungen erforderte.

Gerade als sie ihre Unterschrift unter die diversen Anträge setzte, klopfte es an der Tür, und ohne ihr »Herein« abzuwarten, betrat Leo Amato, der Gerichtsmediziner, den Raum. Unter seinem rechten Arm klemmte eine Akte, in den Händen hielt er zwei Kaffeebecher, die er so eilig auf Ledas Schreibtisch abstellte, dass ein Teil der braunen Flüssigkeit auf die Tischplatte schwappte.

»Verdammt, ich verbrenne mir jedes Mal die Finger an dieser kochend heißen Brühe. Warum können die nicht Styroporbecher in die Automaten füllen statt dieser dünnen Plastikteile? Ich habe mich mindestens fünfzigmal beschwert. Irgendwann werde ich arbeitsunfähig sein, weil ich kein Skalpell mehr halten kann.«

»Sei doch froh. Dann kriegst du Geld, ohne arbeiten zu müssen.«

»Verlockend. Dann werde ich den perfekten Mord begehen, einen, den mir kein Kollege nachweisen kann.«

»Wen gedenkst du umzubringen?«

»Den Automatenhersteller als Ersten. Und ich werde ein anonymes Schreiben am Tatort hinterlassen. Mit einer Warnung an alle Automatenhersteller der Welt, damit sie nie wieder dünnwandige Becher für heiße Getränke verwenden. Und sobald ich damit fertig bin, ist Paolo dran. Damit du endlich frei wirst und dich mir zuwenden kannst. Du siehst heute übrigens ganz besonders bezaubernd aus. Hat Paolo dir das schon gesagt?«

»Nein.«

»Siehst du, er ist der Falsche für dich.«

»Das wohl nicht, aber er hat mich heute noch gar nicht gesehen.«

»Dich schickt er also zum Arbeiten und pennt selbst bis in die Puppen. Bei mir hättest du es besser. Jeden Morgen brächte ich dir Kaffee ans Bett, würde dich mit einem zarten Kuss wecken und ...«

»... mir von deinen Mordabsichten erzählen. Das stelle ich mir unglaublich romantisch vor«, sagte Leda lachend. »Und um mir deine geplanten Morde anzukündigen, bist du extra aus deinem schicken, hochmodernen Institut hierhergekommen?«

»Nein, sondern weil ich dich vor der großen Runde beim Chef noch schnell über meine neueste Leiche ins Bild setzen wollte.«

»Weil du an ihr die schönsten Brüste deiner männlichen Karriere entdeckt hast?«

»Nein, das war letzten Monat bei der Rumänin, die laut ihrem Zuhälter von der Leiter gefallen war. Die aktuelle Leiche würde eher den Frauen gefallen. Ein Frauenmagazin hat ihn vergangenes Jahr zum schönsten Italiener gekürt.«

»Donato Prosperini nach dem dritten Facelifting?«

»Falsch. Meiner ist nicht geliftet, sondern sieht von allein gut aus. Immer noch, obwohl mausetot.«

30

»Sag schon, wen es erwischt hat. Der einzige tote Prominente, den ich mitbekommen habe, ist Alessio Consorte.«

»Bingo. Den meine ich.«

»Wieso hast du den bei dir liegen? Der ist doch irgendwo in den Bergen gestorben.«

»In Pizzoli mitten in den Abruzzen soll er sich suizidiert haben. Aber seine Witwe behauptet steif und fest, er habe sich nicht umgebracht, hat ihn nach Rom bringen lassen und besteht auf einer Obduktion. Angesichts seiner Popularität wurde deshalb meine Wenigkeit beauftragt, ihn zu untersuchen.«

»Und?«

»Es könnte sein, dass du diesen Fall wirst untersuchen müssen.«

»Heißt das, er wurde ermordet?«

»Es gibt Hinweise, die einen Mediziner wie mich zu diesem Schluss kommen lassen können.«

»Leo, sei doch bitte nicht so kompliziert. Was hat er denn?«

»Einen zarten, schmalen Abdruck am Hals und Beruhigungsmittel im Blut, die einen Elefanten umgehauen hätten. Plus ordentlich Rotwein.«

»Selbstmordopfer nehmen häufig Beruhigungs- oder Schlaftabletten, bevor sie zur Tat schreiten. Sie wollen ihr Sterben verschlafen. Würde ich auch tun.«

»Behandelt Paolo dich so schlecht, dass du dir über so etwas Gedanken machen musst?«

»Du nervst. Was hat er denn genommen?«

»Valium. Die Dosis war aber nicht letal.«

»Was denn dann?«

»Laut Bericht der Kollegen in Pizzoli wurde er in seinem Auto in der Garage gefunden und ist an Kohlendioxid erstickt. Nur frage ich mich, woher der Striemen am Hals rührt. Er ist nicht so ausgeprägt, dass es ein Würgemal von einem schmalen Strick oder Seil oder Draht sein könnte.

Dennoch wurde zweifelsohne irgendetwas fest an seinen Hals gedrückt.«

»So. Und was könnte das gewesen sein?«

»Eine Plastiktüte, die ihm jemand über den Kopf gezogen hat, um ihn zu ersticken. Wenn man die unten am Hals fest zuzieht, entsteht ein solcher Abdruck.«

»Mag sein, aber warum sollte der Täter ihn denn noch ersticken, wenn Consorte doch im Auto mit laufendem Motor saß und sowieso erstickt wäre?«

»Gute Frage, nächste Frage.«

»Hast du denn den Polizeibericht aus Pizzoli? Was sagt der dazu?«

»Gar nichts, weil weder der Tatort noch das Haus untersucht wurden. Die sind von Selbstmord in der Garage ausgegangen und haben sich jede weitere Arbeit erspart.«

»Nimmst du mich auf den Arm?«

»Nicht im Geringsten, wie käme ich dazu?«

»Aber da muss doch wenigstens ein Arzt zugegen gewesen sein, der den Totenschein ausgestellt hat. Wie hat der denn den Würgestriemen erklärt?«

»Gar nicht. Er hat wohl sofort von den Umständen auf die Todesursache geschlossen, den Puls gefühlt, in die Pupillen geschaut – und das war's. Um den Streifen zu entdecken, hätte er Consortes Rollkragen nach unten schieben müssen.«

»Schlamperei.«

»Du bist zu streng. Vor Ort war ein normaler Notarzt, kein Gerichtsmediziner. Wie soll der denn bitte auf die Idee kommen, nach einer anderen als der evidenten Todesursache zu suchen?«

»Was sagst du da?«, fuhr Leda ihn entsetzt an. »Stell dir vor, ein Patient, der unter furchtbaren Bauchschmerzen leidet, wird von diesem Arzt gefragt: ›Guter Mann, was haben Sie denn zuletzt gegessen?‹ Antwort: ›Trippa in Weißweinsoße.‹ Da sagt der Arzt: ›Von Kutteln kann einem ja auch nur

32

schlecht werden. Essen Sie das einfach nicht mehr, und dann wird alles gut.‹ Drei Stunden später stirbt der Patient, weil er in Wahrheit einen Darmdurchbruch hatte. Und dafür soll der Arzt keine Verantwortung tragen?«

»Meine Güte, hab dich nicht so. Manche Ärzte mögen Trippa und untersuchen den Patienten gründlich. Der in Pizzoli hat es eben nicht getan. Da siehst du mal, wie gründlich ich arbeite und was ihr an mir habt.«

»Das wissen wir ja. Du bist also sicher, dass Consortes Tod durch Fremdeinwirkung verursacht wurde?«

»Nein, sicher bin ich nicht. Ich habe nur gesagt, dass ich mir den Streifen am Hals nicht anders erklären kann. Außer er hat vorher noch sadomasochistische Liebesspiele betrieben. Manche tun das. In seinem Fall glaube ich das aber nicht, weil auf seinen Genitalien keine frischen Spermareste zu entdecken sind.«

»Rätst du denn nun zu einer Mordermittlung oder nicht?«

»Ich wiederhole: Es gibt durchaus Hinweise, die eine solche rechtfertigen könnten.«

Mit Leo Amato im Schlepptau eilte Leda zu Polizeipräsident Libero, um ihn noch vor der großen Besprechung zu informieren. Er hörte aufmerksam zu, stellte zwei, drei Zwischenfragen und entschied dann blitzschnell: »Leda, Sie übernehmen den Fall. Consorte war sehr bekannt. Das Risiko des Vorwurfs unterlassener Mordermittlung ist groß, vor allem weil Signora Consorte den Stein ins Rollen gebracht hat. Und da Dottore Amato Mord nicht ausschließen kann, müssen wir etwas tun. Wir leben im Land der Verschwörungstheorien. Vielleicht ist die Signora nach dem Tod ihres Gatten nur ein bisschen hysterisch und versucht einen Schuldigen zu finden. Aber für jede der möglichen Todesursachen will ich handfeste Beweise haben, die wir ihr und im Zweifel der Öffentlichkeit präsentieren können. Und noch etwas: Weder die Presse noch die unbeteiligten Kollegen sollten irgendetwas von den Ermittlungen erfahren.

Vorläufig erhalten wir nach außen die Selbstmordtheorie aufrecht, falls wir danach gefragt werden sollten. Das erleichtert uns die Arbeit. Fangen Sie sofort an. Ich entschuldige Sie bei der Besprechung.«

Nachdem Leda ihre beiden Mitarbeiter Raffaella Valli und Ugo Libotti sowie den Chef der Spurensicherung, Piero Bassani, nach Pizzoli geschickt hatte, machte sie sich selbst auf den Weg zu Federica Galante, der Witwe von Alessio Consorte.

Sie bat den Fahrdienst, sie zur Via Margutta zu bringen. Bis zur Piazza di Spagna ging es gut voran. Doch dann steckte die schwarze Limousine plötzlich inmitten einer Traube von Menschen, die den Wagen und seine beiden Insassen gelangweilt anschauten und nur langsam Anstalten machten, sie passieren zu lassen. »Sie fahren durch die Fußgängerzone. Dieser Platz gehört uns«, schienen ihre Blicke zu sagen. Eine Gruppe lachender Jugendlicher bemerkte sie zunächst gar nicht und fuhr erst, als der Fahrer kräftig hupte, wie ein Haufen erschrockener Hühner auseinander.

Die Via Margutta selbst stellte sich als endgültig unbefahrbar heraus, weil dort gerade ein Kunstmarkt stattfand. An den Ständen wurden Bilder, Plastiken, Kitsch und Kunst zum Anschauen und zum Kauf angeboten. Fußgänger drängelten sich dicht an dicht durch die Präsentationen, schauten, debattierten und verstopften die Straße. Leda beschloss, den Rest des Weges zu Fuß zu gehen, und reihte sich in die flanierende Menge ein. Dabei ließ sie ihre Blicke über die Stände schweifen und entdeckte plötzlich ein Bild, das ihr gefiel: ein Stillleben mit einem grell pinkfarbenen Fisch in der Mitte, wie es ihn in der Natur wohl kaum gab. Sie trat näher, um zu sehen, ob es sich um eine Fotografie oder ein Gemälde handelte. Erst als sie direkt davorstand, sah sie die feinen Pinselstriche.

»Acryl auf Leinwand. Gefällt es Ihnen?«, hörte Leda plötzlich eine Stimme neben sich. Sie gehörte einem jungen Mann mit schulterlangen, dunklen Haaren.

»Ja, sehr. Ich dachte erst, das sei ein Foto.«

»Das soll man ja auch denken. Ist aber alles gemalt.«

»Und warum hat der Fisch eine solch außergewöhnliche Farbe?«

»Ich wollte auf die Spezies Fisch aufmerksam machen. Wenn wir die Meere weiter so überfischen, gibt es bald keine Fische mehr. Wir kriegen doch jetzt schon kaum noch welche aus dem Mittelmeer. Und wenn, dann sind sie sauteuer. Früher war Fisch ein Armeleuteessen, heute ist er eine Delikatesse. Das können sich bald nur noch reiche Leute erlauben. Finden Sie das nicht skandalös?«

»Doch. Wo haben Sie denn so gut malen gelernt?«

»Dort drüben, in der Hochschule für Kunst. Ich bin in der Abschlussklasse.«

»Und was soll das Bild kosten?«

»Zweihundertfünfzig Euro. Ich habe lange daran gearbeitet.«

»Zweihundert«, meinte Leda.

»Zweihundertzwanzig, weniger geht wirklich nicht.«

Leda fand, dass das Bild diesen Preis wert war: »Ich habe jetzt noch zu tun. Da kann ich kein Bild mitnehmen. Würden Sie es mir zurückstellen?«

»Va bene. Ich warte auf Sie, Signora. Und falls Sie es heute nicht mehr schaffen sollten, hier ist meine Visitenkarte mit Adresse und Telefonnummer.«

Sie ließ die Karte ungelesen in ihre Handtasche gleiten.

Die Klingeln mit Gegensprechanlage und Kameralinse hoben sich in ihrer blank polierten Messingeleganz von der verkommenen Fassade des Hauses ab, in dem Federica Galante wohnte – in Anonymität, wie alle anderen Bewohner auch. In die Schilder neben den Klingelknöpfen waren lediglich Nummern von eins bis vier eingraviert. Die Namen fehlten. Hier mussten lauter bekannte Persönlichkeiten leben.

35

Leda schaute auf ihren Zettel und entdeckte neben der Hausnummer eine Eins. Sie drückte den entsprechenden Klingelknopf. Es passierte nichts. Erst nach dem dritten Versuch meldete sich eine Frauenstimme: »Pronto, wer ist da?«

»Buongiorno. Ich bin Commissaria Leda Giallo von der Polizei und möchte mit Signora Galante sprechen. Würden Sie mich bitte einlassen?«

Sie hielt ihren Dienstausweis vor das Auge der Kamera, und schon summte der Drücker. Die massive Holztür öffnete sich wie von Geisterhand und glitt leise surrend nach innen. Leda trat in die düstere Eingangshalle, von der aus nach rechts eine ebenso düstere Steintreppe nach oben führte. Sie suchte nach einem Lichtschalter, fand auch einen, drückte darauf, aber nichts tat sich.

Mit Bedacht nahm sie die ersten Stufen und ließ ihre rechte Hand dabei an der Wand entlangstreichen. Die Absätze ihrer Schuhe klackerten laut auf den steinernen Stufen. Hier im Inneren des Hauses war es kalt wie in einem Mausoleum, viel kälter als draußen, so kam es Leda zumindest vor. Sie hatte bereits einige Stufen erklommen, als sie unten ein leises Rufen vernahm: »Signora? Hallo, Signora? Wir sind hier unten.«

Leda stieg die Stufen wieder hinunter. Nun sah sie am Ende des dunklen Flures Licht aus einer Tür strömen, das eine Frauensilhouette umspielte. Merkwürdig engelhaft erschien sie der Kommissarin mit ihrem Haar, von dem jedes Einzelne selbst zu strahlen schien. Leda ging auf die Lichtquelle zu. Sie kam sich vor wie ein Sterbender, der nach einer langen Reise durch einen dunklen Tunnel das Licht sah.

»Buongiorno. Hier drinnen ist es sehr dunkel. Gibt es kein Licht?«

»Eigentlich schon, aber es ist mal wieder kaputt. Die Leitungen in den alten Häusern sind so schwach, dass die Sicherungen schon rausfliegen, wenn man nur einen Staubsauger und eine Waschmaschine zusammen anstellt.«

Wieso, fragte sich Leda, hatte ein Medienstar wie Consorte kein Geld, um die Stromleitungen in Ordnung bringen zu lassen? Warum lag der Eingang zu seiner Wohnung am hinteren Ende eines düsteren, modrig riechenden Flurs im Erdgeschoss? Die Sache begann sie zu interessieren.

Die Engelsgestalt präsentierte sich als Cristina Galante, die Schwester von Federica, und streckte Leda die Hand entgegen. »Bitte entschuldigen Sie die Umstände.«

Die Frau lächelte zwar, aber ihr Gesicht war von Gram gezeichnet. Tiefe, dunkle Ringe umgaben die grauen Augen. Ihre mittelblonden, langen Haare verloren, je näher Leda kam, immer mehr an Leuchtkraft. Das Schwarz der Kleidung unterstrich die Trostlosigkeit ihres momentanen Zustands. Es war Cristina Galante anzusehen, dass es ihr nicht gut ging.

Leda trat über die Türschwelle und brauchte eine Sekunde, bis sich ihre Augen wieder an die Helligkeit gewöhnten. Sie fand sich in einem Raum wieder, durch dessen Glasdach alles Licht fiel, das im Eingangsflur gefehlt hatte, und dem eine unglaubliche Pflanzenfülle ihre Blätter und Blüten entgegenstreckte. Ein hochgewachsener Bananenbaum breitete seine Blätter wie ein Dach über ihnen aus, sogar grüne Früchte hingen herab. Aus großen Kübeln quollen Rosenblüten wie bunte kleine Bälle. Zarte Farnblätter wuchsen wie sprudelndes Wasser aus einer Quelle, es duftete intensiv nach Jasmin. Leda war tatsächlich aus dem Tunnel ins Licht getreten, in ein anderes Leben.

»Werden die Bananen hier reif?«, erkundigte sie sich.

»Ein paar ja, aber die meisten nicht.«

Während Leda sich noch immer erstaunt umschaute, flatterte plötzlich ein knallblauer Schmetterling an ihr vorbei und dann ein zweiter. Sie bemerkte, dass es Dutzende unterschiedlichster Größe und Farbe gab, die unhörbar durch den Raum schwebten wie Feen.

»Schön, nicht wahr?«, bemerkte Cristina Galante. »Meine

Schwester hat sich hier ein kleines Paradies geschaffen. Bitte kommen Sie herein.«

Vom Eingang aus betrat Leda das Wohnzimmer. Es war anders als alle Wohnräume, die sie bisher gesehen hatte, und das waren nicht wenige. Fast jedes Mal, wenn sie Befragungen durchführte, die außerhalb der Questura stattfanden, hockte sie auf Sitzgruppen unterschiedlichster Macharten und Geschmacksrichtungen oder auf den Esszimmerstühlen von möglichen Tätern oder Zeugen.

In diesem Wohnzimmer gab es keine Sitzgruppe, sondern nur zwischen Tischen, niedrigen Regalen, Kommoden und Pflanzen vereinzelt platzierte Sitzmöbel: Vom afrikanischen Holzsitz mit kunstvoll geschnitzter Maske als Lehne über orientalische Hocker mit bunt bestickten Samtbezügen, asiatische Thronstühle aus Bambus und einen italienischen Sessel aus der Barockzeit bis hin zu Ein- und Zweisitzern aus Metall und Leder, die modernen Designstudios zu entstammen schienen, war hier eine kleine Ausstellung globaler Sitzkultur zusammengestellt. Wollten mehrere Menschen zusammensitzen, musste jedes einzelne Stück bewegt werden. Oder aber, so ging es Leda durch den Kopf, das Zimmer sah gar keine Benutzung durch Gäste vor. Es genügte sich selbst, entbehrte der üblichen Funktionsbestimmung. Waren die Consortes vielleicht einsame Menschen?

»Würden Sie mir bitte folgen? Meine Schwester ist in ihrem Atelier«, sagte Cristina Galante und zeigte auf eine breite Tür am hinteren Ende des Raums.

Federica Galante saß ganz in Schwarz gekleidet und unbeweglich da, wie eine Königin auf ihrem Thron, und beobachtete die beiden Frauen, die auf sie zukamen. Leda glaubte zu erkennen, dass die Galante sich eine Kommissarin anders vorgestellt hatte. Wahrscheinlich eher groß, hager und durchtrainiert, irgendwie männlicher und nicht wie diese hier: klein, dick, rothaarig und urweiblich. Mit ihrem Blick gab Federica Galante ihr zu verstehen, was sie von ihr hielt: mangelnde Beweglichkeit und fehlender Durchblick, aufgestiegen auf der Karriereleiter allein durch Beziehungen, wie es hier in dieser lächerlich altertümlichen Stadt allenthalben üblich war. Vermutlich hatte sie die Kommissarin in die Kategorie der Zwiebel schneidenden und Kuchen backenden Mamma gesteckt, bevor sie auch nur ein Wort mit ihr gewechselt hatte.

Leda ertappte sich ihrerseits dabei, wie sie die Galante überrascht anstarrte. Die Frau saß im Rollstuhl.

»Guten Tag, Signora Galante. Mein Beileid zum Tod Ihres Mannes. Seit wann sitzen Sie im Rollstuhl? Verkehrs- oder Sportunfall?«, fragte Leda unverblümt. Dabei reichte sie der Witwe die Hand.

»Seit meinem dreiundzwanzigsten Lebensjahr, es war ein Verkehrsunfall. Seitdem bin ich Rollstuhlfahrerin und seit Freitagnacht auch Witwe. Meine Ehe war nicht schlechter als jede andere auch. Wie ist Ihre?«

Leda pflegte Fragen zu ihrer Person unbeantwortet zu lassen. Doch im Umgang mit Federica Galante galt offensichtlich kein Normverhalten. Die Frau selbst wich von jeder Norm ab. Wie sie dasaß in ihrem Rollstuhl, zart und zerbrechlich, fast durchscheinend, unglaublich schön und unglaublich wütend.

Letzteres musste sie schon länger sein, denn die Bilder, die an den Wänden hingen oder standen oder auf den Staffeleien auf ihre Vollendung warteten, waren schroff und wild. Fast alle waren in Schwarz-, Weiß-, Grau- oder Brauntönen gehalten. Schattenspiele, Abgründe, grausam verdorrte Natur, ineinander verwobene Komplexität ohne Aussicht auf Erlösung. Hier ein Auge, dort ein Finger oder ein Fuß, eine Kralle, ein Huf, grinsende Mäuler mit schrecklichen Gebissen, eine überdimensionale Eierschachtel, in der keine Eier, sondern menschliche Schädelknochen lagen. Doch als Leda näher an ein Bild heranging, entdeckte sie Hoffnung. Zwischen aller Zerstörung und Verzweiflung grünte hier ein winziges Blatt, spielte dort ein kleines Kind, rieselte an einer Stelle ein blaues Bächlein aus einem dunklen Astloch, und auf einer Geraden tanzte ein Zirkusäffchen wie auf einem Seil.

Jedes Kunstwerk, sagte sich Leda, hatte etwas mit dem Künstler zu tun. Aber offenbarte Federica Galante wirklich ihr Innerstes auf den Bildern? War sie so radikal wie ihre Bilder? Leda spürte, dass sie, wollte sie an sie herankommen, es nur schaffen würde, wenn sie sich in gewissem Ausmaß selbst öffnete. Nur – wie weit durfte sie gehen?

Die beiden Schwestern hatten geschwiegen, während Leda die Bilder betrachtete. Dann schaute sie Federica Galante erneut ins Gesicht und versuchte darin Trauer über den Verlust ihres Partners zu entdecken. Oder zumindest Verzweiflung oder Einsamkeit. Aber da war nur Wut.

»Ich bin geschieden, und meine Partnerschaft würde ich als zufriedenstellend, oft sogar als beglückend bezeichnen«, antwortete Leda mit der klaren Absicht, die Galante zu provozieren, so wie diese es mit ihr getan hatte. »Und das Einzige, was mich am Laufen hindert, ist mein Gewicht, weshalb ich gerade eine Diät mache. Warum glauben Sie nicht an einen Selbstmord Ihres Mannes?«

»Gegenfrage: Warum hätte er sich umbringen sollen?«

»Geldnot, Firmenprobleme, Ehekrise, eine psychische oder physische unheilbare Krankheit, um nur die häufigsten Ursachen zu nennen.«

»Selbst wenn bei Alessio alles zusammengekommen wäre, hätte er das nicht getan. Das wird Ihnen jeder, der ihn kannte, bestätigen. Mein Mann war ein Kämpfer. Je höher die Hürden lagen, umso stärker hängte er sich in eine Sache rein. Einfache Situationen interessierten ihn wenig bis gar nicht.«

»Hatte er Feinde?«

»Jeder, der im Politgeschäft mitwirkt, hat Feinde.«

»Die Antwort ist mir zu allgemein. Wurde er bedroht? Erpresst?«

»Nein, soweit ich weiß, nicht.«

»Und dennoch behaupten Sie, er sei ermordet worden.«

»Ich sage nur, er hat keinen Selbstmord begangen.«

»Sie meinen, es war ein Unfall?«

»Ich meine, Sie sollten das herausfinden«, sagte Federica Galante mit schneidender Stimme. »Möchten Sie einen Kaffee?«

»Danke, gern«, antwortete Leda, woraufhin Cristina Galante sofort den Raum verließ. »Wie würden Sie denn Ihre finanziellen Verhältnisse beschreiben?«

»Als ausgezeichnet. Alessio verdiente viel Geld mit Mediapoll. Und ich verdiene sehr viel Geld mit meiner Malerei. Meine Bilder erzielen in Amerika und Japan hohe Preise. Das mag Sie erstaunen, aber dort bin ich wesentlich bekannter als hier. In zwei Monaten habe ich eine große Ausstellung in einer der bekanntesten New Yorker Galerien. Meine Schwester und ich werden hinfliegen und für einige Zeit dort bleiben.«

»Werden Sie trotz der Ereignisse fahren?«

»Ja.«

»Wollte Ihr Mann Sie begleiten?«

»Nein. Er steckte mitten im Wahlkampf.«

»Sind Sie oft allein unterwegs?«

»Meine Schwester kommt immer mit. Sie ist meine Agentin. Ich bezahle sie gut dafür.«

»Lebt sie bei Ihnen?«

»Nein, sie hat eine eigene Wohnung und kommt nur, wenn ich sie brauche.«

»Der Tod Ihres Mannes scheint Sie wenig zu berühren.«

»Meinen Sie? Aber es stimmt, ich werde ohne ihn leben können.«

Die Kälte dieser Frau erschütterte Leda. Weder Mitleid noch Trauer waren zu erkennen. Sie sprach von ihrem Mann wie von einem entfernten Bekannten, wie von jemandem, der sie nichts anging, noch nie etwas angegangen hatte. Trug sie eine Maske? Oder stand sie unter Medikamenteneinfluss?

»Nehmen Sie eigentlich Beruhigungsmittel?«

»Nein.«

»Und Ihr Mann? Nahm er welche?«

»Ganz sicher nicht. Er lehnte die Einnahme von Medikamenten außer in Notfällen grundsätzlich ab. Warum die Frage?«

»Weil unser Mediziner eine hohe Dosis Beruhigungsmittel im Blut Ihres Mannes gefunden hat. Er muss sie kurz vor seinem Tod zu sich genommen haben. Vielleicht wussten Sie nicht, dass er welche nahm.«

»Vielleicht. Aber ich glaube nicht, dass er diese Medikamente freiwillig genommen hat.«

»Mag sein«, meinte Leda. »Und was ist mit Ihnen?«, wandte sie sich an Cristina Galante, die inzwischen mit einem Tablett, auf dem drei Espressotassen und eine Zuckerdose standen, zurückgekehrt war.

»Ob ich Beruhigungsmittel nehme? Nein. Nur manchmal Schlafmittel. Ich habe Einschlafprobleme, wenn mir so vieles durch den Kopf geht.«

»Welches Verhältnis hatten Sie zu Ihrem Schwager?«

»Keines.«

»Und was denken Sie über die Selbstmordthese?«

»Umgebracht hat er sich ganz sicher nicht. Er war viel zu …«

»Viel zu was?«

»Viel zu sehr von sich überzeugt. Er hat nie Niederlagen einstecken müssen.«

»Signora Galante, warum ist Ihr Mann am Freitagabend nach Pizzoli gefahren und nicht hierher?«

»Er war gerne und häufig in seinem Haus in den Bergen. Er hat es sich vor fünf Jahren gekauft. In den vergangenen drei Wochen war er so gut wie ganz dort oben, hat nur zweimal kurz hier vorbeigeschaut, um ein paar Sachen zu holen.«

»Fanden Sie das nicht seltsam?«

»Nein. Er wollte über einiges nachdenken und allein sein. Ich glaube, er trug sich mit Veränderungsgedanken, wie Männer das in dem Alter öfter tun.«

»Sind Sie nie mit nach Pizzoli gefahren?«

»Selten. In den letzten Monaten musste ich sehr viel arbeiten, wegen der New Yorker Ausstellung.«

»Wann haben Sie ihn das letzte Mal gesehen?«

»Am Freitag, bevor er ins Fernsehstudio gefahren ist. Er hat seine schmutzige Wäsche vorbeigebracht, frische Kleidung eingepackt und seine Post durchgesehen. Wir haben dann noch zusammen einen Kaffee getrunken und ein paar Dinge besprochen. Er war etwa anderthalb Stunden hier.«

»Haben Sie danach noch mit ihm telefoniert?«

»Ja, nach der Aufzeichnung, als er auf dem Weg nach Pizzoli war. Wir machten nach der Sendung immer eine Art Manöverkritik.«

»Wirkte er auf Sie anders als sonst? Erwähnte er etwas Außergewöhnliches?«

»Nein.«

»Hatte er eigentlich Vermögen?«

»Ja, Mediapoll. Ich bin wohl seine Haupterbin, falls Sie das wissen wollten. Verdächtigen Sie mich, ihn getötet zu haben?«

»Haben Sie es getan?«

»Ich nicht«, sagte Federica Galante, erfasste mit beiden Händen den metallenen Antriebsring an ihrem Rollstuhl und drehte sich mit einem Ruck von Leda weg: »Finden Sie den Mörder. Arrivederci, Commissaria.«

Als Leda aus dem Haus trat, hatte sie das Gefühl, einen surrealen Film gesehen zu haben, in dem eine kleine, zerbrechliche und noch dazu gelähmte Frau in der Hauptrolle ein undurchsichtiges Spiel spielte. Wieso behauptete sie steif und fest, ihr Mann sei ermordet worden, ohne den geringsten Hinweis auf ein Motiv zu geben? War sie eine kühl kalkulierende Hexe, die den Tod ihres berühmten Mannes nutzen wollte, um sich selbst ins Licht der Öffentlichkeit zu rücken? Hatte sie ihn so lange tyrannisiert, bis er sich aus Verzweiflung das Leben genommen hatte? Oder schätzte Leda diese Frau völlig falsch ein? Hatte sie um ihre Schwäche herum einen hohen Schutzwall aufgebaut? Litt sie vielleicht unsäglich unter dem Tod des geliebten Mannes und führte nur ein beunruhigendes Theaterstück auf?

V Als Leda Giallo ihn vom Büro aus anrief, bestätigte der Hausarzt der Consortes, ein gewisser Dottore Malatesta, dessen Name und Telefonnummer Cristina Galante ihr mitgegeben hatte, die Aussage der Witwe: Weder sie selbst noch ihr Mann nahmen nach seinem Kenntnisstand Beruhigungsmittel oder sonstige Medikamente ein. Alessio Consorte sei noch vor zwei Wochen zu einem allgemeinen Check in der Praxis gewesen. Sein insgesamt guter Allgemeinzustand habe den Arzt jedoch nicht über die Tatsache hinweggetäuscht, dass sein Patient sehr erholungsbedürftig gewesen sei. Schon lange habe er ihm gepredigt, dass er mehr Urlaub machen müsse, sonst bekomme er in ein paar Jahren die Rechnung für seinen permanenten Stresszustand. Da habe Consorte ihm geantwortet, dass er das wisse und dabei sei, vieles in seinem Leben zu ändern. Dabei habe er aber keinesfalls verzweifelt geklungen.

Dottore Malatesta klang umso verzweifelter und schien sich Vorwürfe zu machen, die offensichtlich trostlose innere Verfassung seines Patienten nicht erkannt zu haben. Es sei nun einmal Aufgabe eines Arztes, die Gesamtsituation von Menschen zu erkennen, meinte er. Physisch, das könne er jedoch mit Gewissheit sagen, denn er habe die Laborberichte genau studiert, physisch sei mit Consorte alles in bester Ordnung gewesen.

Ob er auch Signora Galante kenne, erkundigte sich Leda. Ja, sie sei ebenfalls seine Patientin, erklärte Dottore Malatesta. Er bewundere sie sehr, wie sie Weltkarriere mache, und das in ihrem Zustand. So etwas könne man nur mit entsprechendem Willen und großer Energie schaffen. Aber sie überstehe ihre teilweise langen und anstrengenden Reisen wohl besser als mancher auf zwei Beinen herumlaufende Tourist.

45

Sie sei sehr selten krank, genau wie ihr Mann, Gott habe ihn selig.

Über ihre Ehe konnte Malatesta nichts sagen, nur Rückschlüsse ziehen. Sie müsse gut gewesen sein, meinte er, und sie habe Signora Galante wohl viel Selbstbewusstsein und Rückhalt vermittelt. Wenn er die beiden hin und wieder zusammen erlebt habe, seien sie ihm wie Partner auf Augenhöhe vorgekommen. Consorte habe seine Frau offensichtlich geschätzt und umgekehrt. Ihr Umgang sei von gegenseitigem Respekt gekennzeichnet gewesen. Da hätten sich zwei geistreiche, witzige Personen gefunden, bei denen Signora Galantes Behinderung, wenn überhaupt, dann nur eine sehr untergeordnete Rolle gespielt habe.

Ob die Signora ihm jemals realitätsfremd vorgekommen sei, wollte Leda wissen. Ob sie vielleicht Dinge behauptet habe, die keine Entsprechung in der Realität fänden. Nein, im Gegenteil, erwiderte Malatesta, er halte sie für besonders realistisch und besonders lebensfroh. Ohne diese beiden Qualitäten könne sie ihr Leben kaum so meistern, wie sie es tue.

Leda begann im Internet nach Federica Galante zu recherchieren. Tausende und Abertausende Einträge gab es zu diesem Namen. Fast alle waren fremdsprachig, und die Kommissarin begriff, dass diese Künstlerin im Ausland tatsächlich berühmt war. Sie klickte Websites von amerikanischen, australischen und japanischen Galerien an. Ein Gemälde der Galante wurde mit einhundertfünfzigtausend Dollar angeboten, andere mit Preisen, die nur wenig darunterlagen. In mehreren englischsprachigen Artikeln wurde sie als die wichtigste zeitgenössische Künstlerin Italiens gefeiert. Irgendetwas hatte man da auf dem Stiefel wohl übersehen. Im eigenen Land gilt der Prophet nichts, dachte Leda.

Das Institut von Mediapoll befand sich in einem luxussanierten Palazzo direkt an der Piazza Colonna. Diese trug ihren Namen von der in der Mitte des Platzes aufragenden Siegessäule, die zu Ehren des Kaisers Mark Aurel nach dessen Tod im Jahr 180 errichtet worden war. Seit der Antike waren hier Reliefbilder von den siegreichen Feldzügen des Kaisers gegen verschiedene das Römische Reich von Osten her angreifende Stämme zu bewundern. Anhand dieser Säule hatte Professor Giallo, Ledas Vater, seinen beiden Töchtern die Geschichte ihres Landes erklärt. Dass es schwer gewesen sei, die Grenzen des Reiches gegen die Markomannen aus dem heutigen Tschechien, gegen die Quaden aus der westlichen Slowakei oder gegen die Sarmaten, die vom Südural aus gekommen seien, zu verteidigen. Leda erinnerte sich, wie sie gespannt der Erzählung des Vaters über die hochgerüsteten sarmatischen Kriegerinnen und ihre Königin Amage gelauscht und sich vorgestellt hatte, wie sie selbst auf einem Pferd mit wehenden roten Haaren durch die Steppe jagte.

Später dann, als Leda ihrem Sohn Marco, der zu seiner eigenen Freude wie dieser große Kaiser der Antike hieß, die Säule gezeigt und von den Schlachten zur Verteidigung der römischen Grenzen erzählt hatte, bildete das eine wunderbare Vorlage für Spiele mit seinen Freunden. Monatelang hatten sie die geschichtlichen Ereignisse nachgespielt. Sogar Mädchen durften mitmachen und in die Figuren der sarmatischen Kämpferinnen und ihrer Königin schlüpfen.

Leda musste lächeln, als sie an der Säule hochschaute und überlegte, wie vergänglich doch Sieg und Macht waren. Unvorstellbar, dass eine heutige italienische Regierung ein Territorialgebiet von der Größe des damaligen Römischen Reichs regieren sollte, wo sie doch nicht einmal in der Lage war, das eigene, vergleichsweise winzige Land in den Griff zu bekommen. Manchmal, wie jetzt, wurde ihr schwindelig bei dem Gedanken, in welchen Abgrund politische Eitelkeiten, Machtgier und Interessenverstrickungen das Land noch treiben könnten. Schon wieder stand eine Wahl an, und wie immer schien es allein um das Modellieren neuer Mehrheiten zu gehen, um überhaupt eine Regierung zu haben. Die Inhalte verkümmerten auf der hintersten Bank der politischen Klasse.

Die Politik war nach Ledas Meinung längst zu einer Art Spiel verkommen, das sich nur um den Selbsterhalt der darin vorkommenden Figuren drehte, aber nichts mehr mit den Menschen außerhalb dieses eigentümlichen Systems zu tun hatte. Und doch wurden diese in unregelmäßigen Abständen im Namen der Demokratie aufgerufen, den Figuren die Legitimation für die Fortsetzung des Spiels zu erteilen, an dem sie selbst nicht teilnehmen durften. Leda beschloss, die nächste Wahl durch Stimmenthaltung zu boykottieren, auch wenn das insgesamt nichts ändern würde.

Dann ging sie auf den Eingang des Meinungsforschungsinstituts zu. Näher am Zentrum der politischen Macht kann man nicht residieren, dachte sie. Auf der gegenüberliegenden Seite des Platzes der Sitz des Ministerpräsidenten im Palazzo Chigi und gleich dort drüben die Abgeordnetenkammer im Palazzo di Montecitorio. Signalisierte die Örtlichkeit nicht eine zu große Nähe für eine politisch unabhängige Institution? Kaum hatte sie einen Fuß in das Gebäude gesetzt, stand sie vor einem Drehkreuz, das sie am Weitergehen hinderte.

»Signora, was wollen Sie hier? Das ist kein öffentliches Gebäude«, belehrte sie ein junger glatzköpfiger Mann mit der Statur eines Preisboxers. Leda kramte unter seinen misstrauischen Blicken den Dienstausweis aus ihrer großen Tasche und präsentierte ihn schweigend. Der Mann studierte das Dokument mit zusammengekniffenen Augen, taxierte anschließend Leda, und dann huschte zu ihrer Überraschung ein Lächeln über sein Gesicht.

»Sind Sie nicht die Rote Kommissarin?«

»Mein wirklicher Name ist Leda Giallo, so wie es auf dem Ausweis steht.«

»Entschuldigen Sie bitte, Signora. Ich wollte Sie nicht beleidigen. Aber die Medien nennen Sie nun einmal so.«

Das stimmte. Die Kombination aus ihren flammend roten Haaren und ihren Erfolgen bei der Suche nach Mördern hatte Leda bei den Römern einen hohen Bekanntheitsgrad und diesen Spitznamen eingebracht.

»Ich nehme es Ihnen nicht übel«, sagte sie lachend. »Sagen Sie, wer ist denn jetzt der Chef von Mediapoll?«

»Signora Bevilacqua. Sie war es auch schon vorher, zusammen mit Signor Consorte, Gott hab ihn selig. Ist er ermordet worden, oder warum kommen Sie?«

»Nein, nein«, wiegelte Leda den durchaus zutreffenden Verdacht des Mannes ab. »Wo finde ich Signora Bevilacqua?«

»Einen kleinen Moment, ich frage mal nach, ob sie im Haus ist.«

Rita Bevilacqua empfing Leda mit den Worten: »Werde ich verdächtigt, Alessio Consorte in den Tod getrieben zu haben?« Dabei schaute sie die Kommissarin nicht einmal an, sondern wandte ihr den Rücken zu, während sie am anderen Ende des riesigen Raums unbeweglich am Fenster stehen blieb.

»Haben Sie es denn getan?«

»Welches Motiv könnte ich haben, meinen Partner verlieren zu wollen?«

»Welches Motiv könnte er gehabt haben, sterben zu wollen?«

»Das frage ich mich seit Samstag und konnte bisher keine Antwort finden.«

Die Stimme der Bevilacqua war hart, von militärischer Präzision. Sie sonderte Worte wie Geschosse ab. Aber die Waffe, aus der sie geflogen kamen, stand im krassen Widerspruch zum Ton. Rita Bevilacqua, die Königin von Mediapoll, war klein und ausgesprochen zierlich. Nie hätte Leda ihr diese kräftige Stimme zugetraut.

Nun drehte sich die Bevilacqua um, und Leda glaubte einer

Täuschung zu erliegen, so groß war die Ähnlichkeit mit Federica Galante. Als hätte diese sich aus ihrem Rollstuhl erhoben, stünde nun aufrecht vor ihr und schaute sie mit den gleichen wuterfüllten Augen an.

»Sind Sie mit Signora Galante verwandt?«, erkundigte sich Leda.

»Weder verwandt noch verschwägert.«

»Sie sehen sich sehr ähnlich.«

»Eine Laune der Natur, ohne Bedeutung und ohne Folgen. Wollten Sie das überprüfen? Verdächtigen Sie eine von uns des Mordes und wollen feststellen, ob die andere die Täterin war?«

Es fiel Leda schwer, angesichts dieser Welle verbaler und atmosphärischer Aggression die Ruhe zu bewahren. Doch es gelang ihr, indem sie sich sagte, dass hinter solchem Verhalten meist Schuld, eine große Verletzung oder aber Unsicherheit standen.

»Ich verdächtige nichts und niemanden. Warum sprechen Sie von Mord?«

»Warum sonst wären Sie hier? Die Chefin der Mordkommission einer Stadt mit fast drei Millionen Einwohnern hat, so glaube ich zumindest, Besseres zu tun, als aus purem Zeitvertreib die Ähnlichkeit zwischen der Geschäftspartnerin eines Selbstmörders und dessen Ehefrau zu überprüfen. Also?«

»Alessio Consorte war ein berühmter Mann...«, setzte Leda an, wurde aber sofort unterbrochen.

»... und wurde ermordet?«

»Wenn Sie das sagen, möglicherweise schon«, erwiderte Leda nun doch aufgebracht.

»Ich sage gar nichts, weil ich weder etwas über die Gründe für einen Selbstmord noch über die für einen Mord weiß. Für beide Varianten kann ich weder Erklärungen liefern noch mit irgendwelchen hilfreichen Hinweisen dienen. Ich bin über seinen Tod schockiert, genauso wie die übrige Nation, und versuche, das Unternehmen nun ohne ihn weiterzuführen. Das bedarf meines pausenlosen Einsatzes, weshalb ich Sie bitten möchte, jetzt sofort zu gehen. Addio, Signora.«

Mit diesen Worten kam Rita Bevilacqua ihr durch den Raum entgegengelaufen. Die Absätze ihrer schwarzen Pumps schienen bei jedem Schritt wie Nägel ins Parkett gehämmert zu werden. Und wieder erstaunte Leda die Kraft dieser Frau, die ihr Gegenüber buchstäblich in den Boden zu stampfen drohte. Doch die tiefen Furchen in ihrem blassen Gesicht und das verräterische Rot durchweinter Nächte in ihren Augen verrieten Leda etwas anderes: dass die Chefin von Mediapoll verzweifelt war, Unsicherheit und Trauer durch markantes Auftreten überdecken wollte. Sie zögerte kurz und überlegte, ob sie ihr vom Mordverdacht erzählen sollte, verwarf diesen Gedanken jedoch wieder.

Rita Bevilacqua stapfte an ihr vorbei zur Tür, öffnete sie und schaute Leda auffordernd ins Gesicht. Deshalb entging ihr der erstaunte Blick einer jungen Frau, die mit einer Unterschriftenmappe in der Hand offensichtlich gerade hatte anklopfen wollen.

»Entschuldigung, Signora. Ich wollte nur ...«

Rita Bevilacqua zuckte zusammen, als sie plötzlich eine Stimme direkt neben sich vernahm, und riss ihren Kopf herum. »Nicht jetzt.«

»Aber Signor Ottaviano hat gesagt ...«

»Es ist mir egal, was Signor Ottaviano gesagt hat. Raus! Alle raus hier!«, schrie Rita Bevilacqua zum sichtbaren Entsetzen der jungen Frau, und Leda beeilte sich, der Aufforderung nachzukommen. Hier wurde es ungemütlicher, als sie es brauchen konnte. Mit einem höflichen »Arrivederci« verließ sie den Raum und hörte hinter sich die Tür unsanft ins Schloss fallen.

»Oje, die Signora ist sehr nervös«, meinte die Frau. »Und was soll ich jetzt machen? Signor Ottaviano brüllt auch herum, weil ihm alles zu langsam geht. Und wenn ich ohne die Unterschriften zurückkomme, wird er erst recht wild werden. Seit Signor Consortes Tod drehen hier alle durch. Jeden Tag wird es schlimmer«, sagte sie und begann zu weinen. Leda angelte in ihrer Handtasche nach einem Päckchen Taschentücher und bot es an.

»Grazie. Sehr nett von Ihnen. Entschuldigen Sie mein Benehmen. Aber der Chef fehlt uns allen sehr.«

Die junge Frau hieß Ginevra Izzo und hatte nach ihrer eigenen Einschätzung »das große Glück gehabt, für Alessio Consorte als Sekretärin arbeiten zu dürfen«. Erst jetzt lerne sie das vergangene Glück richtig zu schätzen. Jetzt, wo sie Signor Ottaviano als Sklavin dienen müsse. Ja, das sei der einzig richtige Ausdruck für die Art, wie er mit ihr umgehe. Er spiele den Chef, sei aber keiner. Wie ein aufgeplusterter Pfau hocke er auf Consortes Stuhl und malträtiere sie mit sinnlosen Beschäftigungen und Aufträgen. Er beschimpfe sie als faul und unordentlich. Ausgerechnet sie, die doch immer so sehr auf Ordnung geachtet habe. Selbst wenn sie einmal nicht da gewesen sei, habe Signor Consorte immer alles Gesuchte finden können, so perfekt sei ihre Ablage. Nun müsse Signor Ottaviano morgen zum ersten Mal im Fernsehen auftreten und mache deshalb alle wahnsinnig. Und sie selbst stehe in der vordersten Schusslinie. Das halte sie einfach nicht aus.

Die junge Frau schluchzte, während Leda neben ihr herlief und weiterfragte: »Haben Sie denn mit Signora Bevilacqua darüber gesprochen?« Eine schlechte Frage, wie sie sofort bemerkte, denn nun flossen bei Signorina Izzo erst richtig die Tränen.

»Die Arme. Sie kann im Moment gar nichts mehr machen, außer zu weinen. Sie weint und weint oder sitzt da und starrt in die Luft. Signor Consorte fehlt ihr doch mehr als uns allen zusammen. Sie braucht uns viel mehr als wir sie. Da werde ich sie doch nicht mit solchen Kleinigkeiten belästigen.«

»Den Eindruck hatte ich aber nicht. Sie wirkte sehr stark auf mich, wenn auch betroffen.«

»Betroffen? Sie leidet wie ein Hund! Sie ist nicht mehr sie selbst. Ohne Signor Consorte ist sie ein Nichts. Er war die Seele von Mediapoll, die Seele und das Gehirn. Er lebte für uns, wir lebten für ihn.«

»Und warum hat er sich nach Ihrer Meinung umgebracht?«

Abrupt blieb Ginevra Izzo stehen, schaute Leda direkt in die Augen und sagte mit fester Stimme: »Ich glaube nicht, dass er sich umgebracht hat. Ich kann das einfach nicht glauben. Ich denke, dass er einen Herzinfarkt bekommen hat, weil er so gestresst war. Hundertmal habe ich ihm gesagt, dass er Urlaub machen müsste, aber er hat nur gelacht und gesagt: ›Jetzt, mitten im Wahlkampf? Wie soll das gehen?‹ Genau das hat er gesagt. Und weil in diesem Scheißland ständig Wahlkampf ist, ist er gestorben. Die Politiker sind schuld an seinem Tod.« Wieder wurde sie von einem Weinkrampf geschüttelt, bis sie plötzlich innehielt und Leda zweifelnd anschaute: »Wer sind Sie eigentlich? Ich habe Sie hier noch nie gesehen.«

»Ich heiße Leda Giallo und bin Polizistin.«

»Polizistin? Was machen Sie denn hier?«

»Der Tod Ihres Chefs wirft einige Fragen auf. Da er ein berühmter Mann war, gehen wir ihnen nach. Sie selbst bezweifeln ja beispielsweise einen Selbstmord und meinen, dass er vielleicht einem Herzinfarkt erlegen ist. Warum aber hätte er dann den Motor in der geschlossenen Garage gestartet?«

»Aus Versehen, was weiß ich. Das muss doch die Polizei herausfinden können.«

»Das ist manchmal gar nicht so einfach. War er denn herzkrank? Hatte er schon einmal Herzbeschwerden?«

»Nein, das nicht. Aber er war irre gestresst, und davon kann man so etwas doch bekommen.«

»Hatte der Stress in der letzten Zeit denn zugenommen?«

»Eigentlich nicht. Aber er litt stärker darunter als früher, ich meine psychisch. Früher klagte er nie, was er in der letzten Zeit getan hat.«

»Aber soviel ich weiß, war er in den vergangenen Wochen so gut wie gar nicht hier, sondern machte in Pizzoli Urlaub.«

»Das stimmt. Aber der Urlaub kam wohl zu spät. Er hätte das früher tun sollen. Und außerdem hat er ja trotzdem die Freitagssendungen moderiert.«

»Wer hätte ihn denn ersetzen können?«

»Na, eben Signor Ottaviano. Er ist schon seit drei Jahren Signor Consortes Stellvertreter und hätte das gern übernommen. Sehr gern sogar, aber Signor Consorte meinte, er sei dafür noch nicht reif. Deshalb hat es öfter Streit zwischen den beiden gegeben.«

»Dann hat Signor Ottaviano also durch Consortes Tod eine unerwartete Beförderung erfahren?«

»Leider ja.«

»Wann haben Sie Signor Consorte denn zum letzten Mal gesehen?«

»Am Freitag war er kurz hier.«

»Und wie hat er sich beim letzten Besuch verhalten?«

»Merkwürdig. Er hat in seinem Büro herumgeräumt, ein paar Unterlagen eingepackt und mich, bevor er ging, umarmt. Das hatte er noch nie gemacht. Dabei sagte er: ›Sie sind ein feiner Kerl. Jetzt müssen Sie ohne mich auskommen.‹ Als ich ihn fragte, wie lange er denn noch Urlaub machen wolle, meinte er, das könne dauern. Signor Ottaviano werde ihn vertreten«, sagte Ginevra Izzo und begann erneut zu schluchzen.

»War er traurig oder bedrückt?«

»Nein, im Gegenteil, eher fröhlich. Er klang richtig zufrieden, so als freute er sich auf den Urlaub. Ich wäre nie auf die Idee gekommen, dass er ein paar Stunden später tot sein würde.«

»Wie war sein Verhältnis zu Rita Bevilacqua?«

»Sie waren sehr eng befreundet. Ich glaube, dass er mit ihr mehr Zeit verbrachte als mit seiner eigenen Frau. Aber die ist ja auch sehr viel unterwegs. Sie ist Künstlerin. Signor Consorte hatte Bilder von ihr im Büro. Die hat Signor Ottaviano alle abgehängt.«

Die Zusammenarbeit mit Signor Ottaviano würde nur von kurzer Dauer sein, prognostizierte Leda im Stillen. Die Abneigung seiner Mitarbeiterin saß so tief in ihrer Seele, ihre Bewunderung für Consorte wuchs mit jedem Wort, durch das sich Ottaviano Autorität bei ihr verschaffen wollte. Einer von beiden würde seinen Posten über kurz oder lang räumen müssen. Und das waren üblicherweise nicht die Vorgesetzten.

Die Fahrt zur Sendezentrale des staatlichen Radio- und Fernsehsenders RAI im nördlichen Stadtteil Saxa Rubra stellte zu Ledas Überraschung kein Problem dar. Etwa eine halbe Stunde nach der Abfahrt im Präsidium parkte sie ihren Wagen vor dem Eingang des mächtigen Gebäudekomplexes, den sie bisher nur vom Vorbeifahren kannte. Dann allerdings dauerte es eine weitere halbe Stunde, bis sie nach dem Vorzeigen ihres Dienstausweises ins Besucherbuch eingetragen und mit einem Hausausweis ausgestattet worden war und sich bis zum Büro der Nachrichtenmoderatorin Manuela Cecamore durchgefragt hatte.

Dort erfuhr sie von einem nicht gerade freundlichen Mitarbeiter, dass die Signora sich im Studio befinde, wo sie interviewt werden solle. Jede Störung sei in der nächsten Stunde ausgeschlossen, da das Interview live gesendet werde. Leda signalisierte, dass sie unter diesen Umständen warten wollte, wurde aber darüber aufgeklärt, dass im Anschluss an die Sendung eine Redaktionssitzung stattfinden werde, die die Signora zu leiten habe und bei der sie deshalb nicht fehlen dürfe.

Direkt danach müsse die Signora die Texte für die Abendnachrichten durchgehen, die sie wiederum um acht Uhr abends zu präsentieren habe. Kurz: Die Chancen, sie heute noch zu sprechen, seien sehr gering. Daher möge Leda es doch morgen Vormittag noch einmal versuchen, am besten nach telefonischer Voranmeldung.

Leda zögerte. Was tun? Sollte sie die Cecamore zum Gespräch zitieren, ihrem Mitarbeiter damit drohen, dass seine Chefin gegebenenfalls für eine Zeugenaussage ins Präsidium vorgeladen werde? Hier im Zentrum der größten staatlichen Fernsehanstalt ausgerechnet einer Journalistin verraten, dass es Hinweise auf einen Mord gebe, um in einem Atemzug das Verschweigen dieses Verdachts einzufordern? Ausgerechnet hier, wo man Ereignisse zu Sensationen umdefinierte, um damit auf dem Markt der Öffentlichkeit punkten zu können?

»Wenn ich vor dem Studio auf Signora Cecamore warte? Vielleicht hat sie zwischendurch doch ein paar Minuten Zeit«, schlug Leda konziliant vor.

»Versuchen Sie's. Aber viel Hoffnung habe ich nicht.«

Wieder brauchte Leda eine Weile, bis sie sich durch Gänge, über Treppen und Aufzüge bis zum Aufnahmestudio durchgearbeitet hatte, sodass ihre Füße vom vielen Laufen wehtaten. Zum Schmerz gesellte sich plötzlich ein stechender Hunger. So stark, so überwältigend, dass ihre Aufgabe an Wichtigkeit verlor, ihr körperliches Unbehagen in den Vordergrund trat. Sie begann zu schwitzen. Ihre Augen suchten nach einem Stuhl, einer Bank oder wenigstens einem Tisch, auf den sie sich hätte setzen können. Nichts. Doch dann entdeckte sie glücklicherweise einen Wasserautomaten. Sie trank mehrere Becher hintereinander, und bald ging es ihr wieder besser.

Endlich fand sie das Studio. An der Wand neben der Eingangstür leuchtete eine Anzeige in grellem Rot: »Achtung, Sendung. Eintritt verboten.« Leda beschloss, vor der Tür zu warten. In diesem Moment kam ein Mann aus dem

Raum nebenan. »Signora, kann ich Ihnen helfen?«, fragte er freundlich.

Leda erklärte ihm ihr Anliegen. Er brachte sie in den Raum, aus dem er gekommen war, den Regieraum. Dort saßen ein weiterer Mann und eine Frau an Technikpulten und steuerten die Studioaufnahmen so, dass sie in bester Qualität auf die Bildschirme italienischer Haushalte gelangten. Ledas Begleiter erklärte seinen Kollegen den Grund ihrer Anwesenheit, ehe er wieder den Raum verließ. Sie nickten und boten ihr einen Stuhl an, auf den sie sich fallen ließ. Die Sendung werde noch zehn Minuten dauern, sagte der Techniker. Sie könne sie von hier aus bis zum Ende mitverfolgen.

Manuela Cecamore war das bekannteste Nachrichtengesicht Italiens. Alles an dieser Frau schien Leda so gründlich gestylt zu sein, dass nichts Natürliches von ihr übrig geblieben war: das blond gesträhnte, perfekt in Form geschnittene und geföhnte Haar, das das ebenmäßige, schmale Gesicht einer Schaufensterpuppe umgab. Eine blonde Schönheit. Leda vermutete, dass so manch ein Mann nachts neben seiner Frau im Bett lag und von der Cecamore träumte.

Durch die Glasscheibe beobachtete sie, wie dieser ganz in Schwarz gekleidete Traum von einer Frau in einem Sessel auf einem kleinen Podest saß und sich von einem Mann, der schräg neben ihr in einem zweiten Sessel saß, befragen ließ. Hinter ihnen grenzten Stellwände die kleine Interviewinsel vom Rest des Studios ab, sodass das Gespräch in geradezu intimer Atmosphäre zu verlaufen schien. Auf Leda wirkten die beiden Menschen in der Weite des Raumes wie zwei verlorene Seelen. Beide schauten mal in die Kameras und mal sich gegenseitig an. Sie wussten, wann sie was zu tun hatten, welche der beiden Kameras gerade wem auflauerte.

Für Leda war es der erste Besuch eines Fernsehstudios. Fasziniert beobachtete sie das Geschehen. Zunächst ohne auf den Inhalt des Gesprächs zu achten, das in den Regieraum übertragen wurde. Doch dann vernahm sie plötzlich den Namen Alessio Consorte.

»Du hast ihn also möglicherweise als letzter Mensch lebend gesehen. Welchen Eindruck machte er auf dich?«, fragte der Mann.

»Als Medienprofi hat er sich, während die Kameras liefen, natürlich keine Gefühlsregung anmerken lassen. Doch vor und nach der Sendung machte er auf mich einen bekümmerten Eindruck, war anders als sonst.«

»Kannst du das ein bisschen näher erklären?«

»In unserer kleinen Vorbesprechung mit dem Team beispielsweise sagte er wenig und scherzte auch nicht, was er üblicherweise zu tun pflegte.«

»So ein Quatsch«, bemerkte die Frau am Pult diesseits der Scheibe. »Er war wie immer.«

»Du lernst das nie, Maria. Auf die Tränendrüse drücken bedeutet erhöhte Quoten. Die Cecamore macht das genau richtig«, meinte der junge Mann lachend.

»Hat er dir gesagt, was ihn bedrückte?«, fragte der Mann im Sessel weiter.

»Nein. Ich habe ihn auch nicht gefragt. Das wäre zu privat gewesen. Unsere Gespräche drehten sich immer nur um die Sendungen. Wir waren Kollegen, die sich einmal in der Woche hier im RAI-Studio sahen. Sonst nichts. Es hätte mir nicht zugestanden, in seinem Gefühlsleben herumzuwühlen«, antwortete die Cecamore.

»Na na, Ceca, übertreib mal nicht mit deiner Sachlichkeit. Er hat dich angebetet und du ihn auch«, meinte jetzt der Mann, der neben Leda stand. »Und die Besprechungen unter vier Augen in deinem Büro haben manchmal ziemlich lang gedauert.«

»Eifersüchtig?«, fragte die junge Frau lachend und drückte auf einen von tausend blinkenden Knöpfen.

»Das überlasse ich Fabrizio. Ich glaube, der ist froh, Consorte los zu sein.«

»Sei ruhig und hör zu, was sie jetzt antwortet«, unterbrach die Frau.

»Ja, er wird mir genauso fehlen wie unserem Publikum«, erklärte Manuela Cecamore gerade. »Er war klug und unbestechlich, stellte die richtigen Fragen und gab die richtigen Antworten. Sein Tod bedeutet einen großen Verlust für jeden, der sich für Politik interessiert oder mit ihr zu tun hat.« Sie hielt kurz inne und fuhr dann fort: »Er hat allerdings eine Entscheidung für sich getroffen, die ich persönlich nicht akzeptieren kann, was auch immer geschehen sein mag. Dennoch werde auch ich Alessio Consorte als einen fähigen Mann in Erinnerung behalten, den ich bewundert habe. Aber ich bin sicher, dass sein Nachfolger seine Sache genauso gut machen wird.«

»Was waren die letzten Worte, die er zu dir sagte?«

»Ciao, Manuela.«

»Und wenn du gewusst hättest, dass er sich ein paar Stunden später das Leben nehmen würde, was hättest du getan?«

Nun starrte Manuela Cecamore ihren Gesprächspartner entsetzt an. Ihre bisher so perfekte Maske strenger Sachlichkeit fiel ihr vom Gesicht. Diese Frage hatte sie offenbar nicht erwartet und schien keine wohlformulierte Antwort im Kopf zu haben.

»Wenn ich das gewusst hätte? Ich weiß nicht«, stotterte sie. »Wahrscheinlich hätte ich versucht, mit ihm zu reden, versucht zu verhindern, dass er wegfährt.«

»Machst du dir jetzt, wo du weißt, was geschehen ist, Vorwürfe, Alessio Consorte nicht gefragt zu haben, warum er so bedrückt war, und dadurch das Schlimmste nicht verhindert zu haben?«, bohrte Cecamores Gegenüber weiter.

»Soll das ein Vorwurf sein?«, erwiderte sie gereizt.

»Nein, nur eine Frage. Mir würden solche Gedanken durch den Kopf gehen, wenn ich einer der Letzten gewesen wäre, der mit einem zu Tode verzweifelten Menschen gesprochen hat.«

»Mir nicht«, antwortete sie kurz angebunden und blickte ihn mit harten Augen an.

»Dio, bei denen hängt jetzt der Haussegen schief. Das war aber auch unfair von Fabrizio«, meinte der junge Mann, während die Frau am Pult erst auf einen Knopf drückte, dann einen Regler nach unten und einen anderen nach oben schob.

»Wer ist der Mann?«, fragte Leda in den Raum, und die beiden drehten sich ruckartig zu ihr um. Sie hatten offensichtlich vergessen, dass eine dritte Person im Raum war.

»Fabrizio Fracasso, der Mann von Manuela. Kennen Sie den nicht? Er ist ebenfalls Moderator.«

»Danke. Ich versuche jetzt mal, mit Signora Cecamore zu sprechen.«

»Vergessen Sie's. Die ist so wütend auf Fabrizio, da redet sie mit niemandem.«

Tatsächlich stürmte sie Sekunden später aus dem Studio, schaute weder nach rechts noch nach links und lief auf ihren langen Beinen so schnell davon, dass Leda ihr nur hinterherschauen konnte.

In Wahrheit hatte sie schon alles gehört, was sie erfragen wollte. Nur eines nicht, nämlich wann genau Alessio Consorte nach seiner letzten Sendung das Gebäude verlassen hatte. Aber möglicherweise war die Frage auch nicht wichtig, sondern gehörte nur zum Routinerepertoire einer Mordermittlung, wenn es denn eine gab, was im Fall Consorte alles andere als sicher war. Nun blieb Leda eine letzte Sorge: Woher sie so schnell wie möglich etwas zu essen bekommen sollte.

»Unten im Erdgeschoss ist eine Bar«, erfuhr sie von einem Unbekannten auf dem Flur und machte sich auf den Weg.

Obwohl Teigwaren und Sahne derzeit eigentlich von ihrem Speiseplan gestrichen waren, konnte sie sich beim Anblick von Tortellini mit Käsesoße nicht beherrschen und ließ sich eine ordentliche Portion über die Theke reichen.

Kaum war sie fertig, fiel ihr ein, dass sie am Abend mit Paolo im Restaurant seines Freundes Gianni verabredet war, um die letzten Details der für Samstag geplanten Geburtstagsfeier von Paolo und insbesondere das Menü noch einmal durchzugehen. Auch gut, dachte Leda. Ab sofort würde sie die Diät bis Sonntag einstellen. Den Gedanken daran, das Festmahl zu verpassen, hielt sie für völlig abwegig. Weder Paolo noch Gianni würden das Diätargument gelten lassen. Und sie selbst auch nicht. Außerdem passte das Taftkleid ja schon wieder.

VI Auf das Cornetto alla crema verzichtete sie trotzdem am nächsten Morgen und trank nur einen schnellen Cappuccino bei Mario. Da so viele Gäste die Bar gestürmt hatten, dass ihm keine Zeit für einen morgendlichen Plausch blieb, arbeitete er rasch und wortlos. Er zwinkerte ihr kurz zu und wirkte so eifrig hinter der Theke, dass das goldene Kreuz am Goldkettchen auf seiner Brust bebte.

Leda nahm sich eine Zeitung und überprüfte, ob die Medien etwas über ihren Mordverdacht spitzbekommen hatten. Doch Consortes Tod spielte nur insofern eine Rolle, als auf die für den Abend geplante Nachrichtensendung hingewiesen wurde, in der der neue Moderator Massimo Ottaviano die neuesten Umfragewerte präsentieren würde.

Leda war außerordentlich gut gelaunt und plante den Tag. Leos Mordthese würde sich bestimmt heute noch in Luft auflösen, da Piero, Ugo und Raffaella in Consortes Haus in Pizzoli wahrscheinlich einen Abschiedsbrief und jede Menge Beruhigungsmittel gefunden hatten. Ugo würde einen kurzen Bericht für den Chef schreiben und sie ihren begonnenen abschließen. Am frühen Nachmittag wollte sie das Polizeipräsidium verlassen, um am Flughafen ihre Tochter Flavia und deren Freund Alessandro abzuholen, die wegen Paolos Geburtstagsfeier aus Amerika kommen würden. Am Abend wollte dann auch Sohn Marco aus Bologna eintreffen, wo er studierte. Leda freute sich unbändig auf sie. Endlich würden sie wieder einmal alle zusammen sein.

Als sie die Via Nazionale hinunterfuhr, entdeckte sie ihren Mitarbeiter Ugo Libotti, der von der U-Bahn-Station an der Piazza Repubblica Richtung Questura marschierte. Sie hielt auf der Busspur und lud ihn mit einer Geste zum Einsteigen ein. Doch er winkte lachend ab. Die paar Meter wolle er noch laufen, rief er. Ja, sie sollte sich auch mehr bewegen, dachte Leda, dann würden auch die Pfunde schneller purzeln. Morgen vielleicht.

Leda und Ugo trafen sich im Flur der Questura wieder.

»Wie war es in Pizzoli?«, erkundigte sich Leda.

»Viel Schnee. Wir haben drei Stunden für die Rückfahrt gebraucht.«

»Und? Spuren im Schnee?«

»Allerdings. Piero denkt jetzt auch, dass es Mord war.«

»Wie bitte? Nimmst du mich auf den Arm?«

Ugo tat das öfter, und zwar mit so unbewegter Miene, dass Leda sich nie ganz sicher war, wann er Spaß machte und wann er die Wahrheit sprach. Er lachte.

»Leda, Sie misstrauen doch wohl nicht meinen Worten?«

»Manchmal schon, und dann meistens zu Recht.«

»Diesmal stimmt aber, was ich sage.«

Zehn Minuten später saßen sie am Besprechungstisch in Ledas Büro. Raffaella Valli sah sehr müde aus. Seit etwa einem halben Jahr hatte sie einen neuen Freund, der sie für Ledas Geschmack nachts zu sehr forderte. Sie erschien zwar immer pünktlich, immer zuverlässig, aber eben oft müde. Der Kerl gefiel Leda nicht, obwohl sie ihn gar nicht kannte. Sie hatte Mitleid mit Raffaella, die ihre Augen kaum offen halten konnte. Neben ihr saßen Piero Bassani, der Experte für die Spurensicherung an Tatorten, und schließlich der Gerichtsmediziner Leo Amato.

»Du hegst also auch Mordverdacht, Piero?«, fragte Leda.

»Genau. Fangen wir ganz von vorn an. Beide Außentüren des Hauses waren bei unserer Ankunft zu, aber nicht abgeschlossen. Da die hintere mit einer einfachen Türklinke versehen ist, konnten wir problemlos ins Haus gelangen. Clemente, der Polizist vor Ort, meinte, Türen schließe man dort oben nicht oder nur selten ab. Vielleicht wurde der mögliche Täter auch von Consorte eingelassen, jedenfalls gibt es keine Einbruchsspuren. Überhaupt fehlt im Haus jeder Anhalts-

63

punkt für die Anwesenheit einer zweiten Person zur Tatzeit. Im Auto habe ich einen Stein gefunden, der auf dem Gaspedal gelegen haben muss, um es zu beschweren. Ein Selbstmörder hätte wahrscheinlich einfach mit seinem Fuß aufs Gaspedal getreten. Verdächtig ist, dass sich keine Fingerabdrücke auf dem Stein befinden, auch nicht die von Consorte. Frage: Warum zieht sich ein Selbstmörder Handschuhe an, bevor er den Stein transportiert? Und vor allem, warum zieht er sie vor seinem Tod wieder aus? Ziemlich unwahrscheinlich! Auf dem Autoschlüssel sind Fingerabdrücke von Consorte. Aber sie sind verwischt. Das heißt, jemand hat nach ihm den Schlüssel noch mal angefasst, und zwar jemand, der Handschuhe trug. Wir haben Clemente dazu befragt, und der schwört Stein und Bein, dass Consorte keine Handschuhe anhatte, als sie ihn fanden. Er hat dann auch noch beim Notarzt nachgefragt und der wiederum im Krankenwagen nachgeschaut. Nichts. Sogar das Bestattungsunternehmen, das ihn nach Rom gefahren hat, hat den Bleisargdeckel gelupft. Nichts!«, erklärte Ugo.

»Aber«, fuhr Raffaella fort, »in der Schublade im Hausflur lagen fein säuberlich zusammengefaltet zwei Paar Handschuhe.«

»Das eine Paar weist Oberflächenstrukturmerkmale auf, die sowohl auf dem Autoschlüssel als auch auf dem Griff der linken Hintertür wiederzufinden waren. Angenommen, Consorte hätte bei der Vorbereitung seines Todes die Hintertür aus welchen Gründen auch immer geöffnet, stellt sich dennoch folgende Frage: Ist es wahrscheinlich, dass ein Selbstmörder erst den Motor mit den Handschuhen zündet, dann aussteigt, um die Handschuhe an ihren Platz zu bringen, anschließend zum Ort des vorgesehenen Todes zurückkehrt, ins Auto steigt und sich nun erst vergiften lässt? Die Frage ist mit einem klaren Nein zu beantworten«, meinte Piero und blätterte ein wenig in seinen Unterlagen, ehe er wieder ansetzte.

»Nun zu einem noch erstaunlicheren Fund: einem Weinglas im Wohnzimmer. Es stand auf dem Tisch, war halb mit Rotwein gefüllt, einem sehr guten aus Piemont. Das weiß ich, weil die Flasche danebenstand. Auf der Flasche wiederum fanden sich teilweise verwischte Fingerabdrücke von Consorte. Diesmal stammen die Wischspuren aber nicht von den Handschuhen, sondern eher von einem Küchentuch, mit dem die Flasche angefasst wurde. Jetzt kommt aber das wirklich Wichtige: an dem Glas waren überhaupt keine Fingerabdrücke. Es muss direkt nach dem Spülen und Abtrocknen aus dem Schrank auf den Tisch geflogen oder gründlich abgerieben worden sein. Und was noch erstaunlicher ist: Ich habe auch keinerlei Lippenabdrücke darauf gefunden. Aus dem Glas wurde jedenfalls an jenem Abend kein Schluck getrunken. Weiter habe ich nach unserer Rückkehr sowohl den Wein aus dem Glas als auch den in der Flasche auf fremde Inhaltsstoffe untersucht. Nichts.«

»Wieder eine Ungereimtheit, denn in Consortes Magen fand sich das Gemisch aus ebendiesem Rotwein und dem Beruhigungsmittel«, mischte sich nun Leo Amato ein.

»Wir haben weiter das Haus durchkämmt. Da gab es keine Beruhigungsmittel, auch sonst keine Medikamente. Komisch nur, dass alles so gebaut ist, als würde ein Behinderter dort wohnen. Zum ersten Stock gibt es sogar einen Aufzug, am Hintereingang eine Rampe wie für einen Rollstuhl. Die ganze Kücheneinrichtung ist auch niedriger als gewöhnlich und das Bad mit Spezialtoilette und -dusche ausgestattet. Consorte war aber nicht behindert«, sagte Raffaella.

»Seine Frau sitzt im Rollstuhl. Ich war bei ihr. Sie heißt Federica Galante«, erklärte Leda ihnen.

»Gelähmt? O Gott, und Consorte hat sie nicht verlassen? Das nenne ich Liebe.«

»Vielleicht.«

»Das könnte ein Selbstmordmotiv sein«, meinte Ugo mit gerunzelter Stirn.

»Wieso denn das?«, fragten Raffaella und Piero wie aus einem Mund.

»Weil er es mit einer gelähmten Frau, um die er sich laufend kümmern musste, nicht mehr aushielt. Das ist doch wohl ein echter Grund.«

»Um Signora Galante musste Consorte sich nicht besonders kümmern. Sie ist eine berühmte Malerin, häufig unterwegs und alles andere als ein Pflegefall. Außerdem waren wir gerade bei den Spuren und nicht beim Tatmotiv. Bitte weiter«, meinte Leda.

»Einen Abschiedsbrief gab es auch nicht. Und seine Brieftasche steckte prall gefüllt mit Geld, Dokumenten und Kreditkarten in der Manteltasche im Flur. Also fällt Raubmord aus. Sein Telefonino lag unter dem Bett. Wahrscheinlich ist es ihm beim Umziehen aus der Hosentasche gefallen. Umgezogen hat er sich anscheinend, denn im Schlafzimmer lagen ein Anzug und ein Oberhemd so auf den Boden geworfen, als wollte er sie nie wieder benutzen. Ich habe die letzten Verbindungen von seinem Handy überprüfen lassen. Laut Telefongesellschaft wurde er seit Freitagnachmittag bis heute Morgen von folgenden Personen angerufen ...« Raffaella las eine umfangreiche Liste mit Namen der Anrufer und Anzahl der jeweiligen Gespräche vor. Ein paar Namen kannte Leda, wie die von Federica Galante, Rita Bevilacqua, Massimo Ottaviano, Ginevra Izzo und Manuela Cecamore.

»Wann war der genaue Todeszeitpunkt, Leo?«

»Ganz genau kann ich das nicht sagen, aber etwa um zwei Uhr Samstagmorgen. Eine Stunde plus/minus?«

»Wer war der letzte Anrufer vor seinem Tod?«

»Rita Bevilacqua«, antwortete Raffaella wie aus der Pistole geschossen. Leda kam zu dem Schluss, dass diesmal nicht der Freund für das Schlafdefizit ihrer jungen Kollegin verantwortlich zeichnete, sondern die aufreibende Nachtarbeit. Sie entschuldigte sich innerlich für ihren falschen Verdacht.

»Und wen hat Consorte zuletzt angerufen?«

»Seine Frau und davor Sergio Moscone, den Bergführer. Das ist der Mann, der den Toten gefunden und die Polizei alarmiert hat.«

»Habt ihr mit Nachbarn gesprochen? Mit Sergio Moscone?«

»Direkte Nachbarn gibt es keine, weil das Haus sehr einsam außerhalb des Ortes liegt. Im nächsten Haus, das fast einen Kilometer entfernt ist, wohnt Moscone. Er war gerade unterwegs, als wir ankamen, Funkgerät und Telefonino hatte er ausgeschaltet. Clemente sagte uns, dass Moscone ein Einzelgänger und manchmal tagelang allein in den Bergen unterwegs ist. Einer von denen, die sich mit Bären besser verstehen als mit Menschen. Clemente wird versuchen, ihn zu erreichen, und uns dann sofort informieren.«

»Das heißt, es gibt niemanden, der an jenem Abend Consorte allein oder in Begleitung respektive einen erwünschten oder unerwünschten Besucher gesehen hat?«

»So ist es.«

VII Auf Federica Galantes Gesicht tauchte ein spöttisches Lächeln auf, als Leda ihr von dem nun sehr handfesten Mordverdacht berichtete: »Sehen Sie, es gibt Ehefrauen, die kennen ihre Männer.«

»Wem gehört Mediapoll eigentlich?«

»Das genaue Verhältnis der Anteile kenne ich nicht, nehme aber an, dass das Institut jeweils hälftig meinem Mann und Rita gehört.«

»Was geschieht jetzt mit den fünfzig Prozent Ihres Mannes?«

»Ich erbe sie. Wir haben vor vier Jahren ein notariell beglaubigtes Testament verfasst und uns wechselseitig als Gesamterben eingesetzt. Das heißt, Mediapoll gehört jetzt zur Hälfte mir. Ich werde die Anteile verkaufen und vielleicht eine Stiftung mit dem Namen ›Politische Hygiene‹ gründen. Das braucht man dringend in Italien. Finden Sie nicht?«

»Und falls sich kein Käufer findet?«

»Dann lasse ich mich ausbezahlen.«

»Wie viel ist das Unternehmen denn wert?«

»Viel, nehme ich an.«

»Meinen Sie, dass die Firma das unbeschadet überstehen würde?«

»Das spielt für meine Entscheidung keine Rolle. Ohne meinen Mann wird sie sowieso pleitegehen.«

»Wie bitte? Bei allem Respekt für Ihren Mann, aber überschätzen Sie ihn nicht?«

»Nein. Rita ist dumm. Ich kenne sie gut genug, um das sagen zu können. Alessio war das Rückgrat von Mediapoll. Ohne ihn wird es sterben, so wie er gestorben ist.«

Federica sprach und lächelte dabei, als gefalle ihr diese

68

Zukunft für Mediapoll außerordentlich gut. Sie war Leda jetzt noch unheimlicher als zuvor. Die Frau schien sich jeder ihrer Aussagen absolut sicher zu sein, nicht die geringsten Zweifel zu hegen. Sie wünschte sich den Untergang der Firma mehr als irgendetwas anderes in der Welt. Ihrer Meinung nach würde er ohnehin kommen, so sicher wie das Amen in der Kirche.

»Warum arbeitete Ihr Mann mit einer, wie Sie sagen, dummen Partnerin zusammen?«

»Alte Verbundenheit. Rita brachte für die Firmengründung gute Kontakte und Geld mit. Ohne sie hätte Alessio Mediapoll nicht hochziehen können.«

»Es wäre doch schade, wenn das Lebenswerk Ihres Mannes zerstört würde. Finden Sie nicht?«

»Richtig, das war sein Lebenswerk, aber jetzt ist er tot. Deshalb ist es mir völlig gleichgültig, ob und wie das Institut weiter existieren wird. Ich jedenfalls brauche es nicht.«

»Die Zukunft von Signora Bevilacqua interessiert Sie demnach auch nicht? Sie war immerhin eng mit Ihrem Mann befreundet?«

»So? Wenn Sie es sagen, wird es stimmen. Nein, es ist mir auch egal, was mit ihr passiert. Sie hat von meinem Mann genug profitiert. Ich sehe meinerseits keine Verpflichtung, für ihr komfortables Leben zu sorgen. Leid tun mir höchstens die Mitarbeiter. Aber ich denke, sie werden leicht neue Jobs finden.«

»Sie mögen Signora Bevilacqua nicht besonders?«

»Diese Person ist mir völlig egal«, sagte die Galante, doch Leda spürte ihre Abneigung. Allein die Erwähnung des Namens verursachte ihr Unbehagen.

»Erwähnte Ihr Mann am Telefon, dass er in Pizzoli Besuch erwartete?«

»Nein. Seinen Mörder lädt man üblicherweise wohl auch nicht ein.«

»Das geschieht öfter, als Sie sich vorstellen können.«

»Alessio hat nichts gesagt. Im Gegenteil, er war froh, seine Ruhe zu haben, und ich habe es ihm geglaubt.«

Leda hatte während des Gesprächs die ganze Zeit Cristina Galante aus dem Augenwinkel beobachtet, wie sie mit verkniffenem Gesicht die Worte daran hinderte, aus ihrem Mund zu schlüpfen.

»Was wollten Sie sagen, Signora Galante?«, wandte Leda sich ihr zu.

»Consorte hatte doch nur seinen Job im Kopf. Schon immer. Auch damals, als es Federica so schlecht ging. Er ...«

»Er hat immer richtig und mit meinem vollen Einverständnis gehandelt, das weißt du ganz genau. Du willst das nur einfach nicht wahrhaben. Das ist aber allein dein Problem, Cristina. Akzeptier endlich, dass wir unser Leben so geführt haben, wie wir es für richtig hielten«, unterbrach Federica ihre Schwester barsch. »Sie meint nämlich, er habe sich nicht genug um mich gekümmert. Aber ich wollte nicht die Rolle der bemitleidenswerten, passiven Gelähmten übernehmen. Nie. Alessio hat das verstanden und mich wie eine normale Ehefrau behandelt. Er hat mir so geholfen, das zu werden, was ich heute bin. Selbstständig und erfolgreich. Verstehst du das endlich?«

»Sie mochten ihn nicht?«, erkundigte sich Leda bei Cristina.

»Nein«, lautete die entschiedene Antwort.

»Haben Sie einen Verdacht, wer Ihren Schwager ermordet haben könnte?«

Doch sie hatte weder einen Verdacht noch ein Alibi. Sie sei allein zu Hause gewesen und habe die Reise nach New York vorbereitet. Als Leda um Haare und Fingerabdrücke bat, um sie mit denen in Pizzoli abgleichen zu können, fuhr Federica zu einem Tisch, auf dem Dutzende von Farbtuben, eine Palette und mehrere Blätter Papier lagen. Andächtig tauchte sie jeden Finger in eine andere Farbe und presste ihn anschließend vorsichtig auf das Papier, sodass ein hübsches

70

Muster mit bunten Fingerabdrücken entstand. Zum Schluss signierte sie das Werk, griff dann zu einer Schere, schnitt sich ein Büschel Haare ab, wickelte sie in ein weiteres Blatt und brachte Leda alles.

»Bitte. Das Fingerbild ist jetzt schon einiges wert. Ich schenke es Ihnen, dafür dass Sie den Mörder Alessios suchen.«

Cristina dagegen verweigerte sich mit der Begründung, sie sei niemals in Pizzoli gewesen, weshalb sich dort auch keine Fingerabdrücke oder Haare von ihr befinden könnten. Sie sei keine Verbrecherin und lasse sich auch nicht wie eine behandeln.

Die Zeiger der Armbanduhr näherten sich bereits der Mittagszeit, als Leda die Wohnung der Galante verließ. Leider ohne eine klare Vorstellung darüber, welches Verhältnis Federica nun wirklich zum Toten gehabt hatte. Ihr Innenleben hielt sie wie in einem Tresor mit Stahlwänden und sicherem Schloss versteckt. Den Schlüssel dazu hatte Leda noch nicht gefunden, das stand fest.

Sie atmete auf der Straße tief durch. Da fiel ihr ein, dass in knapp zwei Stunden die Kinder aus Amerika landen und sie es ganz sicher nicht schaffen würde, sie abzuholen. Paolo! Sie wühlte in ihrer Handtasche nach dem Telefonino. Gerade als sie es endlich in der Hand hielt, begann es zu klingeln.

»Ciao, ich bin es, Paolo. Ich hab da etwas für dich. Eben war Kollege Tino Del Monte bei mir. Wir haben über den Wahlkampf diskutiert, und dabei sagte er, dass Gerüchte über Mediapoll kursieren. Sie sollen in finanziellen Schwierigkeiten stecken, weil sie sich beim Umzug in ihren Prunkpalast übernommen haben.«

»Wer behauptet das?«

»Genau das ist das Problem. Der Informant von Del Monte kommt aus der politisch linken Ecke. Deshalb kann es sich um gezielte Propaganda handeln, weil Mediapoll ja gerade den Aufstieg der Konservativen voraussagt. Der Informant behauptet aber, genau zu wissen, dass das Finanzamt hinter dem Unternehmen her ist. Ich wollte es dir nur gesagt haben.«

»Danke. Ich bin gerade auf dem Weg zu Mediapoll. Deshalb wollte ich dich fragen ...«

Paolo hatte keine Zeit, denn er steckte mitten in der Recherche für einen Artikel, aber er schlug vor, bei der Flughafeninformation anzurufen und dort eine Nachricht für Flavia und Alessandro zu hinterlassen, dass sie sich ein Taxi nehmen sollten.

Leda telefonierte mit Ugo und bat ihn, beim Finanzamt alle nur erdenklichen Informationen über Mediapoll einzuholen. Falls die Probleme machen sollten, möge er sich an Polizeipräsident Libero wenden, damit dieser seinen Einfluss geltend mache.

Unter dem Eindruck des soeben gehörten Gerüchts veränderte sich Ledas Blick auf den Palazzo von Mediapoll. Diese Lage im Zentrum von Rom wollte bezahlt werden, ebenso wie die aufwendige Renovierung, die vermutlich erst vor Kurzem erfolgt war, denn alles sah noch sehr frisch aus. Den Damen und Herren hielt sie diesmal ihren Dienstausweis besonders demonstrativ entgegen und forderte, umgehend Signora Bevilacqua sprechen zu dürfen. Ein hektisches Telefonieren begann, an dessen Ende ihr eine Signorina mit bedauerndem Blick erklärte, dass die Chefin keine Zeit habe. Leda möge doch bitte am nächsten Tag um die gleiche Stunde wiederkommen.

Nichts anderes hatte Leda erwartet. Nun erklärte sie der Signorina mit mindestens ebenso bedauerndem Gesichtsausdruck, welche Folgen das haben würde: dass Signora Bevilacqua nämlich umgehend in die Questura einbestellt werde, was vermutlich noch viel mehr Zeit kosten würde. Nach einem weiteren Telefonat klackte wenig später das Drehkreuz und ließ Leda ins Innere des Palastes. Sie wählte diesmal den Treppenaufgang statt des Aufzugs in den ersten Stock, um sich die prachtvollen Wandmalereien mit arkadischen Landschaftsszenen anzuschauen. Es stimmte, hier war nicht gespart worden. Restauratoren ersten Ranges hatten den jahrhundertealten Werken wieder zur Leuchtkraft von einst verholfen. Der Erhalt dieses prächtigen Palazzos war zweifellos ein kulturelles Verdienst, für Mediapoll schien die Geldfrage bei der Renovierung jedenfalls keine Rolle gespielt zu haben.

Das Lächeln auf Rita Bevilacquas Gesicht, mit dem sie von ihrem Schreibtisch aufsprang, Leda entgegeneilte und sie mit einem Händedruck begrüßte, sollte diese für die Eingangsschwierigkeiten entschädigen. Ihre Behauptung, sie freue sich über den Besuch der Kommissarin, wertete Leda als Versuch, eine Mauer freundlicher Unverbindlichkeit aufzubauen. Wahrscheinlich wendet sie diese Methode auch zu Beginn schwieriger Vertragsverhandlungen an, dachte Leda und beteuerte ihrerseits, wie dankbar sie der Mediapoll-Chefin sei, von ihr empfangen zu werden. Gleichzeitig fragte sie sich, was ihr Gegenüber wohl alles hinter der lächelnden Maske verbarg.

Die Nachricht, Consorte sei Opfer eines Verbrechens geworden, ließ das Lächeln auf Bevilacquas Lippen mit einem Schlag erfrieren. Schweigend starrte sie Leda an. Es dauerte eine Weile, bis die Worte in ihrem Gehirn einen Sinnzusammenhang hergestellt hatten. Dann brauchte sie einen weiteren Moment, bis sie ihr aufgewühltes Inneres wieder unter Kontrolle hatte. Sie schaute auf den Boden, ihre Kiefer mahlten, und ihre Beine schienen unter der Last der Gefühle nachgeben zu wollen. Doch Rita Bevilacqua fing sich und stakste schwankend auf einen der drei Sessel zu, die um ein Tischchen herum gruppiert waren. Mit letzter Kraft erreichte sie ihn und ließ sich darauf fallen. Dann schlug sie die Hände vors Gesicht und blieb regungslos sitzen.

»Es tut mir leid, Sie so aus dem Gleichgewicht gebracht zu

haben. Trotzdem muss ich Ihnen einige Fragen stellen«, unterbrach Leda die Stille, setzte sich Rita Bevilacqua gegenüber und begann zu fragen. Doch ihr Gegenüber schwieg, hielt den Kopf in den Händen vergraben und zitterte so sehr, dass Leda vorschlug, einen Arzt zu holen.

»Nein«, wehrte Rita Bevilacqua ab. »Nein, ich brauche keinen Arzt.« Sie stand auf, wankte zum Schreibtisch und nahm aus der Schublade ein Röhrchen mit Tabletten, legte sich eine auf die Zunge und spülte sie mit Mineralwasser hinunter.

»Was nehmen Sie?«

»Etwas zur Beruhigung.«

»Wirkt das gut?«

»Man wird davon nicht benommen.«

»Nehmen Sie es oft?«

»Hin und wieder.«

»Wie heißt es?«

»Sie sehen mir nicht so aus, als ob Sie es bräuchten«, meinte Rita Bevilacqua und reichte ihr das Röhrchen mit zitternder Hand. Leda notierte sich den Namen des Medikaments und erkundigte sich, ob Consorte es auch genommen habe.

»Nicht dass ich wüsste. Aber was weiß man schon vom anderen?«

»Wissen Sie denn, ob er Feinde hatte?«

»Jemand wie er hat keine Feinde oder Tausende.«

In ihrem Blick sah Leda plötzlich Angst, entsetzliche Angst, die ihr jede Kraft entzog und die sie vor der Kommissarin verbergen wollte. Ihr Versuch zu lächeln scheiterte kläglich. Rita Bevilacqua ging es richtig schlecht. Ob die Presse vom Mordverdacht wisse, erkundigte sie sich. Keinesfalls dürfe sie davon erfahren, keinesfalls. Mediapoll in Verbindung mit einem Mord, das dürfe nicht sein, das würde sie ruinieren.

»Wer waren denn beispielsweise seine Feinde?«, insistierte

Leda in der menschlich gesehen zwar unfeinen, aus Sicht der Ermittlerin jedoch verständlichen Hoffnung, ihr Gegenüber werde im Moment der Schwäche unter der Wucht der Befragung zusammenbrechen und die Wahrheit preisgeben.

»Immer diejenigen, denen er freitagabends Verluste auf der politischen Beliebtheitsskala verkündete.«

»Dann müssen Sie selbst aber auch um Ihr Leben fürchten.«

»Mich kennt niemand. Er allein stand im Rampenlicht«, stieß sie hervor, so als hätte sie sich genau diese Antwort schon hundertfach selbst gegeben, um eine bestehende Gefahr durch Negation zu beseitigen.

»Wie sind eigentlich die Eigentumsverhältnisse bei Mediapoll?«

»Fünfzig Prozent gehörten Alessio, die andere Hälfte mir. Was hat das mit seiner Ermordung zu tun? Warum interessiert Sie das?«

»Ich suche einen Mörder, und der findet sich oft durch das Aufspüren eines Motivs. Es gibt drei wichtige Motivgruppen: Eifersucht, Geld und Macht. Wenn Unternehmer umgebracht werden, stehen die beiden Letztgenannten meist oben auf unserer Ermittlungsliste. Consorte war Unternehmer. Es liegt auf der Hand, seine Geschäftspartnerin bei der Motivsuche einzubeziehen.«

»Ich ihn umbringen? Warum denn? Wir haben das alles zusammen aufgebaut. Mediapoll ist Marktführer im Bereich Markt- und Meinungsforschung und hochprofitabel. Alessio war ein Star und hat so immer neue Aufträge an Land gezogen. Sein Tod bedeutet für uns alle mehr, als Sie sich vorstellen können. Ohne ihn wird es sehr schwer werden.«

»Wie ich gehört habe, wird Massimo Ottaviano seine Rolle einnehmen.«

»Als Präsentator im Fernsehen. Alessio hat ihn während der vergangenen Jahre langsam als zukünftigen zweiten Mann aufgebaut. Weil er selbst mehr Freiraum haben, nicht laufend an die Freitagssendungen gebunden sein wollte. In einem halben Jahr, so meinte Alessio, wäre Massimo so weit gewesen, ihn gut vertreten zu können. Er ist noch nicht so weit, und trotzdem muss er heute Abend zum ersten Mal allein vor die Kamera. Beten Sie mit mir zur Heiligen Muttergottes, dass es gut geht.«

»Wer wird Consortes Geschäftsanteile übernehmen? Sie selbst?«

»So viel Geld habe ich nicht. Ich bin bereits auf der Suche nach einem Partner. Es gibt mehrere Interessenten.«

»So schnell?«

»Wir hatten schon vor Alessios Tod sehr gute Angebote bekommen und abgelehnt.«

»Sie denken also nicht daran, die Firma insgesamt zu verkaufen?«

»Doch, daran habe ich auch schon gedacht.«

»Wie viel ist Mediapoll denn wert?«

»Mindestens fünf Millionen Euro.«

»Und wie hoch sind die Schulden, die auf der Firma lasten? Ich denke, dass der Kauf und die Renovierung dieses Palazzos sehr teuer gewesen sein müssen. Er gehört doch Mediapoll?«

»Ja. Ich habe ihn gekauft, aber entgegen Ihrer Annahme zu einem sehr günstigen Preis, weil er in einem schlechten Zustand war. Deshalb musste einiges reingesteckt werden. Trotzdem steht Mediapoll gut da.«

»Also leicht verkaufbar?«

Rita Bevilacqua nickte. Sie sah plötzlich sehr erschöpft aus, war aschfahl im Gesicht geworden, und tiefe Furchen um ihre Mundwinkel erschienen. Zu gern hätte Leda die Frage der Schulden vertieft, doch das war nicht der richtige Zeitpunkt, da sie nicht mehr als ein vages Gerücht in die Waagschale werfen konnte.

»Waren Sie mit Consorte über die rein geschäftliche Beziehung hinaus befreundet?«

Bevilacqua wandte sich ab, doch Leda sah, dass ihr Tränen über das Gesicht liefen: »Er war mein bester Freund. Der einzige Mensch, dem ich vertraut habe. Ohne ihn bin ich nichts. Mediapoll war unser Lebenswerk.«

»Sind Sie auch mit Signora Galante befreundet?«

»Federica hasst mich, weil sie krankhaft eifersüchtig ist. Sie konnte nicht ertragen, dass Alessio mehr Zeit mit mir verbrachte als mit ihr. Sie wollte, dass er sie zu ihren Ausstellungen nach Amerika und Asien begleitete. Sie hat nie begriffen, dass er nur aus Mitleid mit ihr zusammengeblieben ist, obwohl Mediapoll und ich ihm viel mehr bedeuteten. In Wahrheit war Alessio *mein* Mann, und irgendwann hätte er sich von Federica scheiden lassen.«

»Hat er das gesagt?«

»Das brauchte er nicht zu sagen. Wir wussten es beide.«

»Sie hatten also ein Verhältnis?«

»Was ist schon ein Verhältnis? Dass man miteinander ins Bett geht? Ja, das haben wir auch hin und wieder getan. Aber das war unwichtig gegenüber der inneren Verbindung, ja Verbundenheit, die wir füreinander verspürten.«

»Wie lange kannten Sie ihn?«

»Lange. Wir haben uns schon zu Schulzeiten in Mailand kennengelernt.«

»Und Signora Galante?«

»Ebenfalls.«

Die beiden Frauen von Alessio Consorte hassten sich und machten daraus keinen Hehl. Jede von ihnen fühlte sich als die wahrhaft Auserkorene, die eine als Ehefrau, die andere als Freundin, Geschäftspartnerin und zeitweilige Geliebte. Wenn das nicht die richtige Gefühlsmischung für Morde war!

»Wo waren Sie Freitagabend?«

»Ich habe mir zu Hause die Sendung im Fernsehen angesehen, anschließend gelesen und bin früh zu Bett gegangen.«

»Gibt es dafür Zeugen?«

»Nein. Brauche ich die?«

Die Kommissarin saß an ihrem Schreibtisch und versuchte nachzudenken, was ihr schwerfiel. Denn sie hatte Hunger und versuchte, ihren knurrenden Magen mit der Vorfreude auf das morgige Festmahl zu trösten. Doch er ging nicht auf dieses Angebot ein und quälte sie erbarmungslos mit plötzlich vor ihr auftauchenden Phantombildern verschiedenster Pastagerichte, angeführt von einem randvollen Teller mit Bombolotti ai funghi porcini: dicke, kurze Maccheroni mit Steinpilzen. Anschließend durchkreuzten Involtini di vitello con i capperi, Kalbsrouladen mit Kapern, und zu guter Letzt ein mit Puderzucker bestäubter Berg Bignè mit süßer Ricottafüllung ihre Überlegungen zum Mordfall Consorte.

Leda fluchte vor sich hin. Fünfzehn Kilo noch, fünf hatte sie schon geschafft, und nun begann die kulinarische Seite ihres Unterbewusstseins auf perfideste Art und Weise zu rebellieren. Für solche Notfälle hätte sie Kohlrabi-, Apfel- oder sonstige gesunde Streifen parat halten müssen. Doch bisher von solchen Anfällen verschont, hatte Leda es für überflüssig befunden, sich Wegzehrung dieser Art mitzunehmen. Jetzt bereute sie das Versäumnis zutiefst. Sie stand auf und ging zum Kühlschrank, nahm eine Flasche Wasser heraus und goss sich ein großes Glas ein, das sie in einem Zug leer trank. Zufrieden stellte sie fest, dass ihr Magen verblüfft vom flüssigen Angriff nun Ruhe gab, und setzte sich an ihren Computer, um einen Zwischenbericht über die bisherigen Ergebnisse der Untersuchung anzufertigen. Der Sieg über ihren aufständischen Magen beflügelte sie dermaßen, dass ihre Finger nur so über die Tasten flogen, zumal das, was sie aufzuschreiben hatte, eher dürftig war. So kam Leda schnell zum Ende, packte ihre Sachen zusammen und machte sich eilig auf den Heimweg.

VIII »Nonna, ich sage dir, die in Amerika haben keine Ahnung, was in Europa vorgeht. Es interessiert die auch überhaupt nicht. Wir schauen immer rüber, was Amerika macht, und die gucken nur auf sich. Völlig egozentrisch. Die Amerikaner halten sich für den Nabel der Welt. Wenn du sagst, dass du aus Rom kommst, verdrehen sie verzückt die Augen und sagen: ›How wonderful. Rome is so romantic.‹ Die denken, wir würden den ganzen Tag unter blühenden Zitronenbäumen liegen und Eis schlecken. Eine Studentin hat mich sogar gefragt, ob der Papst auch unser Staatspräsident sei. Stell dir vor!«

Leda hörte die aufgeregte Stimme ihrer Tochter Flavia aus der Küche. Ihr Herz klopfte vor Freude, ihre Älteste nach drei Monaten endlich wiederzusehen. Mein Gott, dachte sie. Wie habe ich es früher nur so lange ohne sie ausgehalten? Denn Flavia und ihr jüngerer Bruder Marco hatten für einige Jahre beim deutschen Vater gelebt, der nach vielen Berufsjahren als Auslandskorrespondent in Rom nach München zurückberufen worden war.

Mit Ledas Einverständnis hatte er die Kinder mitgenommen, und als seine Frau sich endlich entschieden hatte, ihre Polizeikarriere in Italien gegen eine Familienkarriere in Deutschland einzutauschen, hatte sich ihr Mann bereits in eine neue Beziehung und Leda in Jahre dauernde Verzweiflung gestürzt. Bis Paolo, einst der beste Freund ihres Verflossenen, sie zu trösten vermochte. Daraufhin hatte sie sich schweren Herzens an die Rolle der Ferienmamma gewöhnt und mit ihren im Ausland lebenden Kindern Wochenenden und Ferien verbracht.

Als Flavia beschlossen hatte, in Rom zu studieren, und mit dem jüngeren Bruder im Schlepptau zurück zur Mutter gezogen war, hatte Ledas Freude keine Grenzen gekannt. Dass Flavia derzeit in den Staaten und Marco in Bologna studierte, empfand Leda als natürliche, altersgemäße Abnabelung. Die beiden pendelten zwischen ihren Aufenthaltsorten und den Elternteilen hin und her. Ihre Anwesenheit war für Leda jedes Mal ein Fest, und für den nächsten Tag war ja auch buchstäblich eines geplant.

Weder Flavia noch Donna Agata hatten bemerkt, dass Leda im Türrahmen stand, um die junge und die alte Dame liebevoll zu betrachten. Wie hübsch Flavia aussieht, dachte sie, rothaarig wie ich, zierlich, aber nicht mager. Und vor allem sprühend vor Lebenslust, wie sie ihrer Nonna, die sie nur so nannte, denn es mangelte ja an tatsächlicher Verwandtschaft, von ihren Erfahrungen in der Ferne erzählte. Donna Agata saß da und schaute Flavia mit der Wärme einer echten Großmutter an. Es gefiel ihr sehr, dass beide Kinder sie als solche adoptiert hatten. Und sie durften sie im Gegensatz zu Leda auch duzen. »Solange du und Paolo unverheiratet seid, werden wir beim Sie bleiben«, hatte sie Leda klipp und klar erklärt.

Im Übrigen entsprach es durchaus der etwas altmodischen Gepflogenheit, dass selbst legalisierte Schwiegerkinder die Eltern des Ehepartners lebenslang siezten. Leda fühlte sich deshalb keineswegs unwohl oder nicht akzeptiert. Sie wusste, dass Donna Agata sie liebte und ihr wie einer Tochter vertraute. Ihr gefiel dieses Sie sogar recht gut, weil es nach Ledas Meinung den Respekt vor dem älteren Menschen zum Ausdruck brachte, und sie sah keinerlei Notwendigkeit, an dem Zustand etwas zu ändern.

»Mamma!«, rief Flavia plötzlich und fiel ihrer Mutter um den Hals. »Du bist ja schon da. Hast du den Mörder so schnell gefunden?«

»Im Gegenteil. Ich habe keine Ahnung, wer es sein könnte. Da habe ich einfach aufgehört. Habt ihr die Nachricht am Flughafen bekommen?«

»Wir wurden durch die Lautsprecher zur Information gerufen. Dio mio, wir haben erst einen furchtbaren Schrecken bekommen und gedacht, dass etwas passiert wäre. Aber dann war es ganz easy.«

»Wo ist Alessandro?«

»Bei seinen Eltern. Ich muss nachher auch noch zu ihnen. Das geht doch, oder?«

Schade, dachte Leda, sagte aber: »Klar, gar kein Problem.«

Flavia strahlte und behauptete, man könne sehen, dass Leda abgenommen habe. Toll schaue sie aus, noch ein paar wenige Kilo, und sie hätte wieder ihre alte Figur.

»Erinnerst du dich denn daran, wie ich früher ausgesehen habe?«

»Nicht wirklich. Aber ich habe dich doch auf den Fotos gesehen, und außerdem sagt Papà immer, dass du früher genau wie ich heute ausgesehen hast. Was ziehst du morgen zur Feier an?«

»Ein schwarzes Taftkleid. Da passe ich wieder rein. Uralt ist es, aber sehr schön.«

»Kenne ich das?«

»Ich glaube nicht.«

»Dann lass sehen, jetzt gleich, bevor Paolo kommt.«

Mutter und Tochter gingen ins Schlafzimmer und begannen mit einer kleinen Modenschau. Flavia lobte Ledas Kleidungswahl und führte ihr die eigens für die Feier in Amerika erstandene Festrobe vor: ein dunkelgrünes, schlicht geschnittenes, die Knie bedeckendes, hinten hoch geschlitztes Kleid aus sacht schimmerndem, leicht geripptem Stoff, der sich an ihren Körper wie eine zweite Haut schmiegte.

»Sexy, was? Alessandro hat es ausgesucht und mir geschenkt. Wie findest du es?«

»Umwerfend. Den Männern werden die Augen aus dem Kopf fallen.«

»Das sollen sie auch. Dann fühlt sich Sandro bestätigt. Er liebt es, wenn andere Männer mir nachschauen.«

»Wird er nicht eifersüchtig?«

»Nein, er weiß, dass ich ihn wahnsinnig liebe. Mit den anderen flirte ich doch nur.«

»Wie klappt das Zusammenleben?«

»Wunderbar. Ach Mamma, ich bin sooo glücklich. Auch wenn viele Amis einem auf die Nerven gehen, weil sie so ignorant sind, muss man ihnen lassen, dass sie tolle Unis haben. Dort wird man als Student richtig ernst genommen, und alle Professoren kümmern sich um einen. Mit der kleinsten Frage kann man zu ihnen gehen, und sie nehmen sich wirklich Zeit. Das ist ganz anders als hier. Ich komme unglaublich gut voran. Und wenn wir zurückkehren, kann ich meine amerikanische Abschlussarbeit als Grundlage für eine Doktorarbeit nutzen.«

»Wollt ihr denn überhaupt zurückkommen?«

»Auf jeden Fall. Außer die Uni macht uns so großartige Stellenangebote, dass wir ein paar Jahre bleiben müssen. Aber ganz sicher nicht für immer. So schön finden wir es dort wirklich nicht.«

»Dann bin ich ja beruhigt, sonst hätte ich noch richtig Englisch lernen müssen.«

»Schaden täte es dir nicht. Ich frage mich wirklich, wie du so leicht Deutsch gelernt hast und dich mit Englisch so schwertust.«

»Weil einem die Liebe die Zunge lockert. Deinen Vater habe ich geliebt und konnte deshalb ziemlich leicht seine Sprache lernen. So einfach ist das.«

»Schade, dass ich mich nicht in einen Chinesen verliebt habe. Was für eine glänzende Zukunft läge vor mir mit Deutsch, Italienisch, Englisch und Chinesisch!«

»Das kannst du dir für die Rente vornehmen.«

»Und was willst du machen, wenn du mal in Rente gehst?«

»Ein Restaurant eröffnen.«

»Wie bitte? Du kannst doch gar nicht kochen!«

»Das soll ja auch der Koch machen. Der wird mir jeden

Tag das kochen, was ich gerade essen möchte. Und Paolo bekommt alle seine Wunschgerichte und ihr die euren.«

So plauderten sie über dies und jenes und lachten gerade Tränen bei der Vorstellung, wie Paolo künftig die Nächte angezogen schlafend auf seinem neuen Sessel vor dem laufenden Fernsehgerät verbringen würde, als Marco ins Zimmer trat: »Darf ich mitlachen?«

Später am Abend, nachdem sie zu dritt besagten Sessel und den Hometrainer aus dem Keller in Marcos Zimmer geschleppt und dort auch die anderen Geschenke für Paolo deponiert hatten, verließen die Kinder das Haus, weil sie noch andere Pläne hatten.

Leda setzte sich vor den Fernsehapparat, um die Wiederholung der Debütsendung von Signor Massimo Ottaviano zu verfolgen. Die Trailermusik war kaum verklungen, da erschien auch schon Moderatorin Manuela Cecamore schwarz gekleidet im Bild, schaute mit maskenartig starrem Gesicht in die Kamera und schwieg sekundenlang. Dann atmete sie tief durch und begann im Namen der Redaktion eine Traueransprache auf den verschiedenen Consorte zu verlesen. Ein wunderbarer Mensch und Kollege sei von ihnen gegangen. Die Todesnachricht habe alle im Sender schockiert, und er werde ihnen fehlen – ebenso wie allen Italienern, die seine Sendung regelmäßig gesehen hätten. Nach weiteren Worten der Betroffenheit leitete die Cecamore über zu Massimo Ottaviano, der von nun an Consortes Rolle übernehmen werde. Der Tote selbst habe ihn noch zu Lebzeiten zu seinem Stellvertreter gemacht, was nur aus einem einzigen Grund geschehen sein könne, nämlich dass Consorte ihn für einen fähigen Kopf gehalten habe, verkündete sie mit einem fernsehgerechten Lächeln und wandte sich dem Neuling zu. »Hier ist er: Massimo Ottaviano von Mediapoll. Welche Partei hat die Nase vorn im Wahlkampf?«

Da stand nun der Neue mit aufgeklapptem Laptop auf dem Studiotisch vor sich. Er wirkte etwas steif in seinem dunkelblauen Anzug und mit der karierten Krawatte, kurzen schwarzen, korrekt gescheitelten Haaren und einer Überleitung, die wohl anders als abgesprochen ausgefallen war, denn er schaute die Cecamore unsicher an, und seinem Mund entwich nichts als ein: »Bene. Buonanotte, Signore e Signori.« Dann folgte eine Pause. Eine, die zu lang war, um die Cecamore untätig zu lassen.

Lächelnd setzte sie an: »Also, Signor Ottaviano«, um im selben Moment von ihm unterbrochen zu werden: »Ja, also, auch ich möchte ein paar Worte zum Tod meines Kollegen sagen.« Dann begann er zu reden und zu reden, wobei er sich mehrfach in komplizierten Satzkonstruktionen verhedderte.

Auf der glatten Hochglanzfassade der Cecamore wurden plötzlich rote Flecken sichtbar. Eine tiefe Kerbe erschien zwischen ihren Augenbrauen, während sie ihr Gegenüber im Angesicht der Kamera bewegungslos anstarrte. Nur langsam gewann sie die Kontrolle über ihre Gesichtsmuskulatur zurück. Sie setzte ein verächtliches Lächeln auf. Welcher Mangel an Professionalität!, schrie sie ihm und dem Publikum schweigend entgegen. Ein stummer Gefühlsausbruch, der Ottaviano noch mehr verunsicherte, bis er mitten im Satz stockte und seine Rede abbrach.

Der Rest der Sendung wurde zum Debakel. Ottaviano stotterte, verhaspelte sich, ordnete den Parteien falsche Prozentzahlen zu, versuchte Falschaussagen zu korrigieren und verwechselte dabei wieder die Parteien – mit der Folge, dass schließlich völlige Verwirrung hinsichtlich Mehrheiten und Minderheiten herrschte und jede der Parteien einmal als Gewinner und gleich darauf als Verlierer dastand.

Ottaviano verursachte ein Aussagenchaos, aus dem er selbst nicht mehr herausfand, und jeder Versuch, es mit hochrotem Kopf geradezurücken, endete in der nächsten Informationssackgasse. Der ehrgeizige Nachfolger Alessio Consortes hatte jeden Überblick verloren, und Manuela

Cecamore gab sich keinerlei Mühe, ihn zu retten. Im Gegenteil: Geradezu triumphierend beförderte sie seinen Untergang.

»Signor Ottaviano, verstehe ich Sie richtig, dass der PID 29,7 Prozent der Stimmen unter den Befragten für sich verbuchen kann?«

Ottaviano schaute sie an, öffnete den Mund, ohne einen Ton herauszubringen, und nickte.

»Wer ist denn dieser menschliche Fisch? Ist das eine Liveübertragung aus einem Aquarium?«, fragte Paolo, der gerade ins Wohnzimmer gekommen war und verwundert das Geschehen auf dem Bildschirm betrachtete.

»Consortes Nachfolger«, antwortete Leda.

»Der? Das ist nicht dein Ernst, oder? Der ist doch stumm.«

»Leider jetzt erst. Wenn Ottaviano redet, ist es noch schlimmer als jedes Schweigen. Ich dachte eben, ich wäre im Kabarett gelandet. Er hat alle Parteien und Prozentzahlen durcheinandergebracht.«

»Vielleicht wollte er nur einen Vorgeschmack auf die nächste Wahl geben. Welche Partei liegt denn vorn?«

»Der PID, soweit ich das verstanden habe.«

»Unglaublich, vor einem halben Jahr gab es diese Partei noch gar nicht, und jetzt liegt sie bereits an der Spitze.«

»Kennst du jemanden, der sie wählen würde?«

»Nein. Bis vor einem Monat gab es auch nur sehr wenige, die die Absicht hatten, das zu tun. Laut Mediapoll bewegte sich der PID damals bei unter drei Prozent. Dieser kometenhafte Aufstieg kann nur bedeuten, dass die Leute von den anderen Parteien die Nase gründlich voll haben und der neuen viel zutrauen. Ich weiß allerdings nicht, warum. Denn inhaltlich war von denen bisher noch nichts zu hören, außer dass sie alles besser machen werden«, meinte Paolo und schüttelte voller Unverständnis den Kopf.

»Danke, Signor Ottaviano. Wir sind auf Ihre Präsentation in der nächsten Woche gespannt«, verabschiedete Modera-

torin Cecamore den unglücklich dreinschauenden Mann.
Diese Ankündigung musste wie eine Folterdrohung in sei-
nen Ohren klingen. Leda jedenfalls hatte begriffen, warum
Consorte ihm die Fernsehreife versagt hatte.

Punkt Mitternacht flog die Haustür auf, und Flavia,
Marco und Alessandro stürmten jeder mit einer Sektflasche
in der Hand in die Wohnung: »Auguri, auguri, herzlichen
Glückwunsch, lieber Paolo! Lasst uns auf deine nächsten
sechzig Jahre trinken.«

IX Paolos Geburtstagsfest wurde ein rauschender Erfolg.
Bis Sonntagmorgen um zwei hatten sie in Giannis Restaurant gegessen, getrunken, getanzt, gelacht und geredet. Danach war ein harter Kern von knapp zwanzig der engsten Freunde und Verwandten noch mit in die Wohnung gefahren und hatte diese erst nach gründlicher Erprobung des neuen Sessels und des Hometrainers gegen fünf Uhr morgens verlassen, als das Geburtstagskind selbst längst schlafend im Bett lag.

Von Sonntagmittag bis in die späten Abendstunden ähnelte Ledas Wohnung einem Bienenhaus. Freunde und Verwandte, die sich nach dem rauschenden Geburtstagsfest rasch bedanken und verabschieden wollten, schneiten herein und blieben auf einen Kaffee, auf einen zweiten, auf einen Teller Pasta, auf einen zweiten. Und weil man sich in der Gemeinschaft so wohl fühlte, blieb man und setzte die Unterhaltungen fort, die man am Abend zuvor begonnen hatte. Leda und Flavia waren damit beschäftigt, die Versorgung der Besucher sicherzustellen. Als Letzter war Marco aufgebrochen, um den Zug nach Bologna zu erwischen, wo er am Montagmorgen eine Prüfung zu absolvieren hatte.

Nach einem erholsamen Tiefschlaf befand sich Ledas Stimmungsbarometer Montag früh auf dem Höchststand, als sie Marios Bar betrat.

»Wie war das Fest?«, schallte ihr die Stimme des Barbesitzers entgegen.

»Anstrengend, aber großartig. Die Alten sprachen über die Verstorbenen und die Jungen über die Liebe. Jeder, der sich auf seinen Füßen noch sicher fühlte, hat getanzt, bis auf Paolo, weil der mit allen mehr oder weniger geschätzten Verwandten angestoßen hat und deshalb beinahe im Alkoholkoma gelandet wäre. Er hat gestern den ganzen Tag über Tee getrunken. Das macht er sonst nur, wenn er krank ist.«

»Gab es denn keinen Krach? Den gibt es bei unseren Geburtstagsfeiern immer.«

»Bei uns natürlich auch. Zwei Cousinen von Paolo sind wegen eines Tisches aufeinander losgegangen.«

»Ein Erbstück. Habe ich recht?«

»Genau. Alle haben sich eingemischt.«

»Bei unserem letzten großen Familienfest im vergangenen Jahr, dem achtzigsten Geburtstag von Onkel Carlo, haben sich Cousine Costanza und Cousin Giancarlo wegen eines Stückchens Land gestritten, das unserem Großvater gehört hatte und das sein Sohn Jacopo, also Giancarlos Vater beziehungsweise Costanzas und mein Onkel, vor dreißig Jahren verkauft hatte, weil er dringend Geld brauchte. Mit dem Geld hat er Anteile von einer Firma gekauft, die ihn dann richtig reich machten. Giancarlo hat das Geld geerbt und weiter vermehrt. Costanza behauptete, dass ihr und uns anderen aus der Familie ein Teil des Geldes zustehe. Signora, Sie können sich nicht vorstellen, wie daraufhin die geldgierigen Familiengeier aufeinander losgingen. Cousin Giancarlo war klug und hat kurzerhand den angeblich Benachteiligten versprochen, ihnen den damaligen Wert des Grundstücks auszubezahlen, was natürlich sehr wenig war. Aber immerhin schlossen alle wieder Frieden, und das Fest ging weiter bis in die frühen Morgenstunden.«

»Und er hat tatsächlich bezahlt?«

»Ja, das hat er. Wir haben davon die Anzahlung fürs neue Auto finanziert. Möchten Sie ein Cornetto, oder machen Sie immer noch Diät?«

»Am Wochenende habe ich gefuttert und prompt heute morgen zwei Kilo mehr auf der Waage gehabt. Also danke nein, kein Cornetto.«

»Was ist mit Consorte? Warum hat er sich denn nun umgebracht?«

»Was schreiben die Zeitungen dazu?«

»Kein Wort. Nur, dass sich sein Nachfolger am Freitag im Fernsehen sehr dumm angestellt hat. Vielleicht war es ja auch gar kein Selbstmord, sondern Mord. So einer bringt sich doch nicht um. Der strotzte ja nur so vor Selbstbewusstsein, Erfolg und Geld. Ein Fernsehstar war er. Alle Frauen haben ihn angehimmelt. Warum sollte er aus dem Leben scheiden wollen? Nein, das glaube ich einfach nicht. Meine Frau sagt, dass er wahrscheinlich nach außen den Tollen mimte, aber nach innen ein ganz Sensibler, Mitfühlender gewesen sei.«

»Wie kommt sie denn darauf?«

»Weil er mit einer Frau im Rollstuhl verheiratet war. Er ist bei ihr geblieben, obwohl sie nicht mehr laufen konnte und hilfsbedürftig war. Jeder andere Mann mit dem Aussehen und in seiner Position hätte sich eine Neue gesucht, behauptet meine Frau.«

»Das hätten die Zuschauer ihm aber vielleicht übel genommen, und die Illustrierten hätten reich bebilderte Geschichten von der armen Verlassenen gezeigt. Fürs Image nicht gerade von Vorteil.«

»Genau. Deshalb lautet meine These: Consorte hatte neben seiner Ehefrau heimlich eine andere.«

»Ja und? Warum sollte die ihn umbringen?«

»Nicht sie, sondern ihr eifersüchtiger Ehemann.«

»Jetzt geht deine Phantasie aber endgültig mit dir durch. Die Geschichte taugt für ein Opernlibretto, aber nicht für die Realität. Du weißt doch nicht einmal, ob er umgebracht wurde.«

Leda nahm den Viale Giulio Cesare mit Fahrtrichtung zum Tiber, um zur Questura zu fahren. Wie immer um diese Tageszeit war die breite Straße verstopft. Autos parkten verbotenerweise mehrreihig an beiden Seiten. Folglich hielten die Busse irgendwo, um Fahrgäste auszuspucken oder aufzunehmen, was wiederum die nachfolgenden Wagen zum Bremsen zwang und deren Fahrer wild hupen ließ. Leda bedauerte alle Menschen, die in dieser Straße leben mussten, obwohl sie mit den hohen Platanen, ihren schönen Bauten und vielfältigen Geschäften dem Feldherrn und späteren Kaiser durchaus als Nobeladresse hätte Ehre machen können.

Sie überlegte gerade, ob es wohl während der von Cäsar geführten Feldzüge noch lauter als jetzt zugegangen war, als ein Motorroller mit rasender Geschwindigkeit aus einer Seitenstraße herausfuhr und in eine winzige Lücke zwischen den Stoßstangen zweier Autos schoss. Der Fahrer des Wagens, vor dem der Roller angesaust kam, erschrak dermaßen, dass er reflexartig auf die Bremse trat und das gerade beschleunigende Fahrzeug dahinter ihm hupend ins Heck krachte. Der hintere Fahrer, ein großer und stattlicher Mann, stieg wutentbrannt aus seinem Auto, stürmte auf den vorderen Wagen zu, riss die Tür auf und zerrte den Fahrer unter lautem Gebrüll heraus. Er presste ihn gegen die Karosserie und wollte gerade auf ihn einschlagen, als eine Frau aus dem Nachbarauto sprang, auf die Männer zulief und rief: »Aufhören, Polizei!«

Augenblicklich hielt der große Mann inne. »Verhaften Sie diesen Idioten«, sagte er. »Blind ist der und kann nicht fahren. Legt plötzlich eine Vollbremsung hin. Ganz ohne Grund. Den muss man aus dem Verkehr ziehen!«

»Das ist aber Sache der Polizei, und die hole ich jetzt.«

»Sie sind doch die Polizei. Also tun Sie was, und reden Sie nicht dumm rum.«

»Das habe ich nur behauptet, damit Sie den armen Mann in Ruhe lassen. Der konnte gar nicht anders, als auf die Bremse treten.«

»Wie, du kleine Schlampe hast mich belogen? Ich werde dich anzeigen. Ja, ruf du nur die Polizei. Wegen Amtsanmaßung sollen die dich verhaften«, brüllte er, ließ sein erstes

Opfer dabei los, ergriff die Frau an den Schultern und schüttelte sie.

Leda, die sich angesichts der vermeintlichen Kollegin zunächst gefreut hatte, sich auf die Rolle der Zuschauerin zurückziehen zu können, stieg nun eilig aus, während sie bereits die Kollegen von der Streife herbeitelefonierte.

»Lassen Sie die Frau los«, herrschte sie den Mann an.

»Erst, wenn die Polizei da ist.«

»Ich *bin* die Polizei. Hauptkommissarin Giallo. Hier ist mein Dienstausweis. Sie haben kein Recht, jemanden festzuhalten.«

»Noch so eine. Ist die da deine Freundin? Verarschen lass ich mich von euch Weibern nicht. Hau ab, sonst fängst du dir eine.«

Er wandte sich mit ausgestreckten Armen Leda zu, um sie in die Zange zu nehmen. Diese war zwar momentan relativ untrainiert, aber mit hervorragenden Reflexen und guten Kenntnissen in Selbstverteidigung ausgestattet. Sie ergriff einen seiner Arme und warf den Kerl mit einem Ruck auf den Boden, wo er vor Überraschung regungslos liegen blieb, während Leda sich auf ihn hockte und ihn in die Zange nahm, in der sie sich selbst befinden sollte.

»Manchmal schätzen Sie Menschen wohl falsch ein«, zischte die Kommissarin ihm ins Ohr. »Los, aufstehen und die Hände aufs Wagendach. Dabei keine falsche Bewegung, sonst werde ich Ihnen schrecklich wehtun. Haben wir uns verstanden?«

Mit einem Mal war der Koloss zahm wie ein Schoßhündchen, murmelte verschiedene Entschuldigungen und schlug vor, sich wie zivilisierte Menschen zu benehmen.

»Dann fangen Sie gleich mal damit an«, schlug Leda vor.

Bis die zuständigen Kollegen gut zwanzig Minuten später endlich auftauchten, hatte Leda noch zweimal in der Zentrale anrufen und um Beeilung bitten müssen.

»Hannibal war schneller über den Alpen als Sie hier«,

bemerkte sie ironisch und diktierte den Kollegen die Ereignisse in den Block. Dann ließ sie eine Fahrspur für ein paar Momente von einem Uniformierten frei halten, um ungehindert losfahren zu können, und trat aufs Gaspedal. Eine geschlagene Stunde hatte dieses Spektakel gedauert, während deren Ugo Libotti mehrfach angerufen hatte, sie möge bitte so schnell wie möglich ins Büro kommen.

»Wie war das Fest?«, lautete seine erste Frage, als Leda Ugos und Raffaellas Büro betrat.

»Großartig. Aber sag jetzt bitte nicht, dass du mir nur deshalb solchen Druck gemacht hast, damit ich vom Fest erzähle.«

»Was kann im Leben wichtiger sein als ein gelungenes Fest mit lieben Verwandten und Freunden? Davon abgesehen hat ein gewisser Ivan Bonfá angerufen, ein Kollege von der DIA. Er bittet um dringenden Rückruf in der Sache Mediapoll.«

»Was hat denn die Antimafiaeinheit mit Mediapoll zu tun?«

»Das habe ich Bonfá auch gefragt, aber er will nur mit der Chefin reden.«

»Sonst noch etwas vorgefallen?«

»Ja. Das Finanzamt hat mir eben einen Bericht über Mediapoll gemailt. Es gibt Ungereimtheiten, die ich mir noch genauer anschauen muss.«

»Außerdem war Polizeipräsident Libero hier, um Sie zu sprechen. Jetzt ist er unterwegs. Sie sollen um sechzehn Uhr zu ihm ins Büro kommen. Er hat aber nicht verraten, worum es geht«, sagte Raffaella, und Leda ahnte, dass dieser Montag ein anstrengender werden würde. Dabei hatte sie Flavia versprochen, früh nach Hause zurückzukehren, weil irgendwelche Dokumente für ihren weiteren Studienaufenthalt in Amerika ausgefüllt werden mussten, wobei Leda ihr helfen sollte.

Das Telefon klingelte, als sie die Tür zu ihrem Büro aufschloss.

»Pronto.«

»Buongiorno, Signora Commissaria. Hier ist Sergio Moscone. Ich sollte mich bei Ihnen melden.«

Leda brauchte eine Sekunde, um sich zu erinnern, wer Moscone war und warum sie ihn sprechen wollte.

»Signor Moscone aus Pizzoli? Wo waren Sie?«

»In den Bergen. Bin dort eingeschneit, konnte nicht zurück.«

»Oje, Sie Ärmster. Ich wollte Sie noch einiges zum toten Signor Consorte fragen. Sie haben ihn gefunden, nicht wahr?«

»Ja.«

»Kannten Sie ihn gut?«

»Wie man sich so kennt. Hab ihm öfter im Haus geholfen und Bergtouren mit ihm gemacht.«

»Da lernt man sich doch recht gut kennen.«

»Eigentlich schon.«

»Aber Signor Consorte nicht?«

»Hätte nie gedacht, dass er sich umbringt.«

»Warum nicht?«

»Er hatte Zukunftspläne. Wollte in Pizzoli bleiben. Wollte mit mir am Wochenende die Bergtour machen. Nun hab ich sie allein gemacht.«

»Sie haben sich nicht getäuscht. Es war kein Selbstmord. Consorte wurde umgebracht.«

Am anderen Ende der Leitung herrschte langes Schweigen. Dann vernahm Leda ein leises: »Von wem?«

»Das wissen wir nicht. Ich habe gehofft, Sie könnten uns einen Hinweis geben. Sie haben doch in jener Nacht mit ihm telefoniert.«

»Ja.«

»Wer hat wen angerufen?«

»Er mich.«

»Wo war er da?«

»Im Auto auf dem Weg nach Pizzoli.«

»Woher wissen Sie das?«

»Er hat es gesagt, und ich hab den Motor gehört.«

»Was genau hat er am Telefon gesagt?«

»Dass es bald schneien wird. Hat es dann ja auch getan. Und dass ich Holz hacken soll. Und er hat von der Tour gesprochen, die wir machen wollten.«

»Sonst noch etwas?«

»Dass er zum letzten Mal im Fernsehen aufgetreten ist.«

»Wie hat er das gemeint?«

»Wie er es gesagt hat: kein Fernsehen mehr. Der wollte ganz hierher ziehen. Hatte die Nase voll.«

»Klang er traurig oder verzweifelt?«

»Nein. Gelacht hat er, war fröhlich.«

»Erleichtert?«

»Ja, erleichtert.«

»Haben Sie ihn an dem Abend noch gesehen?«

»Nein. Bin erst am Samstag früh hin und hab ihn gefunden.«

»Haben Sie in der Nacht jemanden die Straße entlangfahren sehen?«

»Nein.«

Es dauerte einige Zeit, bis Leda Moscone entlocken konnte, dass Alessio Consorte öfter Besuch gehabt hatte, den Moscone aber nie persönlich gesehen habe, weshalb er auch nicht sagen könne, ob es sich um Frauen oder Männer, alte oder junge, Einzel- oder mehrere Personen gehandelt habe. Nur Autos habe er vor dem Haus stehen sehen und manchmal den Motorenlärm gehört, wenn der Besuch spätabends oder sehr früh morgens zum Haus gekommen oder davongefahren sei. Einmal habe er eine Frau getroffen, die den Waldweg hoch zu den Wasserfällen gejoggt sei. Furchtbar gekeucht habe sie und verschwitzt ausgesehen. Aber er könne nicht einmal mit Sicherheit behaupten, dass sie ein Gast von Consorte gewesen sei.

Federica Galante hingegen sei hin und wieder auch ohne

ihren Gatten, dafür aber in Begleitung eines jungen Mannes dort erschienen. Ein sehr freundlicher junger Mann, der der gelähmten Signora geholfen habe. Die beiden habe er oft stundenlang vor dem Haus sitzen und malen sehen. Das habe ihm gefallen. In den letzten Monaten habe er die Signora allerdings weder mit Consorte noch mit ihrem jungen Begleiter dort gesehen. Darüber habe er mit Consorte allerdings nie gesprochen.

Ihre Gesprächsthemen hätten sich immer um die Berge, das Bergsteigen, um die Natur und das Haus gedreht. Feinde habe der Ermordete hier sicherlich keine gehabt, da er außer beim Umbau des Hauses und beim Einkaufen mit den Ortsansässigen nicht das Geringste zu tun gehabt habe. Er selbst sei seines Wissens der einzige Bekannte des Toten in Pizzoli gewesen.

Sergio Moscone schien Leda ein besonderer Mensch zu sein: äußerst verschlossen und wortkarg, möglicherweise tief betroffen vom Tod Consortes, möglicherweise aber auch verstrickt ins Verbrechen und ebendeshalb nicht gerade auskunftsfreudig. Die Commissaria musste Menschen vor sich sehen, um sie einschätzen zu können. Telefonische Befragungen empfand sie immer als unbefriedigend, auch wenn sie, wie in diesem Fall, durchaus Neuigkeiten ans Licht brachten. Denn dass die Witwe Galante mit einem jungen Mann in Pizzoli zu malen pflegte, konnte vielleicht ein Puzzleteil zum Verständnis dieser besonderen ehelichen Beziehung darstellen.

Die beiden Eheleute schienen fast alles allein oder mit anderen Partnern zu unternehmen. Waren diese Beziehungen rein platonischer Natur? Bei Consorte wohl kaum, so viel war Leda in den Gesprächen mit Rita Bevilacqua und Cristina Galante klar geworden. Aber Federica Galante? Eine Gelähmte mit jugendlichem Liebhaber? Leda kam ihre eigene Überlegung zunächst lächerlich vor. Kein junger Mann konnte eine ältere, behinderte Frau anziehend finden!

Oder doch? Nun, die Galante war hübsch, geistreich, berühmt und führte ein bewegtes Leben auf mehreren Kontinenten. Abgesehen von der Lähmung also eine höchst attraktive Person, befand Leda. Warum also kein junger Liebhaber?

Tief in Gedanken versunken, schreckte Leda beim Klingeln des Telefons hoch.

»Pronto?«

»Buongiorno, Commissaria. Ich bin Ivan Bonfá von der DIA, der Antimafiaeinheit. Wir arbeiten eng mit dem Finanzamt und der Finanzpolizei zusammen. Von dort erhielten wir die Information, dass Sie im Zusammenhang mit dem Mord an Alessio Consorte seine Firma Mediapoll im Visier haben. Ich würde in dieser Sache gern mit Ihnen zusammenarbeiten. Hätten Sie Zeit, mit mir zu Mittag zu essen?«

»Wo und wann?«

»Um ein Uhr bei Sora Margherita an der Piazza delle Cinque Scole. Kennen Sie das Restaurant?«

»Nein, aber ich werde es gerne kennenlernen. Bis dann.«

X Das Restaurant überraschte Leda in jeder Hinsicht. Es lag am Rand des alten Ghettos, des ehemaligen jüdischen Viertels im Zentrum Roms. Zunächst hatte sie Mühe, den Eingang zu finden, denn er war nur zu sehen, wenn man direkt vor der einfachen, von roten Vorhängen verdeckten Glastür stand. Dennoch schien es bekannt zu sein, und zwar nicht nur bei Römern jeden Alters. Auch englische Wortfetzen flogen ihr von einer Gruppe junger Leute zu, die auf Einlass wartend vor dem Haus standen.

»It's full«, rief eine junge Frau Leda freundlich zu, die angesichts ihrer miserablen Englischkenntnisse nichts anderes als ein »Thank you« herausbrachte und eilig hineinging. Voller Entzücken nahm die Kommissarin wahr, dass das Sora Margherita offensichtlich noch nie eine geschmack- und herzlose Modernisierung hatte über sich ergehen lassen müssen. Die kleinen Tische standen eng beieinander, und die Gäste aßen von einfachen weißen Tellern. An den Wänden pappten Zeitungsausschnitte, und ein Hündchen undefinierbarer Rasse begrüßte sie schwanzwedelnd. Leda hatte das Gefühl, in einer längst vergangenen Zeit gelandet zu sein. Eine rundliche Frau, nicht größer als sie selbst, kam mit umgebundener Küchenschürze auf sie zu und reichte ihr die Hand, als sei die Kommissarin eine uralte Bekannte: »Salve, Signora. Sie müssen Leda Giallo sein. Ich bin Giovanna. Signor Ivan erwartet Sie bereits. Kommen Sie mit.«

»Wie haben Sie mich erkannt?«, fragte Leda verblüfft.

»Ivan sagte, dass Sie rote Haare haben. Wer hat das schon? Schön sehen die aus. Kompliment.«

Sie steuerten in den hinteren Teil des kleinen Gastraums, wo in einer relativ düsteren Ecke etwas abseits vom allgemeinen Gedränge ein einzelner Mann saß. Als er die beiden

Frauen auf sich zukommen sah, erhob er sich und reichte Leda die Hand.

»Salve, Signora. Giovanna ist das Herz dieser wunderbaren Trattoria. Und wenn Sie bald wiederkommen, woran ich keinen Zweifel hege, wird sie Sie sofort mit Ihrem Namen begrüßen.«

Es gab sie also noch, die einst so typische römische Gastfreundschaft, die auch den Fremden einschloss, damit er sich gleich heimisch fühlte.

»Ich bin hier Stammgast und werde es immer bleiben. Sie werden mich verstehen, wenn Sie die erste Gabel gekostet haben.«

Leda schätzte Ivan Bonfá auf etwa fünfundvierzig Jahre. Er war schlank, hatte schwarze Augen und Haare, die noch dunkler wirkten, weil sein Gesicht und seine Hände, die einzig sichtbaren Hautpartien, beinahe so weiß waren wie die papierenen Tücher, die die Tische bedeckten. Hinzu kamen tiefe, dunkle Ringe unter seinen Augen, die typische Folge von Überanstrengung und Schlafmangel. Der Kampf gegen die Mafia forderte seinen Tribut. Er war geschmackvoll gekleidet, für Ledas Geschmack eine Spur zu edel. Am Ringfinger seiner linken Hand trug er einen grünen Siegelring. Bonfá stammt entweder aus feiner Familie, oder er ist ein Angeber, dachte Leda und sagte: »Dieser Ort scheint mir ein bisschen außerhalb der Zeit zu sein. Ich bin in der Tat gespannt aufs Essen. Wird hier koscher gekocht?«

»Nicht wirklich. Aber ein paar jüdische Traditionsgerichte gibt es. Zum Beispiel Carciofi alla giudia, frittierte Artischocken.«

Statt eine Speisekarte zu reichen, zählte ihnen Giovanna die Tagesgerichte auf. Es waren nicht sehr viele, aber alles gute römische Hausmannskost. Leda beriet sich mit dem Kenner Bonfá, der ihr vor allem die hausgemachte Pasta wärmstens ans Herz legte. »Und anschließend ein Abbacchio alla cacciatora, geschmortes Lammfleisch, so zart, dass es auf der Zunge zergeht.«

Leda entschied sich für die Artischocken und das Lamm, Bonfá wählte Gnocchi alla romana mit Käse und Butter und anschließend Polpette al sugo, Hackbällchen in Tomatensoße. Eine Karaffe mit golden schimmerndem Wein stand bereits auf dem Tisch, ebenso eine große Flasche Wasser.

»Eigentlich bin ich auf Diät«, seufzte Leda.

»Das sind Frauen immer«, lachte Bonfá und hielt ihr sein Weinglas zum Anstoßen hin: »Salute, die Rote Kommissarin wollte ich schon immer einmal kennenlernen.«

»Salute. Was wollen Sie mir denn so Interessantes berichten?«

»Wir vermuten, dass über Mediapoll Mafiagelder in großem Stil gewaschen werden.«

Leda verschluckte sich beinahe an ihrem Wein: »Wie bitte? Mediapoll soll ein Mafiaunternehmen sein? Wie kommen Sie denn darauf?«

»Verraten Sie mir lieber, warum Sie sich beim Finanzamt nach der finanziellen Situation des Unternehmens erkundigt haben.«

»Ein Informant hat mir gesteckt, dass Mediapoll ernsthafte Geldprobleme hat. Und erfahrungsgemäß stecken hinter Mordmotiven oft Geldsorgen. Consorte wurde ermordet, das steht fest. Deshalb könnte also die Aussage meines Informanten von großer Bedeutung für die Aufklärung des Falls sein. Consortes Partnerin, Rita Bevilacqua, behauptet allerdings, dass es keinerlei finanzielle Probleme gebe. Wenn Sie mir aber sagen, dass die Bevilacqua lügt, so würde ich Ihnen eher glauben als ihr.«

»Das ehrt mich! Aber ich glaube nicht, dass Mediapoll direkte Geldsorgen hat. Die Mafia sorgt schon dafür. Es fragt sich nur, welche Gegenleistung diese Verbrecher fordern.«

»Haben Sie Beweise für Ihre Annahme, dass die Mafia bei Mediapoll drinsteckt?«

»Na ja, Rita Bevilacqua stammt, genau wie Alessio Consorte, ursprünglich aus Mailand. Dort war ihr Onkel mütterlicherseits, ein gewisser Ernesto Andreoli, bis vor zwei Jahren Direktor einer Bankfiliale. Zu dem Zeitpunkt schied er aus Altersgründen aus dem Bankdienst aus und ging in die, wie alle glaubten, wohlverdiente Rente. Doch nur wenige Monate nach seinem Ausscheiden entdeckten Prüfer, dass Andreoli jahrelang Geld für die Mafia gewaschen hatte. Ein Strafverfahren wurde gegen ihn eingeleitet. Einer Verhaftung entzog er sich vor anderthalb Jahren durch Selbstmord. Das Verfahren erübrigte sich damit, und wir, die DIA Rom, hätten wahrscheinlich nie etwas davon erfahren. Vor einem Jahr jedoch ermittelte ich in einer ganz anderen Sache in Mailand und sprach mit dem Staatsanwalt, dcr auch das Verfahren gegen Andreoli eingeleitet hatte. Er sprach mich auf Mediapoll an und riet mir, das Unternehmen sehr genau im Auge zu behalten. Warum?, werden Sie fragen, so wie ich es damals tat. Nur weil Bevilacquas Onkel in Mafiageschäfte verstrickt war, bedeutete das noch lange nicht, dass auch die Nichte mit drinstecken musste. Dann erklärte er mir einen höchst interessanten Zusammenhang: Onkel Andreoli war zu Lebzeiten mit einem gewissen Giovanni Leone befreundet gewesen, einem in Mailand lebenden Geschäftsmann, der als einer der Nordbosse der sizilianischen Mafia gilt. Er ist ein geheimer Vertrauter von Donato Prosperini. Dieser Name dürfte Ihnen bekannt sein.«

»Natürlich. Der Medienzar, Inhaber verschiedener Fernsehsender und Zeitungen sowie Chef der Partei FdL, Fonte della Libertà. Den kennt in Italien doch jedes Kind.«

»Genau, der wohl reichste und demnächst auch mächtigste Mann unseres Landes. Schon bei den letzten Parlamentswahlen hat er, obwohl die FdL gerade erst gegründet war, eine erstaunlich hohe Zahl von Wählerstimmen für sich verbuchen können. Und wissen Sie auch, woher die meisten Stimmen kamen?«

»Ich erinnere mich dunkel: aus Sizilien.«

»Richtig, insbesondere aus der Gegend um Gela, wo Giovanni Leone herstammt. So viele Voten für einen Norditaliener, der sich bis dahin nicht gerade positiv über den Süden des Landes geäußert, die Menschen dort sogar als faule Afrikaner beschimpft hatte! Einigen aufmerksamen Wahlbeobachtern kam diese erstaunliche Kumulation von Südstimmen für Prosperini merkwürdig vor. Sie behaupteten, Prosperini habe seinen Freund Leone mit reichlich Geld ausgestattet, um die Stimmen auf der Insel zu kaufen. Bewiesen wurde das nie, aber das Gerücht hält sich bis heute.«

»Was hat das mit Mediapoll zu tun?«

»Sie kennen doch inzwischen den prächtigen Palast der Firma, oder? Und nun raten Sie mal, wer der Vorbesitzer war.«

»Keine Ahnung, wer denn?«

Für eine Weile musste die Beantwortung dieser Frage zurückstehen, denn Giovanna näherte sich ihrem Tisch mit Tellern, deren Anblick Leda das Wasser im Mund zusammenlaufen ließ.

»Buon appetito!«

Während Leda Blättchen für Blättchen von der Artischocke abzupfte und langsam aß, schlang Bonfá ein paar Gnocchi hinunter und sprach dann weiter: »Der Palazzo gehörte einem Finanzdienstleistungsunternehmen namens Made in Rome, das nichts anderes tat, als hinter einer vornehmen Kulisse ganz in der Nähe des Zentrums der angeblichen Demokratie schmutziges Mafiageld in blütenreines zu verwandeln. Offizielle Eigentümer: zwei Männer aus Leones Umfeld, Strohleute. Sie legten eigene Fonds auf, an denen sich Menschen mit Geld aus bekannten und vor allem unbekannten Quellen beteiligten. Verschiedene Banken mit guten Beziehungen zur Mafia, darunter die von Andreoli, nahmen sie in ihre Produktpalette auf. Die ausgeschütteten Gewinne, die teilweise unterhalb der ursprünglich eingelegten Summen lagen, waren dann sauber. Das Prinzip: Einhunderttausend schmutzige Euro reinstecken und siebzig- bis achtzigtausend saubere Euro rausbekommen. Oft sogar mehr. Das Geschäft, das zunächst wie ein Verlust aussehen muss, lohnte sich trotzdem, weil anders die immensen Geldsummen aus Drogen-, Waffen- und Menschenhandel nur schwer gewaschen werden können. Die Firma Made in Rome ließ sich ihre Aktivitäten von den Anlegern natürlich sehr anständig vergüten und kam so selbst zu Geld, mit dem sie auch seriöse Geschäfte betrieb. Made in Rome konnte nämlich eine besondere Gruppe von Menschen als Kunden anwerben: die italienischen Parlamentsabgeordneten. Sie beziehen sehr hohe Diäten, viel höher als sonst in westlichen Demokratien üblich, und müssen zuschen, wie sie ihr Geld diskret anlegen. Made in Rome half ihnen – diesmal legal – weiter. Geschäftsführer war übrigens ein Cousin von Leone aus seiner weitverzweigten sizilianischen Verwandtschaft. Er pflegte besten Kontakt zu den politischen Kreisen in der direkten Nachbarschaft, genoss bei ihnen höchstes Ansehen, da er ihr Geld wie Jesus das Brot in der Wüste vermehrte. Dank dieser Kontakte konnten inzwischen ruchbar gewordene Mafiaverbindungen von Made in Rome für lange Zeit der polizeilichen Ermittlung entzogen werden. Sie wissen ja, wie das in Italien läuft.«

Bonfá sprach schnell und sehr leise, spießte hin und wieder einen Gnocco auf seine Gabel und schob ihn in den Mund, um dann weiterzusprechen. Leda, die nichts tun musste, als zuzuhören, hätte ihm gern ein Loblied auf die märchenhaft guten Artischocken gesungen, wollte ihn aber nicht unterbrechen. Das erledigte Giovanna für sie, als sie den nächsten Gang brachte: »Ivan, du redest zu viel. So kenne ich dich gar nicht. Du hast nicht einmal deine Gnocchi aufgegessen. Oder schmecken sie dir heute etwa nicht?«

»Doch, doch, Giovanna. Sie sind köstlich wie immer.«

»Die Artischocken waren ein Gedicht. Bitte sagen Sie das der Küche«, meinte Leda.

»Bessere finden Sie in ganz Rom nicht, darauf verwette ich die Schnauze meines Hundes«, antwortete Giovanna lachend. »Und das Lämmlein ist in unseren Töpfen noch zarter geworden, als es vor seiner Geburt war.«

Damit sollte die Wirtin recht behalten, und Leda wünschte sich einen Moment lang, Paolo würde statt Bonfá neben ihr sitzen und sie könnten eine halbe Stunde lang über nichts anderes als dieses einfache Essen bester römischer Machart plaudern, denn Leda hatte die Erfahrung gemacht, dass gutes Essen noch besser wurde, je mehr man darüber redete.

Bonfá schien sich jedoch kein bisschen für die Köstlichkeiten zu interessieren, sondern sprach, kaum dass Giovanna sich entfernt hatte, einfach weiter, ohne seine Fleischklößchen anzurühren.

»Kurzum, wir hatten Made in Rome unter Beobachtung, konnten aber wegen mangelnder Beweise nichts gegen sie unternehmen. Dann wurde die Firma aufgelöst, der Palazzo verkauft. Mediapoll erwarb ihn zu einem uns unbekannten Preis. So weit, so gut. Als mir der Mailänder Staatsanwalt dann davon erzählte, dass Rita Bevilacqua die Nichte des Leone-Freundes Andreoli war, wurden wir neugierig und fragten beim Finanzamt nach. Und siehe da: Rita Bevilacqua und Alessio Consorte hatten den Palazzo zu einem ausgesprochen günstigen Preis erworben. Für uns ein weiteres Warnsignal, denn häufig werden auf diesem Weg Firmen innerhalb des Clans weitergereicht. Da Mediapoll vor dem Umzug nach Rom in Mailand in einem gemieteten Objekt saß und weder Bevilacqua noch Consorte über Grundbesitz verfügten, brauchten sie trotz des günstigen Preises Bankkredite und dafür wiederum Bürgen. Onkel Andreoli besorgte alles. Und man höre und staune: Der Sohn des großen Prosperini höchstselbst steht als Bürge für Mediapoll gerade, falls Bevilacqua und Consorte den Kredit von knapp fünf Millionen Euro nicht mehr bedienen können sollten. Das stand zu jenem Zeitpunkt allerdings wegen des höchst lukrativen Vertrages mit RAI nicht zu befürchten.«

»Und wie sind sie da rangekommen?«

»Man sagt, Mediapoll sei das beste Meinungs- und Marktforschungsinstitut Italiens. Das Unternehmen wurde wohl aus diesem Grund engagiert. Jedenfalls liegen uns keine anderen Erkenntnisse vor. Von den fünf Millionen Euro wurde nicht nur der Palazzo gekauft, sondern auch aufwendig renoviert. Damit war die Finanzdecke von Mediapoll aber für zehn Jahre bis zum Äußersten strapaziert. Trotzdem wurde die Firma im vergangenen Jahr mit einem neuen, teuren Rechnersystem ausgestattet. Hierfür musste Mediapoll wieder Kredite in Anspruch nehmen, die sie vor allem von einer kleinen sizilianischen Bank bekamen. Welche Sicherheiten sie anzubieten hatten, wissen wir nicht. Das Finanzamt Rom stellte aber Unstimmigkeiten fest: Die angegebene Kreditsumme lag nach Berechnungen des Finanzamtes weit unterhalb der Summe, die die Aufrüstung des Rechnersystems gekostet haben musste. Bevilacqua und Consorte verfügten also über eine unbekannte Geldquelle. Das war genau der Zeitpunkt, als mir der Mailänder Staatsanwalt riet, Mediapoll ins Visier zu nehmen. Seitdem beobachten wir sie. Zwar nur latent, weil wir bisher keine konkreten Hinweise auf mafiöse Umtriebe haben. Aber der Tod Consortes und Ihre Nachfrage beim Finanzamt ließen bei uns die Alarmglocken schrillen, weshalb ich Sie zum Gespräch gebeten habe.«

Leda schwirrte der Kopf von Namen und Geschehnissen, was dazu führte, dass sie sehr langsam kaute und so die dem Lamm beigegebenen Aromen von Rosmarin und Salbei besonders intensiv schmeckte. Zeitweilig abgelenkt, machte sie sich Gedanken, warum sie und Paolo diesen Ort kulinarischen Genusses bisher noch nicht entdeckt hatten. Dieses Versäumnis wog in ihrer persönlichen Bilanz beinahe schwerer als die Schilderungen Bonfás.

»Sie meinen also, dass Mediapoll Geld von der Mafia bezieht?«

»Genau.«

»Was hat Prosperini mit der Sache zu tun, außer dass er für Mediapoll seinen Sohn hat bürgen lassen?«

»Prosperini will mit seiner Partei FdL an die Macht, will Ministerpräsident werden. Da ist es nicht schlecht, wenn man für den Notfall kurz vor den Wahlen das renommierteste Umfrageinstitut des Landes in der Hand hat.«

»Was soll das heißen?«

»Nun ja, Umfrageergebnisse könnten unter dem Druck eines angedrohten Rückzuges der Bankbürgschaft, der die umgehende Pleite von Mediapoll bedeuten würde, zu seinen Gunsten geschönt und zulasten der anderen Parteien verschlechtert werden, was wiederum das Wählerverhalten an den Urnen beeinflussen würde. Denn Wähler sind wie Lemminge.«

»Der Schuss könnte aber auch nach hinten losgehen und genau die Gegenreaktion der Wähler bewirken: So viele Stimmen bekommt der, dann braucht er meine erst recht nicht.«

»Könnte auch sein. Unsere These steht zugestandenermaßen auf wackligen Beinen.«

»Und was hätte die Mafia davon?«

»Ein gutes Unternehmen für ihre Geldwäsche und einen Ministerpräsidenten Prosperini, der, sobald er im Amt ist, die Verfolgung der Mafia klein halten und ihr auch sonst viele Wohltaten zukommen lassen wird. Aufträge der öffentlichen Hand und Subventionen für Mafiaunternehmen, hier eine Amnestie für Schwarzgeldbesitzer, dort eine für Steuerhinterzieher oder die Verkürzung von Verjährungsfristen für Drogen-, Menschen- und Waffenhandel. Mir würde noch einiges mehr einfallen.«

»Warum musste Consorte sterben?«

»Vielleicht weil er das Spiel nicht mehr mitmachen und

alle hochgehen lassen wollte? Denn er scheint uns ein integrer Mann gewesen zu sein.«

Leda schaute Bonfá skeptisch an. Diese Geschichte schien ihr reichlich weit hergeholt zu sein. Und dann fiel ihr noch etwas ein: »In der letzten Umfrage hatte die FdL doch gar nicht besonders zugelegt, wenn ich mich recht erinnere, sondern vielmehr der PID von diesem Vespucci. Wie passt das ins Bild? Denn wenn Ihre These stimmt, müsste die FdL hoch punkten und nicht der PID. Immerhin ist Vespucci im Streit aus der FdL ausgetreten und hat seine eigene Partei gegründet. Wie kann Prosperini es zulassen, dass in einem von ihm mitfinanzierten Umfrageinstitut die Zahlen für die gegnerische Partei so zulegen? Wie sieht seine Strategie aus?«

»Gibt es eine?«

»Da bin ich mir sicher. Ich kenne sie nur nicht.«

XI Aus dem Taxi rief Leda bei Polizeipräsident Alberto Libero an und bat um die sofortige Einberufung einer Besprechung. Eine knappe halbe Stunde später saßen Libero, Leda, Raffaella und Ugo um den Besprechungstisch im Chefzimmer, und die Kommissarin berichtete unter den gestrengen Blicken der in Öl festgehaltenen Konterfeis mehrerer Herren, die über die Rechtmäßigkeit jeder Handlung des Präsidenten zu wachen schienen, von dem Gespräch mit Bonfá.

Am Ende brach Ugo in schallendes Gelächter aus und meinte: »Wir leben im Land der Verschwörungstheorien. Diese hier ist die tollste Geschichte, die ich in diesem Zusammenhang jemals gehört habe: Ein Medienzar, der Ministerpräsident werden will, spannt die Mafia für seine Zwecke ein. Spannend, aber total verrückt. Da hat Ihnen dieser Bonfá eine richtige Räuberpistole aufgetischt. Ich finde, wir sollten uns jetzt wieder ernsthafterer Arbeit zuwenden. Thriller gibt's nach Feierabend im Fernsehen zur Genüge.«

Auch Raffaella schüttelte den Kopf: »Das kann nicht sein. Prosperini mag mit allen Wassern gewaschen und extrem machtgierig sein, aber ein ganzes Land manipulieren kann auch er nicht. So dumm sind die Menschen dann doch nicht. Das kann ich mir nicht vorstellen.«

Einzig Libero saß schweigend und mit gerunzelter Stirn da. Leda wartete gespannt auf seinen Kommentar.

»Was meinen Sie, Leda?«, fragte er schließlich.

»Erst habe ich es auch für unmöglich gehalten. Je mehr ich aber darüber nachdenke, umso schlüssiger erscheint mir diese Theorie, die ja im Übrigen auch nur eine Arbeitshypothese der Antimafiaabteilung ist. Außerdem können wir davon ausgehen, dass die DIA mit besonders gut ausgebildeten

Leuten besetzt ist, die sich nicht aus Spaß wilde Geschichten ausdenken. Wenn sie einmal aus der Deckung kommen und mit anderen Abteilungen sprechen, was bekanntlich selten ist, weil sie überall in unseren Reihen Mafiaspitzel vermuten, dann muss es ihnen verdammt ernst sein. Außerdem hätten wir dann ein Motiv für den Mord an Consorte. Ich neige dazu, die Geschichte zu glauben.«

»Ich aus genau diesen Gründen auch«, sagte Libero. »Ich werde mit dem Chef der DIA sprechen. Bonfá wird Ihnen zugeordnet werden. Leda, Sie leiten die Ermittlung weiter wie bisher und sind mir rapportpflichtig. Und das Wichtigste: Es gilt absolute Geheimhaltung. Kein Gespräch mit Kollegen, Familienmitgliedern, Freunden und Polizeireportern. Wenn diese Sache an falsche Ohren gelangt, sind wir dran. Ich kenne die Mafiaspitzel aus unseren Reihen, falls es sie geben sollte, auch nicht. Jeder kann es sein. Auch Sie oder ich. Aber wenn wir uns nicht vertrauen, was sollten wir dann tun? Ich vertraue Ihnen jedenfalls. Seien Sie vorsichtig. Mit der Mafia ist nicht zu spaßen. Gott sei mit Ihnen. Viel Glück.«

Entscheidungsfreudigkeit, ein selten ausgeprägtes kriminalistisches Gespür und absolute Zuverlässigkeit seinen Leuten gegenüber – das waren die Eigenschaften, die Leda an Libero schätzte. Weniger als eine halbe Stunde hatte es gedauert, um die Sicherheit für die weitere Ermittlung des Falls zu bekommen, die sie brauchte. Denn bei der Vorstellung, gegen die Mafia und einen – wie es aussah – mit dieser Verbrecherorganisation verstrickten Medienzaren und zukünftigen Ministerpräsidenten anzutreten, konnten selbst einem erprobten Profi wie Leda Giallo die Knie weich werden. Libero würde alles tun, um sie und ihre Leute zu schützen.

»Was war das denn gerade für eine Vorstellung? Libero klang wie ein Pfarrer, richtig andächtig«, meinte Ugo, nachdem sie das Chefbüro verlassen hatten.

»Er macht sich offensichtlich ernsthafte Sorgen um unser

Überleben. Das sollten wir als Aufforderung zur äußersten Vorsicht nehmen. Die Mafia ist der schlimmste denkbare Gegner. Ihr wisst, wie viele Menschen sie schon das Leben gekostet hat. Vor allem Polizisten und Staatsanwälte.«

Eine halbe Stunde später rief Ivan Bonfá sie an: »Präsident Libero hat gerade bei uns angerufen und um Kooperation gebeten. Demnach haben Sie mir schließlich doch geglaubt? Das freut mich, besonders weil ich vorhin den Eindruck hatte, dass Sie an meiner Geschichte zweifelten.«

»Habe ich erst auch getan, dann habe ich es mir aber gründlich überlegt und schließlich mit dem Präsidenten gesprochen. Der ist der Meinung, dass die DIA weiß, was sie sagt.«

»So ist es. Dann auf gute Zusammenarbeit. Sie und Ihre Leute müssen sich als Erstes sichere Leitungen geben lassen.«

»Unsere Leitungen sind sicher.«

»Nicht nach DIA-Maßstäben. Ich glaube, die sollten wir anlegen.«

»Und wie bekomme ich die?«

»Ich kann das gern für Sie erledigen.«

»Werden Sie hier bei uns arbeiten?«

»Nein. Wir treffen uns bei Bedarf und bleiben ansonsten telefonisch in Kontakt, wenn Sie einverstanden sind. Ich habe hier ein Telefonino mit Geheimnummer für Sie, das ich Ihnen gleich bringen lasse. Eine andere Frage: Sehen Sie eine Möglichkeit, unbemerkt an die Umfragedaten bei Mediapoll zu gelangen?«

»Darüber muss ich nachdenken.«

Unter dem Vorwand, sie wolle nicht zu oft bei Mediapoll auftauchen, um keine falschen Gerüchte in Umlauf zu setzen, gelang es Leda, Ginevra Izzo, die ehemalige Sekretärin von Consorte, in eine kleine Bar an der Via del Corso zu locken.

»Möchten Sie einen Kaffee, Signorina?«

»Ja bitte. Gerne einen Curto.«

Leda zahlte an der Kasse und bestellte einen kleinen Espresso für Signorina Izzo und für sich selbst einen Espresso macchiato.

»Wie ist die Stimmung bei Mediapoll nach dem misslungenen Auftritt Ihres neuen Chefs am vergangenen Freitag?«, erkundigte sie sich dann bei Izzo.

»Eher schlecht, aber dazu fragen Sie lieber Signora Bevilacqua.«

»Genau das möchte ich nicht tun, denn sie wird mir nicht die Wahrheit sagen, um Mediapoll zu schützen. Ich kann die Signora verstehen, deshalb wende ich mich vertrauensvoll an Sie. Sie kannten Signor Consorte am besten, mochten ihn und können ihn und seine Arbeit einschätzen. Sie wissen am besten, wie sehr er darum bemüht gewesen sein muss, Fehler zu vermeiden.«

»Was für Fehler?«

»Bitte. Ihre Kaffees«, sagte der Barmann und stellte die Tassen vor ihnen auf die Theke.

Leda und Signorina Izzo trugen die Tassen und zwei Gläser Wasser zu einem der freien Stehtische.

»Ist bei oder nach der Freitagssendung mit Signor Ottaviano niemandem etwas aufgefallen? Wurde darüber nicht gesprochen?«

»Nun ja, sein Auftritt war leider etwas unprofessionell. Signor Consorte hatte recht, dass Signor Ottaviano noch nicht so weit ist.«

»Wie hätte Signor Consorte darauf reagiert?«

»Er wäre wohl sehr böse geworden.«

»Nur wegen des schlechten Auftritts oder eher wegen der falschen Zahlen?«

»Welche falschen Zahlen? Nur Signor Ottaviano behauptet, dass sie verkehrt waren und er sich deshalb so verheddert hat. Aber das ist eine Ausrede. Das glaubt ihm keiner. Er war einfach nicht gut vorbereitet und aufgeregt.«

»Wer bereitet die Daten für die Sendung vor?«

»Giorgio Romanelli und seine Leute. Ich war nicht dabei, aber Signor Ottaviano hat Giorgio furchtbar beschimpft, dass er die Zahlen anders als sonst und viel unübersichtlicher aufbereitet hätte. Die beiden reden kein Wort mehr miteinander. Giorgio und die anderen vom Team sagen, es wäre alles so wie immer gewesen.«

»Was meint Signora Bevilacqua dazu?«

»Weiß ich nicht genau. Aber sie gibt wohl Giorgio die Schuld für alles.«

»Und wem von den beiden Männern glauben Sie?«

»Giorgio«, schoss es aus Ginevra Izzo heraus. »Er hat früher auch nie Fehler gemacht. Signor Consorte hat ihn immer den Meister der Zahlen genannt.«

»Meinen Sie, Signor Romanelli würde mit mir darüber sprechen? Natürlich dürften Signora Bevilacqua und Signor Ottaviano nichts davon erfahren.«

»Ich werde ihn fragen. Tun Sie mir auch einen Gefallen?«

»Welchen?«

»Sagen Sie mir die Wahrheit. Wurde Signor Consorte ermordet?«

»Wie kommen Sie darauf?«

»Osvaldo, unser Sicherheitsmann, hat erzählt, Sie seien die Frau, die alle die Rote Kommissarin nennen. Und Sie kämen immer nur, wenn es um Mord gehe.«

»Wie lange arbeitet Osvaldo schon bei Mediapoll?«

»Seit einem halben Jahr. Warum?«

»Weil er aus Sizilien stammt und sich dafür schon sehr gut in Rom auskennt«, behauptete Leda aufs Geratewohl.

»Das stimmt. Das haben Sie wohl an seiner sizilianischen Aussprache gemerkt. Also, was ist mit Signor Consorte geschehen?«

»Ich werde es Ihnen sagen, aber nur, wenn Sie mir zwei Dinge versprechen: Erstens: Ab sofort sind Sie krank. Sie kehren unter dem Vorwand, dass es Ihnen schlecht gehe, momentan nicht zu Mediapoll zurück. Sie werden die Firma erst wieder betreten, wenn ich Ihnen grünes Licht gebe. Das kann sehr bald sein, vielleicht aber auch ein paar Tage lang dauern. Wir besorgen Ihnen ein ärztliches Attest, und ich werde Ihnen jederzeit schriftlich und mündlich bestätigen, dass Sie ausschließlich meinen Anweisungen gefolgt sind. Zweitens: Sie schweigen wie ein Grab über unser Gespräch. Ich weiß nicht, ob ich die Lage richtig oder falsch einschätze, aber es könnte sein, dass Sie sich in Gefahr befinden, weil Sie Consorte nahestanden und viel über ihn und seine Arbeit wissen. Ich möchte kein Risiko eingehen. Ein Toter reicht. Signor Consorte wurde ermordet. Sie sollen leben.«

Ginevra Izzo wurde noch bleicher, als sie es ohnehin schon gewesen war, und schwankte leicht, sodass Leda ihr stützend unter den Arm griff. »Ermordet«, stöhnte Izzo. »Warum denn? Von wem? Er war so ein feiner Mensch!«

»Wahrscheinlich zu fein und zu ehrlich für das Umfeld, in dem er sich bewegte.«

»Droht Signora Bevilacqua und Giorgio auch Gefahr?«

»Durchaus möglich. Deshalb wäre ich Ihnen dankbar, wenn Sie Signor Romanelli möglichst jetzt sofort anrufen und herbestellen könnten.«

»Was soll ich ihm denn sagen?«

»Dass es Ihnen nicht gut geht und er Sie nach Hause begleiten soll.«

Izzos Hände zitterten so sehr, dass sie sich mehrfach auf der Tastatur ihres Telefoninos vertippte. Schließlich hatte sie die Nummer ihres Kollegen gefunden.

»Pronto, Giorgio, ich bin's«, meinte sie, sobald die Verbindung hergestellt war. »Mir geht es furchtbar schlecht. Kannst du mich bitte nach Hause bringen? Nein, ich bin in einer Bar auf der Via del Corso. Wie die heißt? Moment, ich muss fragen.«

Leda ging rasch zur Theke, brachte Name und Hausnummer in Erfahrung und gab beides an Izzo weiter, die Romanelli mit den nötigen Informationen versorgte. »Ja, ich warte hier.«

Kurze Zeit später stürmte ein Bär von einem Mann in die Bar. Mit Vollbart, langen Haaren, die am Hinterkopf mit einem Gummiband zusammengehalten wurden, bekleidet mit einem grob karierten Hemd, Jeans und Turnschuhen, entsprach der hünenhafte Giorgio Romanelli Ledas Vorstellung von einem kanadischen Waldarbeiter, aber nicht der von einem römischen Meister demoskopischer Zahlenspiele. Tiefe Sorgenfalten durchzogen sein Gesicht, als er mit wenigen Schritten den Barraum durchmaß und auf Izzo zusteuerte: »Dio, Gina, was ist mit dir?«

Leda telefonierte inzwischen mit Bonfá, der umgehend zwei zivile Autos schicken wollte, um die beiden an einem sichereren Ort als dieser Bar in der Nähe von Mediapoll befragen zu können. »Fahren Sie nicht mit den beiden zusammen in einem Wagen. Laufen Sie die Straße Richtung Piazza del Popolo. Irgendwann wird ein Auto neben Ihnen halten. Dort können Sie einsteigen. Der Fahrer weiß, wo ich zu finden bin. Bis später.«

Dann erklärte Leda Romanelli mit wenigen Worten das, was sie Izzo bereits gesagt hatte: »Möglicherweise schweben auch Sie in Gefahr. Gleich kommt ein Wagen. Ich möchte Sie beide damit erst einmal an einen sicheren Ort bringen lassen. Dann sehen wir weiter.«

Romanelli schüttelte den Kopf. »Ich denke gar nicht daran. Wer sind Sie überhaupt? Ich kenne Sie nicht. Haben Sie einen Ausweis?«

»Das ist die Rote Kommissarin. Du kannst ihr trauen«, meinte Izzo und schien vom Verhalten des Kollegen peinlich berührt. »Sie war auch schon bei Signora Bevilacqua. Und Osvaldo von der Sicherheit hat sie auch erkannt. Sie ist berühmt.«

»Rote Kommissarin? Sind Sie Kommunistin?«

»Nein, rothaarig, wie Sie sehen. Die Presse hat den Namen für mich erfunden.«

Trotzdem zögerte Romanelli, sich auf das für seine Begriffe waghalsige Abenteuer einzulassen. Leda interpretierte sein Verhalten als das eines Schuldigen. Es passte genau zu ihrer Überlegung, dass Giorgio Romanelli, als der für den IT-Bereich zuständige Mann bei Mediapoll, die Zahlen verändert hatte. Sie musste vorsichtig sein, überaus vorsichtig, damit er niemanden warnen konnte. Leda fiel glücklicherweise ein, wie sie ihre Rolle beweisen und ihn zum Mitkommen überreden konnte.

»Rufen Sie die Zentrale der Questura oder den Polizeinotruf an, und lassen Sie sich mit Commissaria Leda Giallo verbinden. Da ich neben Ihnen stehe, wird sich einer meiner Mitarbeiter, Raffaella Valli oder Ugo Libotti, melden und Ihnen sagen, dass ich nicht da bin. Fordern Sie sie auf, Sie mit meinem Telefonino zu verbinden. Es sei sehr dringend. Sie hätten eine wichtige Information in der Sache Consorte für mich. Man wird Sie mit meinem Telefonino verbinden, das ich hier in meiner Hand halte. Ich werde abnehmen und mit Ihnen sprechen.«

Hatte Leda angenommen, dass allein der Vorschlag, diese Prozedur durchzuziehen, Romanelli davon abhalten würde, so wurde sie getäuscht. Seelenruhig zog er sein Telefonino aus der Hosentasche, wählte den Polizeinotruf und ließ sich die Nummer der Commissaria geben. In Ledas Büro meldete sich Ugo, dem er sein Anliegen vortrug. Sekunden später klingelte ihr Telefonino.

»Ein Signor ohne Namen möchte Sie wegen Consorte sprechen. Es klang dringend.«

»Grazie, Ugo.«

Bevor sie die Bar verließen, erkundigte sich Leda bei Romanelli: »Wissen Sie zufälligerweise den Nachnamen von Signor Osvaldo, der den Eingang von Mediapoll bewacht?«

»Natürlich, Osvaldo Passafiume. Verdächtigen Sie ihn?

Nur weil er Sizilianer ist, muss er nicht zur Mafia gehören.«

»Wie kommen Sie darauf, dass ich ihn verdächtige?«

»Wenn Polizisten fragen, tun sie das aus einem bestimmten Grund. Und wenn jemand mit Sizilien zu tun hat, geht es doch so gut wie immer um die Mafia. Non è vero? Das nenne ich Diskriminierung.«

»Ich verdächtige ihn nicht«, entgegnete Leda. »Aber warum verteidigen Sie ihn?«

»Weil er ein netter und fleißiger Typ ist. Wir gehen manchmal abends etwas essen. Und warum fragen Sie nach seinem Namen?«

»Weil ich es erstaunlich fand, dass ein Sizilianer, der erst so kurz in Rom ist, mich kennt. Das nächste Mal, wenn ich ihn treffe, wollte ich ihn gern mit Signor Passafiume begrüßen, um ihn zu verblüffen. Das war alles.«

»Va bene, ich sage nichts mehr!«

XII Das Haus in der Via Principe Amedeo, vor dem der Fahrer Leda aussteigen ließ, sah wie alle Häuser in der Gegend um den Hauptbahnhof aus. Ein großes, geschlossenes Portal, das sich erst öffnen würde, wenn man der Gegensprechanlage seinen Namen genannt und die Kamera das Bild des Besuchers auf einem Monitor im Inneren des Gebäudes gezeigt hatte. Leda drückte den Klingelknopf, der zum »Apartment 7« gehörte.

»Vierter Stock rechts«, hörte sie kurz darauf die Stimme Bonfás, anschließend ertönte das leise Summen des Türöffners. »Kräftig drücken. Die Tür ist schwer.«

Izzo und Romanelli saßen bereits in einem Raum, der nur ein Kriterium erfüllte: das der Funktionalität. Die Wände strahlten in schmutzigem Gelbgrau, die löchrigen Vorhänge mussten seit Jahrzehnten dort hängen, das Mobiliar bestand aus einem großen Resopaltisch und Stühlen, deren Plastiksitze deutliche Gebrauchsspuren aufwiesen, und blanken Neonröhren an der Decke. Ein hochmoderner Laptop auf dem Tisch, der Bonfá gehören musste, wirkte geradezu anachronistisch gegenüber der übrigen schäbigen Einrichtung.

»Commissaria, kann ich Sie bitte einen Moment allein sprechen? Es dauert nur eine Minute.«

»Darf man hier rauchen?«, fragte Romanelli.

»Das ist offiziell eine Privatwohnung. Insofern darf man das noch. Mal sehen, wann der Staat uns auch zu Hause reinredet.«

Bonfá verschaffte sich mithilfe einer Plastikkarte Zugang zu einem weiteren Raum, bat Leda hinein und schloss sofort die Tür wieder hinter ihnen. Leda schien es, als hätte sie eine andere Welt betreten. Verblüfft schaute sie sich um: Der sorgfältig renovierte Raum war vollgestopft mit modernster

Technologie, und an zwei großen Schreibtischen mit riesigen Flachbildschirmen und Telefonanlagen saßen eine Frau und ein Mann, beide nicht älter als dreißig. An einer Wand hing eine weiße Tafel mit einer Art handgezeichnetem Organigramm, an einer anderen standen Regale, in denen Aktenordner säuberliche Reihen bildeten.

»Die Vorstellung machen wir später. Bitte schauen Sie sich kurz ein Bild auf meinem Computer an. Ist das dieser Passafiume?«

Leda hatte aus dem Auto bei Bonfá angerufen und ihn gebeten, den Namen Osvaldo Passafiume vom System durchchecken zu lassen. Ein freundlicher Sizilianer, der ausgerechnet bei einer möglicherweise mit der Mafia verquickten Firma arbeitete und nach Feierabend mit dem Mann essen ging, dessen Hauptaufgabe im Erfassen und Aufbereiten der erhobenen demoskopischen Daten lag – das waren Leda zu viele Zufälle.

Und sie sollte recht behalten. Von Bonfás Bildschirm schaute ihr Passafiume mit grimmigem Blick frontal entgegen, eine dieser scheußlichen Aufnahmen, die von Delinquenten bei ihrer Festnahme gemacht wurden, einmal von vorn, einmal das rechte Profil und einmal das linke.

»Das ist er. Er ist ein wenig rundlicher geworden und lächelt ausgesprochen freundlich. Ein netter Typ.«

»Sehr nett. Zwei Verurteilungen wegen Körperverletzung und außerdem eine wegen Betrugs. Erstaunlich, dass er unter seinem echten Namen hier in Rom tätig ist. Sie halten ihn wohl für zu unwichtig, diesen reizenden Bürger von Gela, woher rein zufällig auch Leone kommt. Zufälle über Zufälle«, sagte Bonfá lächelnd, doch seine Augen sprachen von bitterer Verzweiflung.

»Immerhin bestätigt das Ihre These, Sie sollten sich freuen.«

»Was nützt es, wenn ich recht habe? Verschwindet die Mafia deshalb?«

»Ich dachte, wir wollten sie wenigstens an diesem Punkt stoppen.«

»Selbst wenn uns das bei Mediapoll gelingen sollte, so vermehrt sich dieses Geschwür an anderer Stelle zehnfach schneller. Manchmal ist mir nach Aufgeben zumute.«

»Bitte nicht jetzt. Ich brauche Sie. Romanelli könnte etwas damit zu tun haben.« Und Leda erklärte Bonfá kurz, wie sie zu ihrer Vermutung gekommen war.

Wenig später wurden sie von einem außerordentlich schlecht gelaunten Giorgio Romanelli empfangen: »Was soll das eigentlich? Warum erzählen Sie uns Quatsch über unsere angebliche Gefährdung? Warum wurden wir an diesen Ort gebracht?«

»Sie können den Raum und das Gebäude jederzeit verlassen. Sie sind freie Menschen und haben das Recht zu tun, was Ihnen beliebt. Ich würde Ihnen allerdings dringend raten, uns zuzuhören und zu vertrauen. Der Mord an Consorte lässt uns vermuten, dass Sie schutzbedürftig sind.«

»Consorte war ein reicher und berühmter Mann. Wir sind kleine, unbekannte Rädchen im Getriebe. Wer soll uns etwas Böses wollen?«, polterte Romanelli ungeduldig weiter.

»Das wüssten wir auch gern. Sie sind diejenigen, die uns bei der Suche helfen können. Aus Ihrem Verhalten schließe ich, dass Sie Angst haben. Und das wahrscheinlich zu Recht. Wenn sich unsere Vermutungen als verkehrt herausstellen sollten, so bitte ich Sie bereits jetzt um Entschuldigung, Ihnen Ihre Zeit gestohlen zu haben. Falls nicht, sind wir vielleicht Ihre Rettung. Aber wie gesagt, Sie können gehen, wenn Ihnen das lieber ist. Signorina Izzo, was sagen Sie dazu?«

»Ich bleibe. Giorgio, sei nicht dumm, bitte. Die Signori werden ihre Gründe haben.«

Murrend setzte Romanelli sich, und Leda begann zu fragen: »Die Umfragewerte, die Signor Ottaviano am vergangenen Freitag im Fernsehen vorgetragen hat, entsprachen sie den von Ihnen aufbereiteten Zahlen?«

»Ich habe das nicht allein gemacht. Wir arbeiten im Team. Ich kenne nicht alle Zahlen von Anfang bis Ende.«

»Wie viele Leute?«

»Sieben.«

»Wie läuft das genau?«

»Die Zahlen werden elektronisch erfasst, uns elektronisch übermittelt, den Fragen entsprechend nach bestimmten, von uns entwickelten Formeln gerechnet, gewichtet und die Ergebnisse dann zu Schaubildern zusammengestellt.«

»An welchen Stellen dieser Kette gibt es Manipulationsmöglichkeiten?«

»Eigentlich gar keine. Das sind gesicherte und rein elektronisch ablaufende Vorgänge. Da greifen keine Menschen ein. Wir bereiten die Zahlen nur zu Schaubildern auf, damit der Zuschauer sie verstehen kann.«

»Kleine Frage am Rande: Warum liegen dann die Umfrageinstitute oft so daneben?«

»Weil die Leute nicht die Wahrheit sagen. Das ist zum Volkssport geworden. Viele überlegen sich ihre Entscheidung im letzten Moment noch anders.«

»Wird die gesamte Sendung fürs Fernsehen bei Mediapoll vorbereitet?«

»Alles, bis auf die An-, Ab- und Zwischenmoderationen von der Cecamore. Wir arbeiten mit fernsehtauglichen Formaten und brauchen die Bilder nur noch kurz vor der Sendung zu RAI und den anderen Sendern zu überspielen.«

»Das heißt, vonseiten des Senders können keine Fehler eingebaut werden?«

»Ausgeschlossen.«

»Dann muss also, wenn es einmal passiert, der Zahlenfehler bei Mediapoll geschehen.«

Romanelli nickte.

»War das Zahlenmaterial an jenem Freitag fehlerhaft?«

Romanelli zuckte mit den Schultern, schwieg und rutschte auf seinem Stuhl herum. Leda kannte dieses Verhalten aus

Befragungen, wenn der Betroffene von Gedanken getrieben entweder wie gelähmt vor ihr saß oder ihren Schwingungen nachgab und sich bewegte.

»Bitte antworten Sie. Das ist sehr wichtig.«

»Das ist der Punkt, den ich nicht verstehe. Alle sagen, die abends im Fernsehen gesendeten Zahlen seien die richtigen gewesen. Aber die Zahlen, die ich bei der Vorsichtung des rohen Datenmaterials gesehen habe, waren andere. Da lag der PID nicht vorn. Er hatte zwar einige Prozente hinzugewonnen, aber nicht so viel. Allerdings musste ich an dem Freitag früher weg und habe deshalb die letzten Berechnungen den anderen überlassen. Die haben noch nie Fehler gemacht. Und dann waren abends plötzlich die Zahlen ganz andere. Ich habe gefragt, wie das passieren konnte, und sie haben mir gesagt, dass sie mit den Zahlen gearbeitet haben, die auf dem Hauptrechner lagen. Alles ganz normal. Ich müsste mich irren. Ich habe mich aber nicht geirrt. Ich weiß genau, was ich gesehen habe. Ich weiß es.«

»Das heißt doch, dass das Rohmaterial, wie Sie es nennen, verändert worden sein muss, oder?«

»Ja, genau.«

»Aber Sie sagten doch, dass das nicht geht, weil es rein elektronisch abläuft.«

»Schon. Aber das Zahlenmaterial wird für kurze Zeit auf dem Hauptrechner gesammelt. Wenn sich jemand richtig gut damit auskennt, kann er theoretisch das Material von einem Rechner auf einen anderen Rechner umleiten, neues Zahlenmaterial auf den Hauptrechner aufspielen – und dann geht es wie gewohnt weiter. Das würde aber einen Haufen Arbeit machen und müsste sehr gut vorbereitet sein, weil das Zeitfenster ziemlich schmal ist. Maximal eine Stunde.«

»Haben Sie Signor Ottaviano von den Zahlen unterrichtet, die Sie gesehen haben?«

»Natürlich. Aber der schreit nur herum und behauptet,

dass ich das beweisen müsste, weil das ja bedeuten würde, dass jemand in den Hauptrechner eingegriffen hat.«

»Wer darf das tun?«

»Früher hatten nur Signor Consorte und ich die Rechte dazu. Als dann die neuen Rechner mit der neuen Servicefirma gekommen sind, wurden ihnen die Rechte übertragen. Aus Sicherheitsgründen.«

»Fanden Sie es nicht merkwürdig, dass Ihnen diese Rechte für den Server weggenommen wurden?«

»Nein, weil ich selbst Signor Consorte vorgeschlagen hatte, spezialisiertere Leute als mich die Arbeit machen zu lassen. Ich bin hauptsächlich Mathematiker und nur nebenbei Informatiker.«

»Kennen Sie die Mitarbeiter der neuen Firma?«

»Ja, natürlich. Sie kommen ja oft. Fähige Leute, wirklich gut.«

»Waren sie am vergangenen Freitag auch da?«

»Ja, kurz nachdem ich gegangen war, sind sie gekommen. Das haben mir die anderen erzählt. Meine Leute waren ziemlich entsetzt, weil sie im Serverraum gearbeitet haben und der Hauptrechner für einige Zeit ausgefallen ist. Mitten im Hauptstress der Sendungsvorbereitung. Meine Leute waren ziemlich sauer. Nach zwanzig Minuten war dann alles fertig, und die Rechner liefen ganz normal weiter.«

»Nehmen wir einmal an, dass die Mitarbeiter der neuen Firma die Dateien und damit die Zahlen verändert haben. Wieso ist das Ihrem Team nicht aufgefallen?«

»Weil es sich zu dem Zeitpunkt noch gar nicht mit den Zahlen beschäftigt hatte. Das heißt, meine Leute konnten keine Veränderung erkennen. Die Vorsichtung mache ich immer allein. Über Nacht kommen die Zahlen rein, und freitags ganz früh mache ich die Vorsichtung, gegen elf bin ich damit fertig. Dann sind die anderen dran. Ich schaue dann nachmittags noch mal drüber, obwohl das eigentlich nicht nötig ist. Meine Leute beherrschen das perfekt.«

»Kann man Veränderungen am Hauptrechner nachvollziehen? Gibt es Protokolle?«

»Ja. Aber an die komme ich jetzt nicht mehr dran. Wenn Sie die haben wollen, müssen Sie sich an die neue Firma wenden.«

»Wie heißt diese neue Servicefirma?«

»Progresso.«

»Aus Rom?«, fragte Bonfá, während er aufstand.

Romanelli nickte.

»Wie heißen die Mitarbeiter?«

»Vitaliano Gavioli und Domenico Silvestri«, lautete die Antwort.

Bonfá verließ den Raum. Leda wusste, was er vorhatte: in seinem großen Vorrat an Mafiafirmen stöbern, um zu sehen, ob die Firma Progresso zum Verbrechernetz gehörte.

»Haben Sie den beiden von Ihrem Problem mit den falschen Zahlen berichtet und um eine Überprüfung gebeten?«, fuhr die Kommissarin mit der Befragung fort.

»Nein, natürlich nicht. So etwas gehört nicht in fremde Ohren. Stellen Sie sich vor, einer von denen hält nicht dicht und die Öffentlichkeit erfährt davon. Ich habe es nur Signor Ottaviano gesagt, und der behauptet, ich sei verrückt. Aber ich schwöre es: Die Zahlen waren andere.«

»Mir hast du das auch gesagt«, meldete sich nun Ginevra Izzo zu Wort. »Du warst wahnsinnig aufgeregt.«

»Ja, das bin ich immer noch.«

»War Ihnen vorher schon einmal eine solche Zahlendiskrepanz nach der Vorsichtung aufgefallen?«

»Nein.«

»Gibt es Beweise für Ihre Behauptung?«

»Das ist keine Behauptung. Ich sage die Wahrheit«, sagte Romanelli leise. »Aber Sie glauben mir wohl auch nicht.«

»Sie irren. Wir glauben Ihnen. Genau deshalb haben wir Sie hierherbringen lassen. Und genau deshalb denken wir, dass Sie in Gefahr schweben.«

»Das verstehe ich nicht.«

Leda berichtete ihnen von ihrem Verdacht, dass Mediapoll Opfer mafiöser Interessenspiele geworden sein könnte. Womöglich befürchte man vonseiten der Mafia, dass Romanelli, der ja bei der Vorsichtung die ursprünglichen, korrekten Zahlen gesehen habe, einer Manipulation des Hauptrechners auf die Schliche kommen könnte. Consorte wiederum könnte von einer geplanten Zahlenmanipulation gewusst haben und musste vielleicht sterben, weil er damit gedroht hatte, dieses Spiel zu verraten. Da Izzo als Vertraute von Consorte in diese Machenschaften eingeweiht sein könnte, ganz oder teilweise, stelle sie eine erhebliche Gefährdung für die mafiösen Drahtzieher dar.

In diesem Moment kehrte Bonfá zurück und schüttelte zu Leda gewandt ganz leicht den Kopf. Er hatte offenbar weder eine Firma namens Progresso noch die beiden Mitarbeiter gefunden.

»Wenn wirklich die Mafia dahintersteckt, dann verstehe ich absolut nicht, was sie damit bezweckt«, meinte Romanelli.

»Politische Einflussnahme. Über die wöchentlichen Umfragen von Mediapoll kann man den Menschen im Land Stück für Stück ein anderes als das wahre Meinungsbild vermitteln. Die Vertreter der an sich schwachen Parteien erscheinen stärker, als sie tatsächlich sind, und kommen immer häufiger zu Wort. Argumentieren sie überzeugend und versprechen sie viel, so haben sie eine große Chance, an die Macht zu kommen.«

»Die Stimmen des PID würden aber nie reichen, um die Regierung zu stellen«, meinte Romanelli aufgebracht.

»Das ist genau der wunde Punkt, für den uns im Moment eine Erklärung fehlt. Da dürfte der Schlüssel für die Aufklärung des Mordes an Consorte liegen.«

Romanelli war alles andere als überzeugt davon, dass ihm Gefahr drohe. Nur weil ihn die wesentlich ängstlichere Izzo bat, dem Drängen der Polizei nachzugeben, fügte er sich in sein Schicksal. Gemeinsam wurde beschlossen, die beiden an sichere Orte ihrer Wahl zu bringen. Unter Polizeischutz sollten sie zunächst in ihren Wohnungen das Nötigste zusammenpacken.

Izzo wollte bei einer Freundin in den Albaner Bergen unterschlüpfen – mit der Begründung, sie sei nach dem Tod ihres Chefs völlig ausgebrannt und erholungsbedürftig. Die Freundin zeigte sich von diesem Vorhaben höchst erfreut: Ginevra sei herzlich willkommen. Bonfá wies seine Mitarbeiter aus dem Nebenraum an, Izzo zu ihrer Wohnung und anschließend in die Berge zu fahren.

Romanelli hingegen zog – zum Entsetzen von Leda und Bonfá – in Erwägung, nach Sizilien zur Familie seines Freundes Osvaldo Passafiume zu reisen. Dorthin sei er schon seit einiger Zeit eingeladen, und nun sehe er angesichts der Umstände eine gute Gelegenheit, der Einladung zu folgen.

»Osvaldo Passafiume? Sind Sie mit ihm befreundet?«, fragte Bonfá. Leda bemerkte, dass ihm diese Aussage Romanellis Schweißperlen auf die Stirn trieb.

»Ja, warum?«

»Er ist doch erst seit ein paar Monaten in Rom.«

»Stimmt, aber wir haben uns angefreundet. Ein netter Kerl. Was dagegen?«

Schweigend verließ Bonfá erneut den Raum, kam mit Computerausdrucken zurück und reichte sie Romanelli. Dieser betrachtete die erkennungsdienstlichen Fotos mit gerunzelter Stirn.

»Was soll das denn nun wieder bedeuten? Der sieht ja wie ein Gangster aus.«

»Das ist er auch. Ein waschechter Mafioso, dem Fäuste und Waffen locker sitzen. Zweimal schon hat er wegen schwerer Körperverletzung im Gefängnis gesessen, und seit einem Jahr wird nach ihm gefahndet. Dass er sich ausgerechnet mit Ihnen angefreundet hat, dürfte Teil des Plans sein und bestätigt unsere These. An Ihrer Stelle würde ich nicht zu seiner Familie fahren.«

Romanelli sank wachsbleich auf seinem Stuhl zusammen. Stumm starrte er auf die Papiere in seiner Hand und versuchte zu verstehen. Dann brach es aus ihm heraus: »Dieses Schwein! Er ist immer so nett zu mir. Wir gehen oft abends zusammen essen. Er ist allein, ich bin allein. Sie wissen ja, wie das so ist. Er kann unheimlich gut Frauen anmachen, vor allem Ausländerinnen. Er spricht nämlich gut Englisch. Denen erzählt er, er komme aus Sizilien und sei ein waschechter Mafioso. Da lacht natürlich jeder, weil er so charmant ist. Die Geschichte vom Mafioso habe ich natürlich nie geglaubt. Er schleppt oft Frauen ab. Einmal habe ich auch eine abgekriegt. Eine Engländerin. Studentin. Nett war die und konnte sogar ein bisschen Italienisch. Sie ist extra meinetwegen zwei Wochen in Rom geblieben. Zu der könnte ich fahren. Wir haben immer noch Kontakt. Sie hat mich nach London eingeladen. Wie man sich in einem Menschen täuschen kann!«

»Sie sollten in der Nähe bleiben, falls wir Sie brauchen, und besser nicht nach England fahren«, meinte Leda. »Wir haben sogenannte sichere Wohnungen, wo wir Sie hinbringen werden«, erklärte Bonfá. »Die werden rund um die Uhr bewacht. Einverstanden?«

Romanelli nickte verunsichert. »Na gut, wenn es sein muss. Ach ja, da fällt mir noch etwas ein: Wissen Sie, warum ich Freitag so früh von Mediapoll weggegangen bin? Weil Passafiume mich dringend gebeten hatte, ihm beim Umzug in seine neue Wohnung zu helfen. Natürlich habe ich das getan. Ich bin schon um elf Uhr vormittags gegangen. Porca miseria, das war ein Ablenkungsmanöver. Und ich bin drauf reingefallen. Übrigens habe ich doch einen Beweis für meine Behauptung mit den falschen Zahlen. Ich kann ihn aber nur nennen, wenn Sie mir garantieren, dass ich straffrei bleibe. Können Sie das?«

»Das kommt darauf an.«

»Es gibt Kopien der Dateien mit dem unbearbeiteten Zahlenmaterial. Ich kann sie Ihnen zeigen.«

»Es ist doch nicht strafbar, der Polizei Beweismaterial zu zeigen.«

»Aber ich habe sie kopiert, obwohl das strengstens verboten ist.«

»Wollten Sie es verkaufen oder Mediapoll sonst einen Schaden zufügen?«

»Nein. Im Gegenteil. Ich ziehe mir oft Kopien auf externe, portable Festplatten, damit ich genügend Zahlenmaterial habe, um die Rechenformeln zu verbessern. Ich sitze häufig nachts zu Hause am Rechner, wenn ich nicht schlafen kann.«

»Das scheint mir strafrechtlich nicht relevant zu sein, da Sie ja keine für Mediapoll nachteilige Absicht verfolgt haben. Wo sind die Dateien?«

»Bei mir zu Hause.«

»Weiß Passafiume davon?«

»Keine Ahnung. Ich nehme ja oft Datenträger mit nach Hause. Wenn wir rausgehen, müssen wir durch eine Sicherheitsschleuse, und die schlägt Alarm, wenn wir Datenmaterial jeglicher Art dabeihaben. Da alle wissen, dass ich meistens welches mitnehme, um es mir anzuschauen, guckt keiner mehr in meine Tasche. Signor Consorte hat nämlich mal gesagt, dass ich das dürfte. Als Osvaldo noch ganz neu war, piepste es wie immer. Natürlich hat er meine Tasche inspiziert und die Datenträger gefunden. Da waren wir noch nicht befreundet, und er hat sofort Signor Consorte geholt. Der hat ihm dann alles erklärt, und Osvaldo hat mich seitdem immer durchgelassen. Also weiß er im Prinzip, dass ich Datenmaterial mit rausnehme. Er weiß aber nichts von den Festplatten mit dem Rohmaterial. Das wusste auch Signor Consorte nicht, das hätte er mir nämlich bestimmt nicht erlaubt. Ich habe es heimlich gemacht.«

»Das haben Sie in diesem Fall gut gemacht, ganz wunder-

bar. Damit können wir die vielleicht schon festnageln. Ab
sofort erkläre ich die Festplatten zu Beweismaterial«, froh-
lockte Leda. »Geben Sie es bitte sofort den Beamten, die Sie
begleiten werden, damit sie es mir ins Präsidium bringen
können.«

»Das sind Sonderformate, die einfache Rechner nicht
lesen können.«

»Seien Sie gewiss, wir sind technisch gut ausgestattet. Ansonsten leihen wir uns einen Ihrer Rechner.«

Es war bereits dunkel, als Leda in der Questura ankam. Raffaella und Ugo waren noch da und hörten sich Ledas Bericht
über die neuesten Ereignisse an. Beide staunten, dass der von
ihnen als Mafiamärchen abgetane Verdacht Bonfás sich so
schnell als traurige Realität zu entpuppen schien.

»Ich verstehe allerdings nicht, welches Interesse Prosperini und seine FdL daran haben sollen, dass der PID in der
Wählergunst zulegt«, gab Raffaella zu bedenken. »Davon
hat er doch nichts.«

»Genau das ist im Moment ein Schwachpunkt, den Bonfá
und ich uns auch nicht erklären können. Aber dass Prosperini seine mächtigen Finger im Spiel hat, bezweifle ich nach
Lage der Dinge nicht, und dass es sich um ein schmutziges
Spiel handelt, auch nicht.«

»Prosperini wird so viel Schlechtes angedichtet, dass er
längst angekettet im Knast hocken müsste. Stattdessen tanzt
er Walzer auf dem Börsenparkett, freut sich darüber, wie
allen Unkenrufen zum Trotz seine Aktien steigen, sein Vermögen wächst und ihn die feine Gesellschaft der Republik
abends zur nächsten Walzerrunde in die Palazzi lädt.«

»Was meinst du damit?«

»Dass an dem ganzen bösen Gerede und den ganzen Ver-
mutungen nichts dran ist. Neider sind am Werk, die einem
Emporkömmling den Aufstieg madig machen wollen. Vom
Barpianisten zum Multimilliardär, das kann es nur in Ame-

rika, aber nicht in Italien geben. Ich glaube einfach nicht, dass er wirklich Dreck am Stecken haben soll«, meinte Ugo.

»Na toll! Genau mit dieser Einstellung spielt er doch! So viel Schlechtes kann nur Gutes bedeuten«, fauchte Raffaella, und Leda beobachtete amüsiert, wie ihr Gesicht vor lauter Ärger über den Kollegen feuerrot anlief. »Wahrscheinlich ist die ganze Mafia ein Phantom, existiert nur in den Köpfen einiger weniger Spinner, und die ganzen Toten, die Schwarzgeldkonten, Schutzgeldzahlungen, Entführungen, der Drogen- und Menschenhandel, die haufenweise in die Luft geflogenen Kollegen und Staatsanwälte sind pure Einbildung! Cosa Nostra, Camorra, 'Ndrangheta und wie sie alle heißen – nichts als Phantasiespiele einer gelangweilten Gesellschaft, die sonst nicht wüsste, worüber sie reden sollte?«

»Jetzt übertreibst du aber. Ich meine nur, dass ihm noch nie etwas nachgewiesen werden konnte und wir uns vor Vorverurteilungen hüten müssen.«

»Du bist blind, Ugo, total blind. Was meinst du denn, warum er nicht verurteilt wurde? Weil er so ein guter Mensch ist? Nein, weil er Beweise je nach Bedarf verschwinden lässt, Politiker, Richter und Staatsanwälte mit seinem Geld und die Öffentlichkeit mit seinen Fernsehkanälen und Zeitungen steuert, wie es ihm passt. Ich sage nicht, dass er selbst mordet oder Mordbefehle gibt. Das hat er gar nicht nötig. Dafür hat er ja die Mafia. Und niemand auf der ganzen Welt kann mir weismachen, dass es anders wäre.«

»Merkwürdig. Vorhin hast du das Ganze für ein Märchen gehalten, und jetzt verteidigst du die Verschwörungsthese wie eine Löwin ihre Jungen. Habe ich da etwas verpasst?«

»Der denkende Mensch ändert seine Meinung, wenn er gute Beweise bekommt. Und die haben wir doch inzwischen wohl zuhauf.«

»Beweise. Das ist unser Stichwort«, mischte sich Leda in die lange angestauten Emotionen ihrer Mitarbeiter ein. »Gibt es etwas Neues?«

»Ja«, sagte Ugo, spürbar erleichtert über den Themenwechsel. »Das Finanzamt wollte wissen, wie weit wir mit dem Fall sind und ob sie die Finanzpolizei zu Mediapoll schicken sollen. Ich war der Meinung, dass sie damit noch etwas warten sollten, bis wir klarer sehen.«

»Gut«, meinte Leda. »Die würden uns im Moment nur stören. Wir sollten Mediapoll eine Zeit lang in Ruhe lassen und mögliche Beteiligte in Sicherheit wiegen. Morgen sehen wir weiter. Es ist spät, geht nach Hause und ruht euch aus.«

XIII Leda schaute noch bei Polizeipräsident Alberto Libero vorbei, um ihm Bericht zu erstatten. Er bot ihr einen Platz auf einem seiner makellos cremefarbenen Sofas an.

»Haben Sie Zeit für ein Glas Wein?«

Sie nickte. Ein Glas des vorzüglichen Polizeiweins, wie Libero den Chianti Classico nannte, den er nur nach dem offiziellen Ende der Dienstzeit und auch nur in kleinster Runde anzubieten pflegte, konnte nicht schaden. Genauso wenig wie ein gutes Gespräch mit diesem kultivierten Mann und glänzenden Kriminalisten, selbst dann, wenn man so erschlagen war wie Leda am Ende dieses anstrengenden Tages.

Libero entkorkte die Flasche, holte zwei Gläser aus einem antiken Schrank und schenkte ihnen von dem köstlichen Getränk ein.

»A la vôtre, Madame.«

Gerade als Leda zum ersten Schluck ansetzen wollte, jaulte ein Telefonino tief unten in ihrer Handtasche. Am Klingelton erkannte sie, dass es der abhörsichere Apparat war, den Bonfá ihr gegeben hatte. Doch bis sie ihn gefunden hatte, war er wieder verstummt.

»Ihre Familie«, meinte Libero.

»Nein, Kollege Bonfá. Es muss wichtig sein. Entschuldigen Sie bitte.«

Leda rief umgehend zurück.

»Merda, Leda, merda!«, hörte sie am anderen Ende. »Die waren in beiden Wohnungen und haben sie gründlich auseinandergenommen. Schicken Sie Ihre Leute her. Wir können uns nicht sehen lassen, falls die uns beobachten. Sonst fliegt unsere Deckung auf. Die haben Schiss vor den Ermittlungen bekommen.«

»Wir kommen sofort.«

Raffaella und Ugo konnten noch nicht sehr weit weg sein. Sie erreichte ihre Kollegen sofort: Raffaella im Auto, irgendwo in einem der endlosen Feierabendstaus in der Stadt, und Ugo in der U-Bahn.

»An welcher Station kannst du aussteigen, Ugo? Ich hole dich dort ab.«

»San Giovanni.«

»Gut. Ich schaue mal, wen ich finde, um Raffaella zu unterstützen. Bis gleich.«

»Ich komme mit«, entschied Libero, was Leda mehr als recht war. Auf dem Weg zum Parkplatz erklärte sie ihm das Nötigste. Außerdem telefonierte sie mit der Spurensicherung und bat Piero Bassani und seine Teams, zu den Tatorten zu fahren.

Mit dem Blaulicht auf dem Dach und jaulender Polizeisirene erkämpfte sich Leda mühsam die Vorfahrt. Wieder einmal stellte sie fest, wie wenig die Menschen, in diesem Fall die am Steuer sitzenden Bürger der Stadt, den hoheitlichen Anspruch der Staatsmacht respektierten oder auch nur für wichtig hielten: Sie dachten gar nicht daran, Leda Platz zu machen. Sie rief Ugo noch mal an und bat ihn, ein Taxi zum Tatort zu nehmen, weil der Umweg sie noch mehr Zeit gekostet hätte.

Sie brauchten eine knappe Stunde, um Romanellis Wohnung im Stadtteil Monte Sacro zu erreichen, die sie ohne GPS nie gefunden hätte. Sie lag in einer ruhigen, kleinen Straße mit Einbahnverkehr und mehrstöckigen Wohnhäusern aus der Nachkriegszeit, als Rom sich so enorm vergrößert hatte. Leda parkte direkt vor dem Gebäude, stieg aus und schaute sich nach Bonfá um, konnte ihn allerdings nicht entdecken. In diesem Moment klingelte ihr Telefonino.

»Sie sehen mich nicht, ich Sie aber«, erklärte Bonfá. »Gehen Sie hoch zu Romanelli, er wartet. Vierter Stock, linker Eingang.«

Die Haustür war angelehnt, das Schloss funktionierte offensichtlich nicht mehr. Leda ging die Treppe hinauf, klopfte an die Wohnungstür und trat ein. »Signor Romanelli?«

»Ich bin hier«, lautete die Antwort. Es war stockdunkel, und Leda suchte nach einem Lichtschalter. Romanelli saß mit hängendem Kopf auf einem Stuhl in einem großen Raum, inmitten eines unsäglichen Chaos: Mehrere aufgeschraubte Computer lagen auf dem Boden zwischen umgekippten Bücherregalen, herausgerissenen Schubladen, einem umgeworfenen und aufgeschlitzten Sofa, alles beleuchtet vom schwachen Licht einer Stehlampe.

»Sie haben aber lange gebraucht. Ich habe nichts angefasst«, sagte er mit dem Tonfall eines besiegten Menschen.

»Gut. Haben Sie die Täter noch angetroffen?«

Romanelli schüttelte den Kopf. »Sie haben die Festplatten aus meinen Rechnern gebaut und alle Speichermedien mitgenommen. Ich glaube, mein ganzes Material ist weg. Und die neuen Rechenprogramme, die ich entwickelt habe, auch. Die waren nämlich auf den Festplatten. Alles weg, die Arbeit vieler Jahre.«

Wenig später erschienen Ugo und Piero Bassani und machten sich an die Spurensuche im Wohn- und Arbeitszimmer, im angrenzenden Schlafzimmer, in der Küche und im Bad. Doch sie konnten keinen einzigen Finger- oder Fußabdruck der Eindringlinge finden. Profis hatten die Wohnung verwüstet, ohne dass auch nur ein Hausbewohner irgendetwas bemerkt hatte. Ugo befragte die halbe Nacht hindurch die Nachbarn aufs Gründlichste, stieß dabei jedoch angesichts der fortgeschrittenen Stunde bei den meisten auf Unverständnis. Worauf die Einbrecher es abgesehen hatten, war den Ermittlern von Anfang an klar: auf das Datenmaterial von Mediapoll.

Leda forderte Romanelli auf, einen Koffer zu packen und sich von ihr in die sichere Wohnung bringen zu lassen. Bonfá nannte ihnen die Adresse in Fiumicino in der Nähe des Flughafens.

»Romanelli muss unbedingt raus aus der Wohnung. Die Möglichkeit, dass die auf den Festplatten und sonstigen Datenspeichern nicht das gewünschte Material finden, ist groß. Dann werden sie sich ihn persönlich krallen. So etwas kann tödlich ausgehen. Also bringen Sie ihn weg. Wir werden immer in seiner Nähe sein und einen unsichtbaren Personenschutz organisieren. Darauf können Sie sich verlassen«, sagte Bonfá eindringlich.

Leda stöhnte innerlich auf: Jetzt musste sie auch noch nach Fiumicino fahren. Sie war an ihre physischen Grenzen gelangt und brauchte dringend ein paar Stunden Schlaf. Romanelli ging schweigend ins Schlafzimmer, wo der Inhalt aller Schränke und Kommoden auf dem Fußboden verteilt lag und das Innere der Matratze aus mehreren Schlitzen hervorquoll.

»Wie soll ich hier etwas finden?«, fragte er Leda oder sich oder den Allmächtigen, wohl wissend, dass es keine Antwort gab, außer zu suchen.

»Wo haben Sie einen Koffer?«

»Der lag auf dem Schrank. Dort ist er aber nicht mehr.«

»Wahrscheinlich haben sie ihn zum Abtransport benutzt. Haben Sie Mülltüten?«

Während Romanelli in die Küche ging, begann Leda systematisch Kleidungsstücke in Haufen auf dem Boden zu sortieren: Unterwäsche, Strümpfe, Hemden, Hosen, Pullis, Jacketts, Jacken. Dabei fragte sie sich insgeheim, wie ein vierzigjähriger, vermutlich gut verdienender Mann so wenig Wert auf sein Äußeres legen konnte. In diesem Haushalt voller Computertechnik fehlte ganz offensichtlich eine Frau oder zumindest ein bisschen Sinn für Stil und Lebensart. Romanelli hatte inzwischen einige leere Mülltüten gefunden und hielt sie ihr schweigend hin.

»Packen Sie all das hinein, was Sie in der nächsten Zeit

133

brauchen«, erhielt er von der genervten Kommissarin zur Antwort.

»Was soll ich denn mitnehmen?« Sein hilfloser Blick signalisierte Leda, dass entweder sie selbst für ihn entscheiden musste oder vorläufig nichts passieren würde. Also wählte Leda für ihn aus, stopfte alles in zwei Tüten und blies zehn Minuten später zum Aufbruch.

»Aber ich kann doch hier nicht weg. Die fremden Leute in der Wohnung und das kaputte Schloss ...«

»Das sind Polizisten. Die klauen Ihnen nichts. Sie müssen hier noch arbeiten und werden, sobald sie fertig sind, die Wohnung so verschließen, dass niemand hineinkann. Mein Mitarbeiter Ugo Libotti wird dafür sorgen.«

Leda raste mit Vollgeschwindigkeit über den nachtleeren Autobahnring um die Stadt. Zwischendurch telefonierte sie mit Raffaella und Libero und erfuhr, dass die Wohnung von Ginevra Izzo eine ähnliche Behandlung wie Romanellis erfahren hatte und dass sie sich inzwischen mit der jungen Frau auf dem Weg in die Albaner Berge befanden.

Zwei Stunden später – kurz nach zwei Uhr morgens – schloss Leda ihre Haustür auf und bemerkte, dass in der Küche Licht brannte und Stimmen flüsterten. Neugierig ging sie hin und staunte nicht schlecht, als sie Paolo und Flavia am Tisch sitzend antraf, vor ihnen eine Platte mit verschiedenen Käsesorten, die jemand in appetitliche Würfel geschnitten hatte.

»Was macht ihr denn noch so spät?«

»Hunger.«

»Durst.«

»Um die Uhrzeit?«

»Ich war bei einer Polizeirazzia. Die haben eine Autoknackerbande hochgehen lassen. Das wird ein guter Bericht. Und du?«, sagte Paolo strahlend.

»Idiotischer Bürokram, zu dem ich in den letzten Wochen

nicht gekommen war. Und du kennst das ja, wenn man einmal anfängt aufzuräumen, wird es immer mehr«, log Leda ganz im Sinne des Schweigegebots. »Ich muss aber jetzt sofort ins Bett, sonst breche ich zusammen.«

»Du siehst echt fertig aus, Mamma. Aufräumen war noch nie deine Sache«, meinte Flavia mitfühlend.

XIV Marios Laune ließ am nächsten Morgen zu wünschen übrig. Sein Gesicht lag in Sorgenfalten, und er klapperte beim Zubereiten von Ledas morgendlichem Cappuccino bedenklich laut. Dabei bemerkte er nicht einmal, dass die Kommissarin das grüne Kleid trug, das ihn zu einem anderen Zeitpunkt in Lobpreisungen wegen ihres guten Geschmacks hätte ausbrechen lassen, weil die Farbe des Stoffs mit der ihrer Augen korrespondierte und eine besonders gute Ergänzung zu ihrem roten Lockenschopf bildete.

Auch von Paolo hatte sie an diesem Morgen kein Kompliment gehört, weil er genau wie Flavia noch geschlafen hatte, als Leda das Haus verließ. Nur Donna Agata hatte ein »Mein Kind, du siehst immer noch müde aus« von sich gegeben und ihr einen Kaffee angeboten, den sie jedoch ablehnte, weil sie Appetit auf ein Cornetto hatte, das nur Mario ihr frisch servieren konnte. Diät hin oder her – ein Cornetto mit Vanillecreme schien Leda die einzige Möglichkeit zu sein, sie mit dem viel zu frühen Aufstehen zu versöhnen.

»Warum so schlecht gelaunt, Mario?«, erkundigte sich Leda.

»Sabina will für ein Jahr nach Amerika gehen«, grummelte er. Sabina war seine achtzehnjährige Tochter, die gerade ihre Ausbildung zur Krankengymnastin abgeschlossen hatte.

»Flavia ist doch auch dort an der Uni.«

»Und? Finden Sie das etwa schön? Außerdem ist Flavia viel älter als Sabina.«

»Wohin will sie denn?«

»Nach Chicago, zu ihrem Onkel Giacomo, dem Cousin meiner Frau. Der ist dort Arzt und mit einer Amerikanerin verheiratet. Hinter unserem Rücken hat Sabina das mit Giacomo ausgemacht. Und nächsten Monat will sie schon fliegen.«

»Wovon will sie dort leben?«

»Giacomo hat ihr angeboten, in dem an seine Praxis angeschlossenen Studio für Physiotherapie zu arbeiten und dort irgendeine Zusatzausbildung zu machen. Das bezahlt er ihr alles, weil er ihr Patenonkel ist.«

»Das finde ich großartig. Ist doch eine tolle Chance für Sabina.«

»Eine tolle Chance nennen Sie das? Wir werden sie verlieren. Es bleiben doch alle da drüben, keiner kommt zurück. Der Gedanke macht mich krank«, fuhr Mario sie an, als hätte Leda Sabina höchstpersönlich diese Schnapsidee in den Kopf gesetzt. »Wenn wir sie dann noch einmal im Jahr zu Gesicht bekommen, können wir von Glück reden. Dio, ich darf gar nicht daran denken, sonst fange ich an zu heulen. Heute Diät?«

»Nein, ein Cornetto alla crema, bitte«, lautete Ledas Antwort, mit der sie Mario das wohl erste Lächeln des Tages entlockte.

Kaum hatte sie sich den obligatorischen Milchbart auf die Oberlippe gezaubert und den ersten Bissen in das krachende Gebäck getan, spielte ihr Telefonino in der Tiefe der Handtasche den Türkischen Marsch von Mozart. »Pronto?«, meldete sie sich.

»Commissaria, bitte kommen Sie schnell! Es ist etwas Furchtbares geschehen«, rief Cristina Galante, die Schwägerin des ermordeten Alessio Consorte. »Federica wurde überfallen!«

Rom, o ewige Stadt voller Rätsel und Ungereimtheiten! An diesem Morgen präsentierten sich die Straßen ohne Hindernisse, ohne Staus, ohne Unfälle, frei von Zweit- und Drittreihenparkern oder haltenden Bussen. Leda jagte nach knapp zwanzig Minuten durch die Fußgängerzone des Zentrums, ohne Blaulicht oder ein anderes erkennbares Zeichen ihres polizeilichen Einsatzes.

Minuten später klingelte Leda bei Federica Galante, und Cristina öffnete ihr. Leda bemerkte sofort, dass die Schlösser der Haustür wie der Wohnungstür unversehrt waren.

»Als Sie hier ankamen, waren die Türen offen oder geschlossen?«, erkundigte sich Leda bei Cristina Galante, die so weiß war wie eine frisch gestrichene Wand.

»Geschlossen, aber nicht abgeschlossen. Die müssen Schlüssel gehabt haben. Commissaria, die hätten meine Schwester beinahe umgebracht. Trotzdem will sie keinen Arzt holen lassen. Bitte sagen Sie ihr, dass der Arzt kommen muss. Sie ist so unvernünftig und störrisch.«

Leda folgte Cristina Galante durch völlig verwüstete Räume in den hinteren Bereich der Wohnung. Im Schlafzimmer fand sie Federica Galante halb sitzend, halb liegend in ihrem Bett vor. In ihrer Zartheit sah sie einer Fee ähnlicher als einer menschlichen Frau aus Fleisch und Blut. Ihre Lippen waren aufgerissen und bluteten leicht, unter den hellgrauen Augen lagen tiefe, dunkle Ringe, die Leda als Spuren einer grauenvollen Nacht deutete. Ihre langen hellbraunen Haare flossen über das dunkelrote Kopfkissen, die weißen Hände ragten aus den Ärmeln eines schwarzen Seidenpyjama-Oberteils, und Leda dachte: Rot wie Blut, schwarz wie das Verbrechen und weiß wie die reine Seele eines Kindes.

»Sie sehen erschöpft aus, Signora Galante, haben Sie Schmerzen? Was ist passiert?«

»Meine Handgelenke tun weh, weil sie mir festgebunden wurden. Meine Lippen auch, weil sie beim Abreißen des Klebebands aufgerissen sind. Ich habe, nachdem sie weg waren, sogar ein wenig geschlafen, da mir klar war, dass ich mich aus eigener Kraft nicht befreien konnte, um Hilfe zu holen. Ich habe es offen gestanden gar nicht erst versucht. Wenn wir die Lage also recht betrachten, geht es mir fast so wie an jedem Morgen: Ich lebe noch.«

Der Sarkasmus ihrer Worte war schneidend.

»Ich schlage vor, einen Arzt zur Begutachtung zu holen, damit Sie sich für den Fall eines Strafprozesses gegen die Täter ein möglichst hohes Schmerzensgeld sichern können«, meinte Leda. »Außerdem muss ich mich gegen den Vorwurf der unterlassenen Hilfeleistung absichern. Sie haben die Wahl zwischen dem Anruf bei Ihrem Hausarzt oder beim Rettungsdienst zwecks Transport in ein Krankenhaus.«

Federica schaute Leda erstaunt und verärgert an. »Wollen Sie mir vorschreiben, was ich tun soll?«

»Nicht im Geringsten. Wie ich bereits sagte, möchte ich allein ein Disziplinarverfahren gegen mich selbst vermeiden und glaubte Ihnen im Übrigen einen guten finanziellen Rat gegeben zu haben.«

»Also gut, wenn es denn sein muss. Cristina, ruf Dottore Malatesta«, befahl sie der Schwester, die sofort davoneilte. »Und jetzt wollen Sie wohl wissen, was passiert ist?«

»Je präziser die Schilderung, desto besser«, antwortete Leda. »Ich werde allerdings vorher noch unsere Spurensicherung holen. Sie entschuldigen mich bitte einen Moment.«

Nachdem Piero Bassani, der wegen der Einbrüche bei Izzo und Romanelli in der vergangenen Nacht kein Auge zugemacht hatte, seufzend sein schnelles Kommen versprochen hatte, wandte sich die Kommissarin wieder der Malerin zu.

»Cristina sagt, es würde kein einziges Bild fehlen, kein Schmuck, kein Silber, kein Gerät, kein Computer, gar nichts. Was haben die Einbrecher denn hier gewollt?«, wollte Federica Galante wissen.

»Wahrscheinlich Datenmaterial, von dem sie glaubten, Ihr verstorbener Mann habe es mit nach Hause genommen. Hat er das getan?«

»Das weiß ich nicht. Wenn überhaupt, liegt es in seinem Arbeitszimmer. Geht es um geheime Daten?«

»Um Daten, die gewissen Leuten unbequem sein dürften und die deshalb nicht veröffentlicht werden sollten.«

»Sozusagen eine versteckte Wahrheit, die Alessio kannte?«

»Wenn unsere These stimmt, ja.«

»Ihre Thesen interessieren mich nicht. Aber wenn Sie meinen, dass Alessio Wahrheiten versteckte, irren Sie sich gewaltig«, sagte Federica empört. »Es war ihm völlig egal, ob die Wahrheit, wenn sie bewiesen war, jemandem schadete. Er war in dieser Hinsicht extrem konsequent und hatte wahrscheinlich genau deshalb so großen Erfolg. Die Wahrheit hat er gesendet und niemals in irgendwelchen Schubladen zu Hause versteckt. Er wurde deshalb von den jeweiligen Verlierern beschimpft und zweimal sogar bedroht, wussten Sie das?«

»Nein. Wann war das?«

»Vor der letzten Parlamentswahl vor zwei Jahren. Eine der kommunistischen Parteien war bei den Umfragen in den Keller gerutscht. Samstag früh, nach der Freitagssendung, flog ein Stein durch ein Fenster bei Mediapoll, an den eine Nachricht gebunden war: ›Consorte, pass auf. Die Linke wird sich gegen Lügen wehren.‹ Eine Woche später erhielt er ein anonymes Paket. Es wurde sofort von der Polizei untersucht, und tatsächlich war eine Briefbombe darin.«

»Davon habe ich nichts gehört.«

»Ihre Kollegen hielten es für besser, den Vorfall zu verschweigen, um Nachahmungstaten zu verhindern. Das hat Alessio gar nicht gepasst, und er hat den Vorfall nach den Wahlen bekannt gegeben. Aber da interessierte sich die Presse kaum noch dafür, weil ja nichts passiert war. Es erschienen nur kleine Meldungen in den Zeitungen. Vermutlich deshalb, weil zur gleichen Zeit dieser Schnulzensänger, ich habe seinen Namen vergessen, tödlich verunglückt ist und sich gleich mehrere Frauen als Witwen ausgaben, um für sich und ihre zahlreichen Kinder die Schlacht um die Erbschaft zu beginnen. Dagegen hat es ein verpatztes Attentat natürlich schwer, sich zu behaupten.«

»Wurden die Täter gefunden?«

»Nein. Gestern erhielt ich einen Brief von der Staatsanwaltschaft. Das Verfahren wurde eingestellt. Ist das nicht makaber, jetzt, wo er ermordet wurde?«

Dann schilderte Federica Galante die nächtlichen Geschehnisse. Sie sei gegen ein Uhr nachts von einem Restaurantbesuch mit einem ihrer Meisterschüler zurückgekehrt. Der Schüler habe sie noch in die Wohnung begleitet und ein letztes Glas Rotwein mit ihr zusammen getrunken. Dann sei er gegangen, sie habe sich umgehend ins Bett gelegt und sei sofort fest eingeschlafen. Um genau drei Uhr zweiundfünfzig – das wisse sie so genau, weil sie von einem Geräusch erwacht sei und auf den Wecker neben ihrem Bett geschaut habe – hätten plötzlich zwei Männer vor ihrem Bett gestanden. Der eine habe ihr mit einer Taschenlampe direkt ins Gesicht geleuchtet, der andere habe ihr, bevor sie schreien konnte, eine behandschuhte Hand auf den Mund gelegt. Dann habe der Erste ihr blitzschnell ein Stück von diesem ekelhaften Klebeband über den Mund geklebt und ihre Hände gefesselt.

Anschließend habe der Größere der beiden ihre Decke zurückgeschlagen. Sie habe schon befürchtet, sie sollte vergewaltigt werden, doch man habe sie vorsichtig aus dem Bett gehoben, in ihren Rollstuhl gesetzt, geradezu fürsorglich zugedeckt und begonnen, ihr Bett aufs Gründlichste zu durchsuchen. Die Matratze sei umgedreht und abgetastet worden. Auch unter dem Bett habe man nachgeschaut, die gesamte Holzverkleidung abgeklopft und ausgeleuchtet. Ganz offensichtlich habe man nicht gefunden, was man suchte.

Daraufhin habe der größere Mann sie so vorsichtig, wie er sie aus dem Bett gehoben habe, auch wieder hineingelegt und sie zugedeckt. Die Männer hätten, so ihr Eindruck, genau gewusst, dass sie eine Gelähmte vorfinden würden. Dann hätten sie sich weiterhin schweigend an die Untersuchung des Zimmers gemacht. Jedes Teil hätten sie aus den Schränken, Kommoden und Nachttischchen gezerrt, jedes

Möbelstück und jedes Bild gedreht und gewendet und sogar die Säume der Gardinen und Vorhänge abgetastet. Es sei offensichtlich gewesen, dass sie etwas ganz Bestimmtes suchten. Beide Männer seien fast identisch angezogen gewesen: schwarze Jeans, schwarze Turnschuhe, schwarze Jacken, darunter schwarze Rollkragenpullover, schwarze Handschuhe. Beide seien offensichtlich geübt in dieser Art nächtlicher Aktionen gewesen. Dabei habe sich der eine fast katzenartig geschmeidig bewegt, der andere, der Kleinere von beiden, habe dagegen eher tapsig gewirkt. Genauer könne sie sie allerdings nicht beschreiben, da die Einbrecher Strümpfe über den Kopf gezogen hätten.

Angst habe sie bei alledem nicht wirklich verspürt, weil ihr klar gewesen sei, dass ihr als Person nichts geschehen würde. Sie sei eher neugierig gewesen, was die beiden wohl suchten. Und natürlich ärgerlich, weil alles ja wieder zurückgeräumt werden müsste. Sie habe auch aus den anderen Räumen Geräusche gehört, weshalb sie darauf geschlossen habe, dass mindestens zwei weitere Menschen an der Durchsuchung beteiligt gewesen seien.

Um vier Uhr fünfunddreißig hätten die Einbrecher das Haus verlassen. Sie habe gehört, wie die Haustür leise zugezogen worden und ins Schloss gefallen sei. Gegen Morgen müsse sie dann eingeschlafen sein. Wach geworden sei sie vom Geschrei ihrer Schwester, die das Chaos gesehen und zunächst vermutet habe, die Einbrecher hätten Federica ermordet.

Dottore Malatesta war höchst erregt, während er mit seinem Arztkoffer in der Hand ins Zimmer stürmte. »Federica, das ist ja entsetzlich, einfach entsetzlich!«, rief er. »Warum lässt Gott Sie so viel leiden? Das haben Sie nicht verdient. Wirklich nicht. Wie entsetzlich!«

Von Leda nahm er nicht die geringste Notiz. Diese wollte die Untersuchung seiner Patientin auch nicht stören und ging ins Wohnzimmer, das jede Form von Wohnlichkeit verloren

142

hatte. In diesem Moment klingelte es: Vor der Tür stand Piero Bassani mit zwei weiteren Beamten.

Gemeinsam mit Cristina machten sie eine ausführliche Begehung der verwüsteten Wohnung, die sich als sehr groß erwies, viel größer, als Leda es nach ihrem ersten Besuch vermutet hatte. Cristina redete und redete: dass diese Stadt ihnen nur Unglück gebracht habe, dass sie nie aus Mailand hätten weggehen dürfen, dass Federicas Liebe zu Alessio von Anbeginn unter einem schlechten Stern gestanden habe und dass er sogar jetzt nach seinem Tod ihr Schicksal noch negativ beeinflusse. Sie dagegen habe ihr Leben der Schwester gewidmet und das getan, was der Ehemann hätte tun müssen: sie gepflegt und begleitet, ohne dass jemand es ihr danke. Sie habe Tod und Verwüstung kommen sehen und Federica immer wieder vor diesem Leben mit Alessio gewarnt. Und jetzt sei alles eingetroffen, wie sie es befürchtet habe.

Leda folgte dem Ausbruch der Verzweiflung schweigend, konzentrierte sich aber gleichzeitig auf das, was sie sah: keinerlei Spuren eines gewaltsamen Eindringens. Alle Fenster waren unbeschädigt, geschlossen oder gekippt. Die Tür zu einem kleinen, mit knallrotem Weinlaub umgebenen Patio war abgeschlossen.

»Die Täter hatten Schlüssel«, meinte Piero.

»Wer besitzt denn welche?«, wandte sich Leda an Cristina.

»Ich«, antwortete Cristina, »und natürlich die Putzfrau und Alessio.«

»Sonst niemand?«

Cristina schüttelte den Kopf.

»Auch nicht die Schüler Ihrer Schwester?«

»Schüler? Welche Schüler?«

»Sie sagte mir, dass sie gestern Abend mit einem ihrer Schüler im Restaurant war. Daraus schloss ich, dass sie mehrere Schüler hat.«

»Das kann nicht sein. Sie hat keine Schüler und geht nie

abends aus. Das könnte sie nämlich gar nicht ohne mich. Versuchen Sie mal, in dieser verfluchten Stadt mit einem Rollstuhl voranzukommen. Das geht nicht. Überall Kopfsteinpflaster, Löcher und hohe Bordsteine.«

»Wann haben Sie gestern die Wohnung verlassen?«

»Um sieben. Federica wollte für die Ausstellung malen. Dazu braucht sie absolute Ruhe.«

»Das heißt, Sie wissen nicht, was Ihre Schwester später gemacht hat?«

»Sie hat gemalt und ist dann ins Bett gegangen. Sie braucht viel Schlaf.«

Eine der beiden musste lügen, das war Leda klar.

»Aber warum hat mir Ihre Schwester gesagt, sie sei mit einem Schüler im Restaurant gewesen?«

»Sie will sich selbst als einen normalen Menschen sehen und darstellen. Als jemanden, der dem Leben gewachsen ist. Sie kann nicht akzeptieren, ein armes, krankes und hilfsbedürftiges Wesen zu sein. Schauen Sie sie an, wie klein und durchsichtig sie ist. Ein Kind, das glaubt, das Leben da draußen führen zu können. Und ich lasse sie in diesem Glauben. Ja, ich fördere sie, habe mein Leben dem ihren geopfert, ihrer Begabung und ihrer Schwäche. Ich tue es mit Freuden. Und werde es tun, solange sie lebt.«

»Welche Rolle spielte Alessio in Federicas Leben?«

»Sie hat ihn geliebt, abgöttisch, bedingungslos. Eben wie ein Kind.«

»Und was ist mit ihm? Hat er sie mit der gleichen Intensität geliebt?«

Cristina stieß einen schrillen Schrei der Empörung aus und schüttelte heftig den Kopf. »Er hat sie nie geliebt. Er hat sie immer allein gelassen, nur an seinen Erfolg gedacht, nie an Federica. Dabei war es allein seine Schuld, dass sie im Rollstuhl sitzt. Er hat den Unfall verursacht. Er hatte getrunken und sie in den Graben gefahren und wurde nicht einmal bestraft. Er hatte das Glück immer auf seiner Seite. Welche

Ungerechtigkeit, mein Gott, welche Ungerechtigkeit! Ich hoffe, dass er jetzt für all seine Sünden in der Hölle schmort. Er hat es nicht besser verdient.«

»Warum wurde seine Tat nicht bestraft?«

»Weil Federica, die Gute, das Schaf, die Schuld auf sich nahm. Sie sagte, sie sei gefahren und am Steuer eingeschlafen. Dabei kann sie sich bis heute gar nicht an den Unfall erinnern.«

»Waren die beiden damals eigentlich schon verheiratet?«

»Nein. Verlobt.«

»Und dann hat er sie aus Dank geheiratet? Weil eine Gelähmte sonst keinen Mann gefunden hätte?«

»Das war er ihr schuldig. Zuerst wollte er nicht. Aber Vater hat ihm klargemacht, dass er entweder das Eheversprechen einlösen oder in den Knast wandern würde. Kein weiteres Studium, keine Karriere. Schluss mit den vielen hochtrabenden Plänen, Schluss mit Vergnügungen aller Art.«

»Er wurde also zur Ehe gezwungen und bekam dafür Federicas Falschaussage?«

»Was heißt gezwungen? Er hatte ihr das Eheversprechen gegeben und sie vor der Ehe entjungfert, sich bestens mit ihr vergnügt. Sein Versprechen einzuhalten war das Mindeste und auch das Einzige, was er jemals für Federica getan hat.«

»Er hätte sich scheiden lassen können.«

»Wozu? Er hat sich doch auch so alle Freiheiten genommen. Er konnte studieren und so viele Frauen haben, wie er wollte. Federica, die Gute, das Schaf, war ihm immer nur dankbar dafür, dass sie seine Ehefrau sein durfte.«

»Aber sie hat doch auch studiert und genauso viel Erfolg wie er?«

»Weil ich für sie alles aufgegeben, sie begleitet habe. Nicht Alessio, sondern ich war für sie da. Er hat sie nur mit Affären gedemütigt. Jahraus, jahrein. Und wir haben das alles ertragen.«

»Die Ehe war also die Hölle auf Erden?«

»Schlimmer. Und mich hat er gehasst, weil ich als Einzige die Wahrheit kannte. Weil ich Federicas Rechte als Ehefrau bei ihm einklagte, was sie nie getan hätte, die Gute, das Schaf. Dann hat er mich immer rausgeworfen, und Federica musste mit ansehen, wie der einzige Mensch, der sie liebte, davongejagt wurde. Wenn er kam, musste ich die Wohnung verlassen. So war es.«

Cristina Galante stand mit hochrotem Kopf vor Leda, die innerlich ihr Urteil über die schwesterliche Interpretation der Ehe gefällt hatte: Diese Frau hätte sie an Consortes Stelle auch so weit wie möglich auf Abstand gehalten, um sich und Federica vor maßlosen Übergriffen zu schützen, denn ganz offensichtlich konnte sie nicht zwischen notwendiger Hilfe und massiver Einmischung unterscheiden.

»Mit wem hatte Ihr Schwager Affären?«

»Mit der Bevilacqua. Mit der hat er geschlafen, bevor die Sache mit Federica begann. Dann hat er es wieder getan, als sie ein ganzes Jahr lang in der Reha war. Es war ja auch so bequem: Sie wohnten schließlich zusammen.«

»Wieso das?«

»Es war eine Studentenwohngemeinschaft. Rita war schon in der Schule Federicas beste Freundin gewesen. Zusammen gingen sie zum Studium nach Bologna, weil Federica bei einem ganz bestimmten Professor malen lernen wollte. Unsere Eltern waren dagegen, aber was sollten sie tun? Als Rita dann sagte, sie würde mit Federica gehen, waren sie beruhigt. Sie fanden eine hübsche, aber ziemlich teure Dreizimmerwohnung. Da tauchte plötzlich Alessio auf, der in das dritte Zimmer ziehen wollte und so die Mietkosten für die anderen beiden senkte. Sie kannten ihn schon aus Schulzeiten und sagten, er sei ein anständiger Kerl. Aber er ging mit Rita ins Bett. Irgendwann hatte er die Nase voll von ihr, brauchte Frischfleisch und nahm sich Federica, was ich zuerst aber nicht wusste. Rita war daraufhin so sauer, dass sie auszog. Wenig später zog ein anderes Mädchen in die WG:

Carlotta aus Kalabrien. Ich besuchte Federica öfter und freundete mich mit Carlotta an. Sie verriet mir irgendwann, dass meine Schwester, wenn ich nicht da war, in Alessios Zimmer schlief oder er bei ihr. Als ich sie deshalb zur Rede stellte, gab sie sofort alles zu und bat mich, unseren Eltern nichts zu sagen, auch nicht, dass sie sich mit Alessio verlobt hatte. Ich habe es ihnen dann doch gesagt. Meine Eltern riefen Federica noch am selben Abend an und befahlen ihr, sofort nach Mailand zurückzukommen. Sie regte sich furchtbar darüber auf und hängte ein.«

Cristina hielt kurz inne und holte tief Luft, ehe sie weitererzählte.

»Das Nächste, was wir von ihr hörten, war ein Anruf aus der Klinik von einer Ärztin, die uns mitteilte, dass Federica schwer verletzt im Koma lag. Das Auto, ein schickes Cabrio, das sie sich von einem Freund geliehen hatten, war von der Straße abgekommen und hatte sich überschlagen. Dabei waren beide rausgeschleudert worden. Alessio hatte nur eine Gehirnerschütterung und viel Alkohol im Blut. Mein Vater hat ihn in der Klinik besucht, und Alessio gab zu, gefahren zu sein. Doch die Ärzte meinten, dass er das nur im Schock gesagt haben könnte und weil er betrunken war. Mein Vater zeigte ihn trotzdem an. Doch als Federica nach ein paar Tagen wieder aufwachte, behauptete sie steif und fest, sie hätte am Steuer gesessen. Mein Vater solle die Anzeige zurückziehen, was er dann auch tat. Kurz darauf war klar, dass meine Schwester für immer gelähmt bleiben würde. Von dem Tag an ließ Alessio sich nur noch selten blicken. Er studierte weiter, als wäre nichts geschehen, nahm das Leid unserer Familie nicht zur Kenntnis. Sein Leben ging weiter wie bisher, unseres dagegen war zerstört.«

Cristina war anzumerken, wie empört sie noch immer über das war, was damals ihrer Schwester widerfahren war.

»In der Rehaklinik mühte sie sich Tag und Nacht ab, um wenigstens die kleinsten Dinge eigenständig meistern zu ler-

147

nen«, fuhr sie fort. »Federica war so tapfer und musste doch erleben, wie sie von Alessio fallen gelassen wurde. Von der großen Liebe, die er ihr vorher geschworen hatte, war nichts geblieben außer hin und wieder ein Besuch mit Blumen, seine Berichte vom Studium und sein Eingeständnis, dass er sich ein Leben mit einer gelähmten Frau nicht zutraute. Hinzu kam, dass er seine alte Beziehung zu Rita Bevilacqua wieder aufgenommen hatte, was mir Carlotta bei Gelegenheit erzählte. Als meine Schwester von mir davon erfuhr, gab sie maßlos enttäuscht auf. Sie trainierte nicht mehr, aß nicht mehr und verfiel in eine tiefe Depression. Ohne Alessio hatte das Leben für sie keinen Sinn. Irgendwann kam dann die Wahrheit zutage: Alessio war gefahren. Vater stellte ihn vor die Alternative: Hochzeit oder Anzeige. Natürlich entschied sich Alessio für die Hochzeit, entschuldigte sich bei Federica für sein Benehmen, und ihr Lebensmut kehrte zurück. Von da an trainierte und malte sie wie besessen. Alessio machte seine Abschlussprüfungen, fand eine Arbeit in Mailand, und sie heirateten, sobald Federica aus der Klinik entlassen wurde. Alle bewunderten ihn, wie treu er an seinem Versprechen festhielt, und er sonnte sich darin. Meine Schwester konnte an der Kunstakademie in Mailand weiterstudieren und schloss mit Auszeichnung ab. Sie nahm an mehreren Ausstellungen teil – mit Erfolg. Da Alessio wegen seiner Arbeit nie Zeit hatte, sie zu Vernissagen, Ausstellungen, Einladungen aller Art zu begleiten, tat ich es und erfuhr so eine Menge über Malerei, Galeristen, Kunstinstitutionen und den Kunstmarkt. Bald kamen die ersten Ausstellungen außerhalb Mailands und dann die Einladung zur Biennale nach Venedig. Dort entdeckte einer dieser wichtigen New Yorker Galeristen ihre Werke und lud sie zu einer Ausstellung nach Amerika ein. Man feierte sie als italienische Kahlo, nach der mexikanischen, ebenfalls aufgrund eines Verkehrsunfalls behinderten Malerin Frida Kahlo. Von da an verdiente Federica richtig viel Geld, ich wurde ihre

Managerin, und sie bezahlte mich gut. Wir waren viel unterwegs.«

Leda staunte, wie gesprächig Cristina auf einmal war. Sie schien es zu genießen, dass endlich einmal jemand bereit war, ihr zuzuhören, ihr, die sonst stets im Schatten ihrer Schwester stand.

»Alessio und Rita, die ihr Wirtschaftsstudium ebenfalls beendet hatte und inzwischen im selben Unternehmen für Demoskopie wie er arbeitete, nutzten unsere häufige Abwesenheit für die ungestörte Fortsetzung ihrer Beziehung. Als Federica davon erfuhr, blieb sie erstaunlich gelassen: ›Sie wird immer nur die Rolle einer Geliebten haben und die auch noch mit anderen teilen müssen. Ich bin seine Frau und werde es bleiben!‹ Sie lachte und tat so, als wäre alles in Ordnung, doch ich fühlte, wie sehr sie litt, welche Angst sie hatte, ihn zu verlieren. Ich habe dann mit ihm darüber gesprochen, aber er lachte nur arrogant und sagte: ›Was geht dich das an? Das ist eine Sache zwischen Federica und mir.‹ Mit Rita zusammen gründete er dann Mediapoll. Federica fand ihren Halt allein in mir und malte weiter wie verrückt. Die Ausstellungsorganisation und die Verkäufe lagen ganz in meiner Hand, weil sie sich auf die Kunst konzentrieren wollte. Sie lebte völlig zurückgezogen in ihrer Welt und ertrug auch mich nur noch stundenweise. Warum sie dann mit Alessio nach Rom gezogen ist, habe ich nicht verstanden. Sie mochte die Stadt noch nie, das weiß ich. Um mich zu beruhigen, behauptete sie, er habe seine Affäre mit Rita beendet. Rom sei ein Neuanfang, sie müsse lernen, unabhängiger von mir zu leben. Ich wohnte noch eine Weile in Mailand und durfte sie nur einmal in der Woche besuchen, um Geschäftliches zu regeln. Alles andere machte sie allein – bis sie eines Tages stürzte. Mit ihrem Rollstuhl kippte sie beim Einkaufen von einem der hohen Bordsteine auf die Straße und brach sich den rechten Arm. Ihren Malarm! Ohne mich hätte sie sich nicht einmal in der Wohnung fortbewegen können. Alessio hatte wie immer keine Zeit für sie. Mediapoll und seine Fernsehkarriere waren ihm wichtiger als seine Frau. Federica wollte eine Pflegerin engagieren und sagte, dass ich ihre Managerin und kein Hausmädchen sei. Erst als ich ihr drohte, ganz die Arbeit für sie aufzugeben, begriff sie, wie wichtig ich für sie bin.«

»Und dann hat Ihre Schwester Ihr Angebot angenommen, zu ihr zu ziehen?«, wollte Leda wissen.

»Nun ja, ich bin nach Rom gezogen, war die meiste Zeit bei ihr und habe sie gesund gepflegt. Bis ihr Arm vollständig wiederhergestellt war, hatten wir eine wunderbare Zeit zusammen. Wir erkundeten die Stadt und ihre Umgebung, und sie war mir sehr dankbar. Unter Alessios negativem Einfluss beharrte sie aber, sobald sie gesund war, erneut auf Abstand. Sie hockte meist mutterseelenallein in der Wohnung und malte. Manchmal ging sie nicht einmal ans Telefon. Ich habe mir dann immer große Sorgen um sie gemacht. Sie erfand die wirrsten Geschichten, um mich zu beruhigen: Sie sei übers Wochenende mit Alessio in Pizzoli gewesen, sie habe Malschüler von der Kunstakademie oder Besuch von Kollegen gehabt. Welche Märchen tischte mir meine Schwester auf, um mir zu zeigen, dass sie nicht einsam war! Sie ist ein so guter Mensch. Aber jetzt, wo Alessio tot ist und sie mich so sehr braucht, bin ich natürlich häufig bei ihr. Ich habe ihr gesagt, dass ich jederzeit bei ihr einziehen kann, wenn sie es möchte. Doch sie will sich ihre Tapferkeit beweisen, ist trotzig wie ein Kind. Irgendwann wird sie begreifen, dass sie ohne mich gar nichts ist. Irgendwann...«, seufzte Cristina und lächelte dabei wie eine Mutter, die bereit war, ihrem Kind alles zu verzeihen.

Leda war entsetzt. Cristina hatte ihr gerade ein perfektes Mordmotiv unter dem Mantel der vorgeschützten Fürsorglichkeit geliefert: Nur im Verschwinden des verhassten Schwagers bestand die Chance, in der Nähe der über alles geliebten Schwester zu sein, sie ganz für sich zu haben, dem eigenen Leben einen Sinn zu geben, die eigene Einsamkeit zu überwinden.

»Sie sind über den Tod Ihres Schwagers sehr froh, wie mir scheint«, sagte Leda provokant.

»Ja, ich gebe es zu. Jetzt endlich kann Federica sich von ihm befreien.«

Und wenn sie längst befreit war, nur du hast es nicht bemerken wollen oder dir eine andere Art von Freiheit gewünscht? Eine, die im schwesterlichen Gefängnis endete?, dachte Leda im Stillen.

In diesem Moment trat Dottore Malatesta zu ihnen. Federica sei so weit in Ordnung, sagte er. Eine Überweisung ins Krankenhaus halte er nicht für nötig. Zwar sei sie müde und erschöpft von dieser furchtbaren Nacht und der gesamten letzten Zeit, habe aber, soweit er das beurteilen könne, keinen Schock erlitten. Er habe ihr vorsorglich ein paar Beruhigungstabletten dagelassen, die sie aber nur zu nehmen brauche, wenn sie selbst es für richtig und wichtig halte. Cristina solle sich keine Sorgen machen. Federica könne ohne Weiteres allein bleiben, wenn sie das wolle, vorausgesetzt, die Polizei halte das unter dem Aspekt der Sicherheit für empfehlenswert. Außerdem gab er Cristina ein Rezept für eine Paste, die Federica auf ihre Lippen auftragen solle. Leda schlug vor, sie solle doch gleich zur Apotheke gehen, während sie sich noch eine Weile mit Federica unterhalte.

»Geh nur, Cristina. Ich komme hier wunderbar klar«, ertönte hinter ihnen die Stimme von Federica, die mit einem schwarzen Morgenmantel bekleidet ins Wohnzimmer fuhr und sich umsah: »Meine Güte, welche Unordnung. Sogar die Sofas und Kissen sind aufgeschlitzt. Da haben wir ja tagelang zu tun. Wer sind diese Leute in den weißen Anzügen?«

»Spurensicherung. Die gehören zu mir. Sie werden noch einige Zeit hier tätig sein.«

»Commissaria, möchten Sie einen Kaffee? Dottore, Sie auch? Ich brauche dringend einen.«

Malatesta lehnte aus Zeitgründen ab und verabschiedete sich, Leda nahm dankend an und bahnte Federica einen schmalen Pfad in die Küche.

Hier sah es kaum besser aus. Zucker und Mehl, Pasta, Kaffeepulver, Gewürze und vieles mehr waren auf dem Boden verteilt. Das gesamte Geschirr, Töpfe, Pfannen, Besteck und Gläser stapelten sich auf dem Tisch und den Arbeitsplatten.

»Die hätten alles zertrümmert, wenn das nicht zu laut gewesen wäre«, bemerkte Federica zutreffend. »Die Espressomaschine befand sich mal dort, wo jetzt die Schüsseln stehen. Vielleicht ist sie dahinter.«

Leda nahm die Schüsseln fort und trug sie vorsichtig auf einen freien Platz auf dem Boden.

»Da ist sie ja.«

Im Handumdrehen hatte Federica die Maschine in Betrieb gesetzt.

»Ihre Schwester sagt, Sie hätten keine Schüler«, fuhr Leda mit ihrer Befragung fort.

»Cristina weiß vieles nicht. Ich halte sie mir so weit wie möglich vom Leib, sonst würde sie Tag und Nacht bei mir hocken und mich bemuttern. Sie glaubt, dass ich ein ebenso armseliges Leben führe wie sie. Wir waren von klein auf sehr unterschiedlich. Ich der Feger, der den Eltern Sorgen machte, sie die brave Kleine, die so ganz ihren Wünschen entsprach. Ich ging tanzen, sie übte Flöte. Ich zog von zu Hause fort, weil ich die familiäre Enge nicht ertrug und ein selbstbestimmtes Leben führen wollte. Sie wartete jungfräulich auf den Mann zum Heiraten, weil es unsere Eltern so wollten. Er ist nie gekommen. Nach meinem Unfall kümmerte sie sich wie eine Mutter um mich, weil sie glaubte, dass unsere Eltern das von ihr erwarteten. Sie behandelt mich wie eine Kranke, dabei fehlt mir abgesehen von meiner körperlichen Behinderung nichts, und mit der habe ich zu leben gelernt. Mir bleibt nur eines: Cristina zu belügen und mein

Leben nach meiner Fasson zu gestalten. Meine Schwester ist furchtbar übergriffig. Alessio hat sie nicht in seinem Umkreis ertragen, weil er sich nicht so gut abgrenzen konnte. Ich kann das gut, erzähle ihr Geschichten von Müdigkeit oder Arbeit und schicke sie mit solchen Begründungen fort. Nicht dass Sie mich falsch verstehen: Ich bin ihr schon dankbar. Sie ist eine gute Agentin und Managerin. Sie organisiert mein berufliches Leben perfekt, aber privat haben wir so gut wie nichts miteinander zu tun. Sie weiß im Grunde genommen nichts über mich, glaubt aber alles zu wissen. Sie hasste Alessio, weil er sie mied und mich betrog, hat aber nie verstanden, dass das für uns keine Rolle spielte. Wir hatten eine andere Basis, und die war in Ordnung.«

»Trug er die Schuld an Ihrem Unfall?«

»Das dachte ich zunächst, weil meine Eltern mir das eingeredet haben. Meine Erinnerung an den gesamten Abend war lange Zeit fort. Seine sowieso, weil er betrunken war. Erst als wir längst verheiratet waren, kehrte mein Gedächtnis zurück. Nein, er war nicht schuld. Ich bin gefahren.«

»Aber er hat Sie doch geheiratet, um einem Strafprozess zu entgehen.«

»Ja, und diese Erpressung durch meine Familie und mich war unfair, das ist mir bewusst. Ich habe ihm deshalb angeboten, sich scheiden zu lassen. Er wollte aber mit mir zusammenbleiben, was ich sehr schön fand und was mir sehr viel Selbstbewusstsein gab.«

»Im Gegenzug akzeptierten Sie seine Liaison mit Rita Bevilacqua?«

»Ja. Sie war in der ganzen schweren Zeit sein Hafen, hat ihm Halt gegeben. Ohne sie hätte er keine Kraft gehabt, seine Karriere und Mediapoll aufzubauen. Er hatte ihr wirklich sehr viel zu verdanken, und das habe ich auch immer so gesehen.«

»Dennoch scheint mir die Liebe zwischen Ihnen nicht sehr ausgeprägt zu sein.«

»Irgendwann wollte sie ihn dann ganz für sich. Das lehnte er mit der Begründung ab, dass ich ohne ihn nicht leben könne. Da wurde sie plötzlich sehr eifersüchtig und begann mich zu hassen.«

»Hätten Sie denn ohne Alessio leben können?«

»Damals noch nicht. Ich brauchte ihn und er mich, um sich von Rita abgrenzen zu können. Ich hatte also eine klare Funktion und war damit auch einverstanden. Jede Ehe ist eben anders. Heute kann ich ohne ihn leben, vermisse ihn trotzdem sehr, weil er mein bester Freund war.«

»Hatte er neben Rita Bevilacqua denn auch andere Geliebte?«

»Wahrscheinlich. Wir haben nie darüber gesprochen.«

»Wer außer Ihrer Schwester, Ihrem Mann und Ihrer Putzfrau hatte oder hat einen Schlüssel zu dieser Wohnung?«

»Einer meiner Schüler, Simone Talenti.«

»Mit dem Sie gestern Abend essen waren?«

»Genau der. Eine große Begabung. Ich werde in New York auch einige seiner Bilder neben meine eigenen hängen. Apropos New York. Wann kann die Beerdigung stattfinden?«

»Jederzeit. Die gerichtsmedizinischen Untersuchungen sind abgeschlossen. Wo werden Sie ihn zu Grabe tragen? Hier oder in Mailand?«

»Hier.«

»Eine letzte Frage: Könnten Sie sich vorstellen, dass Ihre Schwester Ihren Mann umgebracht hat?«

Federica starrte Leda entsetzt an, sekundenlang, eindringlich, unsicher. Sie rang mit sich um die richtige Antwort, um diejenige, die sie der Commissaria geben wollte, die aber nicht unbedingt der Wahrheit entsprechen musste.

»Sie hasste Alessio von ganzem Herzen, sie ist ziemlich neurotisch, und sie hat kein Alibi, weil sie wie immer allein war. An Ihrer Stelle würde ich Cristina auch in den Kreis der Verdächtigen einreihen. Als Schwester, die sie kennt und einschätzen kann, sage ich aber ganz klar: Nein.«

XV Leda grübelte so sehr darüber nach, ob Cristina wohl etwas mit dem Tod ihres Schwagers zu tun hatte, dass sie fürchterlich erschrak, als sie beim Verlassen des Hauses plötzlich von hinten am Mantel festgehalten wurde.

»Leda, komm, wir gehen essen!«

»Dio, Paolo, hast du mich erschreckt! Woher weißt du denn, dass ich hier bin?«

»Ich habe meine Informanten.«

»So so. Und warum lauerst du mir auf, statt mich direkt anzurufen?«

»Überraschungen tun langen Beziehungen gut. Also, wollen wir vorn an der Ecke ins vegetarische Restaurant gehen? Das ist gesund, und Zeit zum Essen ist allemal.«

Zwischen Spinatlasagne und mit Pilzen gefüllten Ravioli stellte sich heraus, dass Paolo einen anonymen Anruf mit dem Hinweis erhalten hatte, in der Wohnung des Ermordeten herrsche polizeilicher Hochbetrieb, da müsse etwas passiert sein. Sogar die Rote Kommissarin sei dort gesichtet worden, und die komme nur bei Mord. Daraus habe der Anrufer geschlossen, dass Consorte gar nicht Selbstmord begangen habe, sondern ermordet worden sei, und weil es noch nicht in der Zeitung gestanden habe, gehe er davon aus, dass Paolo Sinibaldi sich als Polizeireporter für diese Information interessieren könnte.

»Also, gestehe, was ist da los?«

»Simpler Einbruch.«

»Vergangene Nacht?«

Leda nickte.

»War die Galante in der Wohnung?«

Leda nickte wieder.

155

»Hat sie den Einbrecher gesehen?«

Kopfschütteln: »Gesehen ja, aber die Einbrecher waren maskiert, deshalb gibt es keine Täterbeschreibung.«

»Was wurde denn alles geklaut?«

»Keine weiteren Angaben. Das wird derzeit noch untersucht. Piero Bassani ist mit seinen Leuten drin. Es herrscht eine solche Unordnung, dass Federica Galante nicht mal sagen kann, was genau sie alles mitgenommen haben. Die ganze Wohnung wurde auf den Kopf gestellt. Wahrscheinlich ging es ihnen um ihre Bilder. Die sind im Ausland ziemlich viel wert«, log Leda.

»Ist sie denn so berühmt?«

»Ja, in den Staaten schon. Wenn du ihren Namen googelst, bekommst du Tausende von Einträgen. Die meisten aus den USA oder Australien und nur ganz wenige italienische. Hier kennt man sie kaum als Malerin«, versuchte Leda abzulenken und fühlte sich dabei ziemlich schäbig, weil sie ausgerechnet Paolo nicht anlügen mochte. Doch ihm ein rigoroses Schweigen zu präsentieren hätte seine Neugierde noch weiter beflügelt. Ein Artikel von ihm in der Zeitung konnte, falls ihre These von der mafiösen Verstrickung des Unternehmens Mediapoll stimmen sollte, die Organisation warnen. Sie durfte keinesfalls wissen, dass die Ermittlungen in ihre Richtung liefen, auch nur für möglich gehalten wurden.

»Komm, sag schon, welche Bilder sie genommen haben.«

»Kann ich nicht, weil ich es nicht weiß.«

»Und wieso hat die Signora nicht geschrien oder Hilfe geholt?«

»Weil sie geknebelt und gefesselt im Bett lag.«

»Wie sind die denn reingekommen?«

»Gute Frage.«

»Leda, warum bist du so zickig?«

»Findest du es zickig, wenn es einfach nichts gibt, was man einem schlagzeilengeilen Reporter sagen könnte? Schreib doch einfach: Die unfähige Polizei weiß vier Stunden nach der ersten Information über einen Einbruch noch immer nicht, wer die Täter sind. Du kannst dich aber auch an die Pressestelle der Questura wenden, vielleicht wissen die mehr als die ermittelnde Kommissarin. Guten Appetit noch.«

Abrupt stand Leda auf, nahm Mantel und Tasche und stürmte davon. Sie wusste genau, dass Paolo ihr Verhalten nicht verstehen konnte, und ihr war klar, dass sie sich bei ihm würde entschuldigen müssen. Aber das war allemal besser, als die Wahrheit über den unglaublichen Verdacht ans Licht kommen zu lassen. In den Herbstwind schickte sie ein Stoßgebet, dass sie ihren geliebten Paolo schon bald mit einer Exklusivgeschichte würde versorgen können, die alle seine Erwartungen übertraf. »Verzeih mir«, sagte sie laut und schlug ihren Mantelkragen hoch, »aber es ging nicht anders. Eines Tages wirst du es verstehen.«

In ihrem Büro in der Questura erfuhr sie von Ugo, dass Sergio Moscone angerufen habe: Auch in Alessios Haus in Pizzoli sei eingebrochen worden. Als es Leda nicht gelang, Moscone telefonisch zu erreichen, wurde sie außerordentlich nervös. Sie war von einem unerklärlichen Gefühl getrieben, nach Pizzoli fahren, den Tatort selbst in Augenschein nehmen, ihn erleben zu müssen, um verstehen zu können. Sie telefonierte mit Bonfá, der sich sofort bereit erklärte, sie zu begleiten.

Der DIA-Mann jagte über die nasse Autobahn Richtung Berge, als wollte er den Großen Preis von San Marino gewinnen. Der Regen klatschte schwer gegen die Frontscheibe, sodass die Wischer ihre Arbeit nur mit Mühe und weitgehend erfolglos verrichteten. Leda hatte das Gefühl, in einem gläsernen U-Boot inmitten eines grauen Meeres zu sitzen, und manchmal schienen sie auch mehr zu schwimmen, als zu fahren. Je höher die dunklen Berge neben ihnen aufstiegen, umso dichter ballten sich die Wolken zwischen ihnen zusammen. Jeder Blick endete im tiefen Grau des Herbsttages, dessen Übergang in die Nacht kaum bemerkbar sein würde.

Leda presste ihren Körper in den Sitz, wenn plötzlich wenige Meter vor ihnen die nur schwach erkennbaren Rücklichter eines sich mühsam den Anstieg erkämpfenden Lastwagens oder eines langsameren Pkws auftauchten und eine Bremsung erzwangen, die mehr als einmal wenige Zentimeter vor der Stoßstange des voranfahrenden Fahrzeugs endete. Säße Paolo am Steuer, bekämen wir Krach, dachte sie und bat Bonfá höflich, das Tempo zu drosseln.

»Angst? Irgendwann werden wir alle sterben. Aber keine Sorge, ich habe den Wagen im Griff.«

Bis das Navigationsgerät zum Linksabbiegen auf einen kleinen Schotterweg aufforderte, fragte sich Leda, ob sie wohl schon heute sterben müsse. Wenig später behauptete das System: »Ziel erreicht«. Tatsächlich zeichneten sich die Umrisse eines Hauses ab. Leda kramte ihr Telefonino hervor und wählte Ispettore Clementes Nummer in der Polizeistation. Dort lief ein Anrufbeantworter, der ihr mitteilte, sie möge in besonders dringenden Fällen den Notruf kontaktieren und ansonsten später erneut ihr Glück versuchen. Sergio Moscone hingegen meldete sich.

»Wir stehen vor Consortes Haus. Können Sie herkommen?«

»Bin in fünf Minuten da.«

Doch es dauerte fast zwanzig Minuten, bis es heftig auf das Dach des von Bonfá vollgequalmten Wagens klopfte und Moscone die Beifahrertür aufriss.

»Da bin ich.«

Ruhigen Schrittes ging er die Treppe zur Haustür hinauf. Offenbar war sie nicht abgeschlossen, denn er schob sie einfach auf, schaltete die Außenbeleuchtung an und signalisierte ihnen zu kommen. Nun endlich konnte Leda das Haus genauer in Augenschein nehmen. Es war eines dieser typischen Berghäuser, nicht sehr groß, aus schweren, grauen Bruchsteinen gebaut, mit einer hellbraunen Holztür und Fensterläden in der gleichen Farbe, eines, das jedem noch so strengen Winter trotzen und innen wohlige Wärme verströmen konnte. Aber nur dann, wenn im Wohnzimmerofen Feuer brannte.

Jetzt war es bitterkalt, und Leda fror erbärmlich, während sie sich im Inneren des Gebäudes umsah. Als Erstes fielen ihr zwei Bilder auf, die eindeutig von Federica Galante stammten. Nach den Einbrüchen bei Romanelli und Galante erkannte sie mit einem Blick, dass es bei Consorte dieselben Täter gewesen sein mussten. Es war dieselbe Art, Möbel zu verrücken und umzukippen, Sofas und Kissen aufzuschlitzen, Schubladen aufzureißen und den Inhalt von Regalen und Schränken einfach auf den Boden zu kippen. Jeder Raum war verwüstet.

»War die hiesige Polizei schon hier?«, erkundigte sich Leda.

»Nein, Gianni Clementes Schwester hat ein Kind bekommen, deshalb ist er zu ihr gefahren.«

»Er muss doch einen Vertreter haben.«

»Den kenn ich aber nicht so gut.«

Leda seufzte. Die Menschen in den Bergen tickten wohl doch anders. Wieder rief sie in der leeren Polizeistation an und hinterließ diesmal auf dem Anrufbeantworter die Nachricht, dass im Haus Consorte eingebrochen worden sei und schnellstens Kollegen zur Spurensicherung erscheinen sollten.

»Wissen Sie, ob Signor Consorte hier einen Computer hatte?«, fragte sie Moscone.

»Er brachte sich immer seinen Laptop mit.«

»Wo arbeitete er?«

»Am Küchentisch.«

Doch im gesamten Haus fanden sie weder einen Laptop noch USB-Sticks, CD-ROMs, DVDs oder irgendwelche andere Speichermedien. Falls Consorte welche dabeigehabt haben sollte, waren sie gestohlen worden.

»Würden Sie sich bitte umschauen, ob etwas fehlt?«

»Kann man in dem Chaos doch nicht sehen.«

»Wie haben Sie denn überhaupt bemerkt, dass eingebrochen wurde?«

»Die Tür stand offen.«

»Sind Sie dann reingegangen?«

»Nur bis hier vorn in den Flur. Durch die offenen Türen hab ich alles gesehen, die ganze Unordnung. Bin nicht ganz reingegangen, hab Sie sofort angerufen.«

»Wie komme ich in die Garage?«

»Gleich hier die Tür«, sagte Moscone, wies mit dem Kopf nach links und rührte sich ansonsten nicht vom Fleck.

Auch in der Garage waren die Einbrecher gewesen. Die Seitentüren des Geländewagens, in dem Consorte gestorben war, standen weit offen, ebenso die hintere. Alle Gegenstände wie Wagenheber, Taschenlampe, Decke und Feuerlöscher, sogar das Reserverad waren aus dem Kofferraum genommen und auf den Fußboden gelegt worden. Im Wageninneren zeugten hochgeklappte Sitze und Lehnen, das ausgeräumte Handschuhfach, die hinausgeworfenen Fußmatten und die geöffneten Türverkleidungen von der gründlichen Suchaktion. Beinahe wäre Leda über einen großen Stein gefallen, der neben der Fahrertür lag. Das musste derjenige sein, der auf dem Gaspedal gelegen hatte und den Motor bis zum Ende des Benzinvorrats stundenlang hatte laufen lassen. Kein schöner Ort zum Sterben, dachte Leda. Aber welchen Ort suchte man sich schon aus, um umgebracht zu werden?

Sie hatte sich erhofft, am Tatort ein Gefühl für die Tatumstände und den Täter zu bekommen, doch sie wurde enttäuscht: Die nachträglichen Veränderungen verhinderten es, dass sich in ihr irgendein Bild entwickelte. Frustriert und frierend ging sie zu Moscone zurück, der noch immer unbeweglich an die Wand gepresst dastand.

»Meine Tante hat Autos gesehen«, raunte er ihr plötzlich zu.

»Was für Autos?«

»Die hierher- und wieder weggefahren sind.«

»Wann?«

»In der Nacht, als Alessio ... Sie wissen schon ...«

Moscones Tante hieß Maria Luce und wohnte an der Kreuzung, wo der Schotterweg zu den Häusern von ihrem Neffen und von Consorte abzweigte. Sie war von fülliger Statur und lebhafter Natur, trug die vollen, lockigen Haare mit einem Tuch zurückgebunden und hatte eine große Schürze umgebunden, an der sie sich die Hände abwischte, bevor sie Leda die Rechte zum Gruß entgegenstreckte. Sie koche gerade das Abendessen für ihren Mann und die beiden Töchter, die bald hungrig von der Arbeit kommen müssten, erklärte sie.

Maria Luce strahlte die rosige Frische und Gesundheit von Menschen aus, die sich viel an der frischen Luft aufhalten, und schien erstaunlicherweise nicht viel älter als Moscone zu sein. Vermutlich hatte es bei seiner Verwandtschaft irgendwelche Generationenverschiebungen gegeben. Sie bat die Besucher in die Küche, weil die anderen Räume nicht geheizt seien. Man müsse sparen, die Zeiten seien schlecht, der Mann habe mal Arbeit und dann wieder keine, die Töchter verdienten als Küchenmädchen im Berghotel wenig. Immerhin bekämen sie dort zu essen. Das sei eine große Erleichterung.

Zum Glück hätten sie den Garten, wo sie Gemüse und Obst anpflanze und Hühner und Gänse halte. Die Gänse seien wachsamer als Hunde und schnatterten los, sobald sich in der Umgebung ein Fremdling zeige. So entgehe ihr fast keiner, der in den Schotterweg einbiege, nicht einmal nachts, denn sie könne häufig kaum schlafen. Deshalb sitze sie am Fenster, stopfe Strümpfe und höre Sendungen im Radio. Immer wenn sie ein Motorengeräusch wahrnehme oder Scheinwerferlicht sehe, schaue sie hin. Und da an der

Kreuzung zum Schotterweg eine Straßenlaterne stehe, könne sie die Autos auch in der Dunkelheit erkennen.

In der vergangenen Nacht sei gegen dreiundzwanzig Uhr ein dunkler Wagen eingebogen und vierzig Minuten später wieder fortgefahren. Sie habe gedacht, dass es Bekannte von Signora Galante gewesen sein müssten. Signor Consorte und Signora Galante kennten viele reiche Menschen mit großen Autos, das habe sie die Jahre über beobachtet. Da es aber so furchtbar regnete, habe sie durch die nassen und von innen beschlagenen Fenster die Insassen nur schemenhaft gesehen. Ihrem Eindruck nach seien es mindestens zwei Männer gewesen.

Leda konnte den Redefluss von Maria Luce kaum stoppen, doch irgendwann gelang es ihr, das Gespräch auf den Freitag zu lenken, als Alessio Consorte gestorben war.

Da habe geradezu Hochverkehr geherrscht, erklärte Maria Luce. Er selbst sei mittags fortgefahren. Dann sei um zehn Uhr abends das silberbraun glänzende Auto mit einer Signora gekommen, die früher sehr oft, in der letzten Zeit aber so gut wie gar nicht mehr da gewesen sei. Anderthalb Stunden später sei sie wieder fortgefahren und habe so Alessio Consorte nur um ein paar Wimpernschläge verpasst. Sie habe noch gedacht, dass die beiden sich hätten begegnen müssen. Aber vielleicht sei Signor Consorte erst noch durch den Ort gefahren, um Zigaretten zu kaufen. Er könne gerade erst zu Hause gewesen sein, als ein weiteres Auto in den Schotterweg eingebogen sei, von dem sie zunächst nicht mehr als das Motorengeräusch mitbekommen habe, weil sie auf dem Weg in die Küche gewesen sei, um ihrem Mann seinen Schlaftee aus Kamillekraut zu kochen. Erst nach zwei Uhr morgens, als bereits die ersten Schneeflocken vom Himmel tanzten, sei der Wagen wieder fortgefahren. Da habe sie ihn gesehen: ein metallic-anthrazitfarbenes Auto. Es müsse auf der Autobahn in ein heftiges Schneetreiben geraten sein.

»Dann fiel die ganze Nacht nur noch Schnee, und es war ruhig.«

»Hatten Sie das anthrazitfarbene Auto vorher schon einmal hier gesehen?«

»Nein, noch nie.«

»Und wer saß darin?«

»Ich weiß nicht. Der Fahrer trug eine Mütze.«

»Mann oder Frau?«

Maria Luce schaute Leda verunsichert an und zuckte mit den Schultern.

»Sie haben die Person also nicht erkannt?«

»Nein.«

»Und das Kennzeichen?«

»Darauf habe ich nicht geachtet.«

»Die Frau in dem anderen Auto kannten Sie aber?«

»Ja. Sie sieht Signora Galante sehr ähnlich. Vielleicht sind sie Schwestern. Sie hat früher im Sommer öfter bei mir angehalten und meinen Garten gelobt. Ich habe ihr sogar einmal Tomaten geschenkt. Im vergangenen Jahr habe ich sie aber gar nicht mehr gesehen.«

Rita Bevilacqua oder Cristina Galante, dachte Leda. Alle drei Frauen hatten große Ähnlichkeit miteinander, das war auch ihr aufgefallen, und sie hatte, was Rita und Federica betraf, ihre Rückschlüsse auf Consortes Frauengeschmack gezogen.

»Kam danach vielleicht eine andere Frau regelmäßig zu Besuch?«

»Ja, und zwar eine, die immer eine Baseballkappe aufhatte. Sie trug den Schirm tief ins Gesicht gezogen und die Haare darunter versteckt. Ich konnte ihr Gesicht nie ganz sehen, weil sie große Sonnenbrillen trug. Ich hab sie immer für ein bisschen komisch gehalten, weil sie nicht erkannt werden wollte.«

»Was für ein Auto fuhr sie denn?«

»Ein dunkelblaues.«

»Welche Marke? Fiat, Alfa, Opel, Mercedes, BMW?«, schlug Leda vor.

Signora Luce lachte und schüttelte den Kopf. »Keine Ahnung, da kenn ich mich nicht aus. Wenn ich die Autos sehe, kann ich sagen: So eines ist es. Mehr nicht.«

Leda warf Sergio Moscone, der die ganze Zeit schweigend bei ihnen gesessen hatte, einen fragenden Blick zu: Männer merkten sich Autos *und* die Signore, die sie fuhren. Aber auch er schüttelte den Kopf. Angestrengt dachte sie nach, wo sie auf die Schnelle Abbildungen von Autos herbekommen könnte.

»Haben Sie einen Computer mit Internetanschluss?«

»Nein.«

»Aber ein paar Zeitschriften haben Ihre Töchter doch ganz sicher, oder?«

»Ja, stapelweise. Sie meinen, wegen der Autowerbung? Das ist eine gute Idee! Soll ich sie holen?«

Gemeinsam blätterten sie einen Stapel Zeitschriften durch. Nach langem Hin und Her zeigte Signora Luce auf einen zweitürigen Maserati, den sie der Frau zuordnete, die früher oft, dann lange gar nicht und schließlich am Mordabend wieder aufgetaucht, aber bereits vor Alessios Ankunft abgefahren war. Den nach Consortes Ankunft eingetroffenen und kurz vor dem großen Schneefall wieder verschwundenen metallic-anthrazitfarbenen Wagen identifizierte sie als einen BMW der 5er-Baureihe. Das dunkelblaue Auto der unbekannten Dame mit Baseballkappe war offenbar ein Alfa Romeo gewesen und der schwarze Wagen, mit dem die Einbrecher gestern gekommen waren, ein großer Jeep.

Plötzlich entdeckte Maria Luce ein Foto von Alessio Consorte: »Da ist er ja. O Gott, wie merkwürdig, ihn zu sehen, wo man doch weiß, dass er tot ist.«

Leda ging es genauso. Lächelnd hatte er in die Kamera geschaut, neben ihm die blonde Moderatorin Manuela Cecamore ebenso lächelnd.

»Man könnte denken, die wären ein Paar gewesen, so wie die strahlen«, meinte Maria.

»Kollegen«, sagte Leda. »Könnte sie vielleicht die Dame im Alfa gewesen sein?«

»Nein, die würde ich erkennen«, meinte Maria Luce im Brustton der Überzeugung. »Die kennt doch jeder aus dem Fernsehen.«

Auf dem Weg zum Auto erkundigte sich Sergio Moscone bei Leda, ob sie wisse, wann und wo Alessio beerdigt werden würde.

»In Rom. Der Termin steht noch nicht fest.«

»Alessio wollte es anders.«

»Was heißt das?«

Dann erzählte ihr der bärtige Bergführer, dass Alessio einmal während einer Tour auf den Monte Marine ins Tal geschaut und gesagt habe, er wolle in Pizzoli begraben werden. Zwischen den Bergen Ruhe finden. Er habe das wohl ernst gemeint. Bevor Moscone sich auf den Heimweg machte, nahm er Leda das Versprechen ab, mit Federica Galante über Alessios Letzten Willen zu reden.

Es war inzwischen ganz dunkel und so ruhig, wie es nur in Bergen sein kann. Zu ruhig, wie Leda fand, beinahe unheimlich. Nur ihre eigenen Schritte knirschten auf dem Schotterweg. Als ihr Telefonino den Türkischen Marsch aufspielte, war sie froh, ein Zeichen aus ihrer Welt zu bekommen.

»Mamma, wo bleibst du? Wir sind schon im Restaurant und warten auf dich.«

Verdammt, sie hatte Flavia vergessen! Ihr Abschiedsessen, morgen würde sie zurück in die Staaten fliegen.

»Fangt an. Ich muss arbeiten. Das wird noch dauern.«

»Aber du hattest versprochen, heute rechtzeitig Schluss zu machen.«

»Ja, das hatte ich. Entschuldigung.«

Ivan Bonfá empfing sie in Consortes Haus mit hängenden Schultern: Die Einbrecherprofis hatten auch hier keine verwertbaren Spuren hinterlassen. Reifenabdrücke fehlten ebenso auf dem Schotterweg.

»Mit einem schwarzen Jeep waren sie hier. Signora Luce hat den Wagen identifiziert«, meinte Leda und konnte so wenigstens einen konstruktiven Beitrag zur Einbrechersuche leisten. »In der Mordnacht hat sie einen Maserati und einen ihr bis dahin unbekannten metallic-anthrazitfarbenen 5er-BMW gesehen, an dessen Steuer eine ihr ebenso unbekannte Person saß.«

Auf der Rückfahrt strafte der Himmel Leda mit inneren Qualen. Sie machte sich Vorwürfe über Vorwürfe, dass sie für Flavia schon immer eine einzige Enttäuschung gewesen sei. Dass sie ihre Kinder nach der Trennung beim Vater gelassen hatte, weil ihr die Arbeit wichtiger als das Familienleben gewesen war. Und nun das! Wieder einmal hatte sie den Beweis geliefert, dass sie als Mutter komplett versagte. Als Partnerin für Paolo übrigens auch. Er war es, der jetzt mit Flavia, ihrem Freund Alessandro, dessen Eltern und Donna Agata Abschied feierte, sie hingegen fehlte. Wie immer.

Sie kamen nur langsam voran, denn die Regenmassen konnte auch ein Meisterfahrer wie Bonfá nicht fortzaubern. Leda rief Ugo an und bat ihn festzustellen, wer aus Alessio Consortes Umfeld einen silberbraunen Maserati, einen metallic-anthrazitfarbenen BMW, einen dunkelblauen Alfa Romeo und wer einen großen schwarzen Jeep fuhr. Ugo stöhnte, versprach aber, sein Bestes zu tun.

»Mögen Sie klassische Musik?«, fragte Bonfá irgendwann.

»Ja, wieso?«

Er schaltete die Musikanlage ein, und plötzlich wurde das Stampfen der Maschine von den zarten Tönen eines Orchesters unterbrochen, das einen Tanz intonierte. Leicht und schwungvoll, als würde ein Schwarm Vögel selig durch die Frühlingslüfte segeln und in kunstvollen Pirouetten mal auf und mal ab segelnd unsichtbare Bilder ans Firmament malen.

»Das ist wunderschön«, sagte Leda nach einer Weile schweigenden Lauschens.

»Symphonie fantastique heißt das Stück, von Hector Berlioz. Der Walzer des zweiten Satzes ist der schönste, den ich kenne. Er gibt einem die Lebensleichtigkeit zurück, die man im Alltag meist verliert. Er verzaubert die Welt.«

Punkt Mitternacht betrat Leda ihre dunkle und ruhige Wohnung. Die anderen waren noch nicht wieder zurück. Erschöpft entkorkte sie sich eine Flasche Rotwein und ließ sich in Paolos neuen Sessel fallen. Sie wollte auf die Rückkehrer warten. Der Wein war gut, und sie war froh, ein paar Minuten für sich zu haben.

Sie musste irgendwann eingeschlafen sein, denn als das Licht im Wohnzimmer anging, erschrak sie. Sie hatte niemanden in die Wohnung kommen hören.

»Da bist du ja«, hörte sie Flavia sagen.

»Entschuldigung. Ich hätte wenigstens anrufen sollen. Aber was soll ich lügen. Ich habe es vergessen, Flavia, einfach vergessen. Wir stecken in einem so unbegreiflichen Fall. Du kennst mich ja. Es tut mir so leid. Ich bin eine schreckliche Mutter.«

»Nie bist du da, wenn etwas Wichtiges passiert. Das war schon immer so. Aber man kann sich seine Mutter eben nicht aussuchen. Ab morgen hast du ja wieder deine Ruhe.«

»Sei nicht so streng mit ihr. Sie ist doch nicht aus bösem Willen weggeblieben«, mischte sich nun Alessandro ein.

»Ich unterstelle ihr auch keinen bösen Willen. Es ist nur diese Gleichgültigkeit, die mich wahnsinnig macht. Du kennst das nicht. Deine Mutter war immer bei euch, meine nie«, sagte Flavia weinend und verließ das Zimmer.

Betreten sahen sich Leda und Alessandro an.

167

»Sie ist so enttäuscht, weil wir uns verlobt und das heute beim Essen unseren Familien gesagt haben.«

»O Gott, Sandro, es tut mir wirklich so leid. Ich weiß nicht, was ich sagen soll. Außer vielleicht, dass ich sehr froh bin, dich als Schwiegersohn zu bekommen und keinen anderen.«

XVI Leda hatte noch lange allein dagesessen, geweint und mehrere Gläser Rotwein getrunken. Als sie endlich zu Paolo ins Bett geschlüpft war, schlief dieser längst. Aber seine Wärme hatte ihr gutgetan, auch wenn sie wusste, dass er stinksauer auf sie war und sich deshalb ohne Gutenachtgruß ins Schlafzimmer verzogen hatte.

Der Wecker klingelte wie immer viel zu früh. Leda schaffte es kaum, die Augen zu öffnen. Ihr Körper schien über Nacht ums Doppelte schwerer geworden zu sein, und ihr Kopf brummte. Mühsam kroch sie aus dem Bett und tappte benommen durch die ruhige Wohnung. Alle schliefen noch, sogar Donna Agata.

Nach einer viertelstündigen Dusche unter heißem Wasser fühlte sich Leda etwas besser. Sie ging im Bademantel auf den Balkon und stellte fest, dass die Wolken so schwer lasteten wie das schlechte Gewissen auf ihrer Seele. Ein paarmal atmete sie die kalte Herbstluft ein und beschloss, sich angesichts der unlösbar schwierigen Familiensituation davonzuschleichen, ohne Flavia zu wecken. Stattdessen schrieb sie ihr einen kleinen Brief zum Abschied, bat erneut um Verzeihung und gratulierte zur Verlobung, über die sie sich sehr freue. Auf dem Weg zum Auto telefonierte sie mit Federica Galante und eröffnete ihr, dass Alessio Sergio Moscone gegenüber den Wunsch geäußert habe, in Pizzoli begraben zu werden.

»Ahnte er etwas von seinem frühen Tod?«, fragte die Galante beunruhigt.

»Davon hat Sergio nichts gesagt. Es war wohl eher so, dass sich Alessio einzig dort in den Bergen zu Hause fühlte und sich vorstellen konnte, auch nach seinem Tod dort zu bleiben.«

»Danke, Commissaria. Ist es nicht erstaunlich, dass Alessio mit mir nie übers Sterben gesprochen hat? Ich dachte, es wäre ihm gleichgültig, was mit seinen sterblichen Überresten passiert. Aber da habe ich mich wohl getäuscht. Ich werde seinem Wunsch natürlich entsprechen.«

Leda fuhr zu Marios Bar, um zu frühstücken.

»Commissaria, Sie sehen müde aus. So viel Arbeit?«, begrüßte er sie mit analytischem Blick. Da er sie beinahe jeden Morgen sah, erkannte er jede ihrer Gemütslagen.

»Familienkrach. Ich habe Flavia und Alessandro die Verlobung versaut, weil ich wieder mal beruflich unterwegs war. Und außerdem hatte ich Streit mit Paolo.«

»Oje, oje. Das klingt nicht gut. Aber es wird sich schon wieder einrenken. Glückwunsch zur Verlobung Ihrer Tochter.«

Während er ihr den Cappuccino hinstellte, fuhr er fort: »Bei Consorte wurde eingebrochen, habe ich gelesen. Steht der Einbruch denn im Zusammenhang mit seinem Tod?«

»Keine Ahnung, Mario. Und bitte quäl mich nicht mit Fragen. Ich dürfte, selbst wenn ich etwas wüsste, nicht antworten. Erzähl mir lieber, ob deine Tochter nun in die Staaten auswandert oder nicht.«

»Keine Ahnung. Sie will, ich will es nicht. Aber bei uns in der Familie wird Männerwille grundsätzlich nicht respektiert. Also wird sie gehen.«

»Dann können wir ja gemeinsam rüberfliegen und unsere Kinder besuchen«, schlug Leda vor, und Mario lachte bitter: »Und später unsere Enkel, die dann nur noch Englisch sprechen und sich mit uns nicht mehr verständigen können. Schöne Aussichten. Können Sie Englisch?«

»Ein paar Brocken. One Cappuccino, please, könnte ich sagen.«

»Was die Amerikaner so unter Cappuccino verstehen. Der ist sicher nicht so gut wie unser italienischer.«

»Ach, die vielen ausgewanderten Landsleute dort drüben werden schon für anständigen Kaffee sorgen.«

»Eine anständige amerikanische Mafia haben sie jedenfalls aufgebaut, das steht fest. Beim Kaffee bin ich mir nicht so sicher.«

Das Stichwort Mafia gab Leda einen Schubs, und sie beeilte sich, in ihr Büro zu kommen. Ugo Libotti war schon da und blickte sie völlig übermüdet an: Sein vor wenigen Monaten geborener zweiter Sohn hatte ihn die ganze Nacht hindurch auf Trab gehalten, weil er zahnte. Um halb sechs Uhr in der Früh sei der Kleine dann eingeschlafen, und der Vater habe sich gleich ins Büro aufgemacht, um die Pkw-Eigentümer zu suchen. Schwarze, große Jeeps gebe es in Rom und Umgebung fünfundzwanzig, dunkelblaue Alfa Romeos leider Tausende. Er habe sie auf sämtliche Namen in Alessios Umfeld durchlaufen lassen. Der einzige Treffer sei die Cecamore gewesen, und es liege ja durchaus im Bereich des Möglichen, dass sie als Kollegin Consorte mal in Pizzoli besucht habe.

»Stimmt«, meinte Leda, »trotzdem ist es komisch, weil sie so tat, als hätte sie nicht das Geringste mit Consorte privat zu tun gehabt. Wir sollten sie im Hinterkopf behalten, aber im Moment gibt's Wichtigeres. Weiter, was ist mit BMWs?«

»Bei der 5er-Baureihe gab es keinen einzigen Treffer. Ich frage mich: Kann die Luce wirklich 3er- und 5er-BMWs unterscheiden?«, fragte Ugo zweifelnd. »Außer den Frauen, die sie fahren, können das meistens nur Männer. Ich glaube, ich sollte mir die 3er-Listen auch noch kommen lassen.«

Rita Bevilacqua habe zwar außer einem Maserati auch einen 5er-BMW, der sei aber silbern und nicht anthrazitfarben. Allerdings könne Signora Luce die Farben verwechselt haben, meinte Ugo. Leda stimmte ihm zu, gab jedoch zu bedenken, dass zuerst der Maserati fortgefahren und kurz darauf der BMW gekommen sei.

»Nehmen wir an, die Bevilacqua hat ein Täuschungsmanöver mit den Autos geplant, dann hätte sie mit zwei Autos nach Pizzoli kommen müssen. Das wiederum halte ich für unwahrscheinlich.«

Dennoch beauftragte sie Ugo, die Mediapoll-Chefin sofort zur Befragung ins Präsidium holen zu lassen, nachdem ihr eine schnippische Sekretärin mitgeteilt hatte, Signora Bevilacqua befinde sich den ganzen Tag über in wichtigen Besprechungen und könne nicht gestört werden, nicht einmal von der Polizei. Leda selbst telefonierte Ivan Bonfá heran.

Rita Bevilacqua trug Trauer in jeder Hinsicht: ein hochgeschlossenes schwarzes Kleid und dazu Haare, die sie streichholzkurz hatte schneiden lassen. Sie zitterte, als sie Leda und Bonfá gegenüber am Tisch im kahlen Verhörraum saß.

»Es muss einen schwerwiegenden Grund dafür geben, dass Sie mich wie eine Verbrecherin abführen lassen«, sagte sie aufgebracht.

»Wir müssen Sie leider dringend sprechen. Telefonisch war Ihr Sekretärinnen-Schutzwall leider undurchdringlich. Bitte entschuldigen Sie, falls die Beamten Sie nicht korrekt behandelt haben sollten. Gleich zu meiner ersten Frage: Wann haben Sie Alessio Consorte zum letzten Mal gesehen?«, begann Leda.

»Da müsste ich überlegen. Er hatte sich Urlaub genommen und kam nur zu den Sendungen. Am Freitag, das muss zwei Wochen vor seinem Tod gewesen sein, ist er kurz in der Firma erschienen. Wir haben aber nur fünf Minuten miteinander gesprochen.«

»Worüber?«

»Über ein paar Verträge, die er unterzeichnen sollte.«

»Hat er das getan?«

»Nein. Er wollte sie erst genau lesen.«

»Und anschließend herrschte Funkstille zwischen Ihnen?«

»So könnte man es nennen. Ich habe noch ein paarmal versucht, mit ihm zu reden, doch er wollte seine Ruhe haben.«

»Ein merkwürdiges Gebaren für einen Mann, von dem Sie annahmen, dass er sich Ihretwegen von seiner Frau scheiden lassen wollte.«

»In jeder Beziehung gibt es Krisen.«

»Worum ging es in Ihrem Fall?«

Rita Bevilacqua schaute an Leda vorbei, biss sich auf die Lippen und schwieg.

»Sagen Sie es mir. Ich sehe doch, wie sehr Sie die Sache bedrückt.«

Schweigen.

»Also gut: Wir wissen, dass Sie Freitagnacht in Pizzoli waren. Ein Zeuge hat Sie dort mit Ihrem BMW gesehen«, log Leda.

»Nein, ich bin mit dem Maserati gefahren«, rutschte es der Bevilacqua raus.

»Haben Sie mit Signor Consorte sprechen könnnen?«

»Er war nicht da. Ich habe über eine Stunde gewartet, habe ihn immer wieder angerufen, aber er hat sich nicht gemeldet. Dann habe ich im Radio gehört, dass es schneien sollte. Wissen Sie, was ein Maserati im Schnee bedeutet, noch dazu ohne Winterreifen? Eine Katastrophe. Deshalb bin ich abgefahren, weil ich Angst hatte, auf der Straße übernachten zu müssen. Hat Ihr Zeuge das nicht gesehen?«

»Sie haben geahnt, dass etwas Schlimmes passieren würde, nicht wahr? Sie sind nach Pizzoli gefahren, um ihm das klarzumachen, um ihn zu warnen. War es so?«

Rita Bevilacqua schaute sie entgeistert an: »Was soll das heißen? Denken Sie, ich hätte gewusst, dass er umgebracht werden sollte?«

»Das frage ich Sie und mich. Warum sonst hätten Sie mitten in der Nacht bei drohendem Schneefall mit einem nicht gerade wintergeeigneten Auto in die Berge fahren sollen? Der einzige Grund wäre, dass Sie große Angst um ihn hatten. Sonst hätten Sie wenigstens noch das Auto gewechselt.«

Die Mediapoll-Chefin saß vor Leda, schaute auf die Tischplatte und biss auf ihren Lippen herum. Wie ein kleines Mädchen, das der Lüge überführt worden war und sich trotzig weigerte, diese zuzugeben.

»Also, Signora, wie war es wirklich?«

»Am Freitagmorgen«, begann sie leise und mit heiserer Stimme, »fand ich in meinem Briefkasten einen Brief von Alessio.«

»Haben Sie den Brief noch?«, unterbrach Bonfá sie.

Rita Bevilacqua nickte und holte ihn aus einem Seitenfach ihrer Handtasche, wo er offenbar seit Tagen steckte. Sobald Leda ein Paar Latexhandschuhe übergestreift hatte, die sie für alle Fälle bei sich trug, nahm sie den Umschlag in Empfang und zog vorsichtig den Briefbogen hervor, um keine etwaigen Fingerabdrücke zu verwischen. Dann las sie laut vor:

Rita, es ist Zeit für das Ende. Es wird keinen Kontakt mehr zwischen uns geben. Ich schenke Dir meine Firmenanteile. Die beglaubigte Schenkungsurkunde habe ich bei Dottore Barbera hinterlegt. Du kannst sie Dir jederzeit abholen. Mein Auftritt für Mediapoll heute Abend wird der unwiderruflich letzte sein. Zum richtigen Zeitpunkt werde ich alles öffentlich erklären. Versuche nicht, mich zu sprechen. Du weißt, warum. Alessio

Einige wenige, von ruhiger Hand geschriebene Zeilen als Ende einer Jahrzehnte währenden Beziehung. Und Rita, so stand es schwarz auf weiß zu lesen, kannte den Beweggrund.

»Sie wissen also, warum?«

»Wegen Patrizio Vespucci. Ich hatte ein Verhältnis mit ihm.«

»Vespucci? Der Parteivorsitzende des PID?«

Bevilacqua nickte.

»Sie wollen mir doch nicht erzählen, dass das für Signor

Consorte der Grund gewesen sein soll, sein Lebenswerk aufzugeben? Das glaube ich Ihnen nicht.«

»Nein, so war es ja auch nicht. Vor ungefähr sechs Jahren lernte ich Patrizio in Mailand bei meinem inzwischen verstorbenen Onkel Ernesto Andreoli kennen. Er war damals Abgeordneter der Liberalen, ein charmanter, kluger und gut aussehender Mann, einer, wie ich ihn mir immer gewünscht habe, um endlich von Alessio und allen Krisen mit ihm loszukommen. Hunderte von Malen hatte er mir versprochen, sich von Federica scheiden zu lassen und mich zu heiraten. Aber nie fand er den geeigneten Zeitpunkt für eine Trennung. Mal ging es Federica schlecht, dann passte ihm unsere Beziehung gerade nicht, und als sie ihm wieder passte, ging es Federica erneut schlecht. Eines Tages hätte er es getan, ganz sicher. Aber wann? Patrizio spielte von Anfang an mit offenen Karten: Eine Ehe kam für ihn nicht in Betracht, weil er ebenfalls verheiratet war und sich wegen der vier gemeinsamen Kinder unter keinen Umständen offiziell trennen wollte. Das war mir recht, weil ich auf Alessio wartete. Ich habe es bis zum Schluss getan. Ich habe ihn geliebt. Patrizio entpuppte sich als perfekte Übergangslösung. Wir saßen damals noch mit unserer Firma in Mailand. Patrizio hielt sich als Parlamentsabgeordneter viel in Rom auf, sodass es zwischendurch genug Freiraum für die Beziehung mit Alessio gab. Patrizio sah ich regelmäßig einmal pro Woche. Außerdem verbrachten wir öfters Wochenenden zusammen, hin und wieder auch mehrere Tage am Stück. Immer an Orten, wo uns garantiert niemand kannte.«

»Und Consorte merkte nichts?«

»Er ahnte, dass es jemanden gab, weil ich ihn nicht mehr zur Trennung drängte, aber er wusste lange nicht, um wen es sich handelte. Er hat auch nie gefragt. Patrizio lag mit seiner liberalen Partei wegen deren Wirtschafts- und vor allem Ausländerpolitik ziemlich über Kreuz. Weil er studierter Medienwissenschaftler war, holte man ihn in dieser Zeit in den Verwaltungsrat der RAI. Er überzeugte den Sender von den Qualitäten des Unternehmens Mediapoll, sodass wir die ersten kleineren Aufträge bekamen. Das war insofern ungewöhnlich, als wir bereits für die privaten Prosperini-Sender und -Zeitungen arbeiteten. Aber irgendwie hat er es geschafft. Es lief gut, sehr gut sogar. Bei den folgenden Kommunal- und Regionalwahlen lieferten wir die genauesten Daten. Bei der Parlamentswahl ebenfalls. Dann bekam der Sender Streit mit dem Direktor der Politikabteilung, woraufhin dieser ausgetauscht wurde. Den Posten erhielt Enrico di Gregori. Der war so überzeugt von unserer Arbeit, dass er uns einen langfristigen Vertrag anbot – mit einer wöchentlichen Sondersendung, einer Art Politbarometer. Allerdings unter der Bedingung, dass wir exklusiv für RAI arbeiteten. Das war Alessios Traum. Wir unterschrieben. Die Bezahlung war besser als alles, was wir bis dahin zu hoffen gewagt hatten. Mediapoll war nun das renommierteste Demoskopieunternehmen im Land. Wir waren unheimlich stolz auf das Erreichte.«

Rita Bevilacqua war im Lauf ihrer Erzählung sichtlich aufgeblüht. Ihre Wangen hatten sich gerötet, und ihr Redefluss war nach ihrer anfänglichen Zurückhaltung kaum zu bremsen.

»In dieser Phase beschloss Patrizio, die Partei zu wechseln, und trat in die neu gegründete FdL von Donato Prosperini ein. Er bekam sofort den Mailänder Wahlkreis übertragen und war glücklich. Alessio und ich hatten schon mehrmals überlegt, ob es angesichts der engen Verbindung mit RAI und der dringenden Notwendigkeit, das Personal aufzustocken, nicht sinnvoller sein könnte, mit der Firma nach Rom umzuziehen. Das diskutierte ich auch mit Patrizio, der diese Idee sehr unterstützte. Aber für eine große und repräsentative Immobilie fehlte uns das Geld. Da schaltete sich Patrizio mit seinen zahlreichen Verbindungen ein: Eines Tages servierte er mir den Palazzo auf dem Tablett. Er stand zu einem supergünstigen Preis zum Verkauf. Onkel Ernesto, der Direktor bei einer Mailänder Bank war und damals noch lebte, besorgte uns einen Kredit. Mit dem RAI-Vertrag in der Tasche waren wir gute Kunden und der Palazzo die beste denkbare Sicherheit für die Bank.«

»Warum wurde er so preisgünstig angeboten?«

»Weil er einer Firma gehört hatte, die kurz vor der Pleite stand und dringend liquide Mittel brauchte. Für die war wenig Geld besser als gar keines. Alessio misstraute Patrizio aber. Er konnte ihn in Wahrheit nicht ausstehen und weigerte sich zunächst, auf dieses Angebot einzugehen. Ich habe ihm Szenen gemacht, behauptet, er könne keinen anderen Mann an meiner Seite sehen, sei eifersüchtig und egoistisch, nur auf sein Wohl und seine Wünsche bedacht. Ich sei gut genug gewesen, als es darum ging, durch meine Beziehungen den ersten Kredit für den Aufbau von Mediapoll zu bekommen, und jetzt, wo er wisse, dass Patrizio mich liebe und ich unabhängiger werden könne, wolle er mich bremsen. Das sei ungerecht. Ich habe gebettelt und wie eine Löwin gegen ihn kämpfen müssen, bis er dem Kauf des Palazzos zustimmte.«

»Die besagte Firma hieß Made in Rome, nicht wahr?«

»Richtig.«

»Wissen Sie, wem sie gehörte?«

»Zwei Finanzmaklern. Ihre Namen sind mir entfallen.«

»Sie spielen auch keine Rolle, weil sie Strohmänner Leones waren und für ihn Mafiagelder gewaschen haben. Wussten Sie das nicht?«, schaltete sich Bonfá ein.

»Nein. Woher sollte ich das wissen? Dass Leone ein Mafiaboss ist, habe ich genau wie alle anderen erst erfahren, als die Ermittlungen wegen mafiöser Verstrickungen gegen meinen Onkel liefen. Durch Leone ist mein Onkel Ernesto in diese Schwierigkeiten geraten. Aber dass er der Voreigentümer unseres Palazzos war, davon hatte ich keine Ahnung. Glauben Sie, dass Patrizio…?«

»Ich glaube, dass Patrizio Vespucci Ihnen nicht zufällig den Palazzo so günstig besorgen konnte, sondern dass er ihm regelrecht in die Hand gedrückt wurde.«

»Von wem?«

»Von Prosperini respektive Leone, der, wie Sie sicher auch wissen, ein Vertrauter Prosperinis ist. Sein neuer Parteifreund Patrizio Vespucci hatte wahrscheinlich mit ihm über Mediapoll gesprochen und anschließend Prosperini und dessen Vertrauten Leone um Rat gefragt. Leone kam die Anfrage gerade recht, weil Mafiafirmen meistens nicht sehr lange existieren. Sie werden rechtzeitig, bevor ihre Geldwaschaktivitäten auffliegen, unter dem Vorwand des Konkurses aufgelöst. Made in Rome dürfte so ein Fall gewesen sein«, erklärte Bonfá.

»Welches Interesse konnte Prosperini daran haben, dass wir den Palazzo bekamen?«

»Ein doppeltes: Er konnte Vespucci, der im Verwaltungsrat der RAI saß, einen Gefallen tun und zur gegebenen Zeit mit einer Gegenleistung rechnen. Zum Zweiten kann es für einen Politiker nichts Besseres geben als ein renommiertes, angeblich unabhängiges Meinungsforschungsinstitut in eigenen Händen.«

»Aber wir waren gar nicht in seinen Händen.«

»Noch nicht. Kluge Leute gehen in kleinen Schritten vor. Prosperini ist klug, was er oft bewiesen hat. Berichten Sie weiter. Wir werden den Punkt der Übernahme finden, seien Sie gewiss. Ich verwette meinen Kopf darauf, dass Vespucci für Sie noch viel mehr getan hat.«

Rita Bevilacqua blickte Bonfá verunsichert an. Leda war verärgert über den Kollegen, weil er die Mediapoll-Chefin für ihre Begriffe zu hart rannahm. Sie befürchtete, ihre Redefreude könnte dadurch beeinträchtigt werden.

»Signora Bevilacqua, wir denken nicht, dass Sie etwas davon wussten, sondern nehmen vielmehr an, dass Sie unwissend als Spielball für üble Machenschaften benutzt wurden und Alessios Tod eine Folge von alledem war«, sagte Leda sanft lächelnd, um wieder eine vertrauensvolle Atmosphäre zu schaffen. Offenbar mit Erfolg, denn Rita Bevilacqua fuhr mit ihrem Bericht fort.

»Wir zahlten sofort und hatten trotzdem noch genug für die Renovierung übrig. Patrizio besorgte uns, wieder dank seiner Verbindungen, zuverlässige Unternehmen, die alles ziemlich günstig und reibungslos erledigten, sodass wir neun Monate später umziehen konnten. Jetzt war auch Alessio zufrieden. Die Arbeit mit RAI lief drei Jahre lang sehr gut. Doch dann ereilte uns eine Hiobsbotschaft: Patrizio hatte aus seinen Parteikreisen erfahren, dass Donato Prosperini ein anderes Demoskopieunternehmen, unsere einzige wirklich ernst zu nehmende Konkurrenz, für seine Sender unter Vertrag genommen und dieses dafür mit Hochleistungsrechnern ausgestattet hatte, die viel schneller als unsere waren. Also mussten wir aufrüsten. Dafür fehlte uns nach all den Investitionen das Geld. Im Vertrag mit der RAI stand aber, dass wir uns immer auf dem neuesten technischen Stand zu halten hatten. Giorgio Romanelli, unser Fachmann, kannte natürlich alle möglichen Hersteller und Lieferanten und holte Kostenvoranschläge ein, die uns aber allesamt entsetzten, weil sie so hoch waren. Ich sprach mit Patrizio darüber, und er bot an, sich umzuhören. Er erbat sich die Kopie eines Kostenvoranschlags mit der Auflistung unserer Anforderungen, um die notwendigen Vergleiche ziehen zu können. Alessio und Romanelli waren dagegen, ihm die Kopien zu geben, weil sie angeblich Aufschluss über unsere Arbeitsweise geben würden, die absolut nicht in die Hände von Vespucci als dem Parteifreund Prosperinis und damit in die der Konkurrenz gelangen dürften. Wie gesagt, Alessio misstraute Patrizio immer. Ich habe sie ihm dann doch gegeben, und tatsächlich legte er mir vierzehn Tage später zwei Angebote verschiedener Firmen vor. Das eine lag fünfundzwanzig, das andere fast vierzig Prozent unterhalb der bisherigen Angebote. Ich zeigte sie zuerst Romanelli, der völlig begeistert war und schließlich Alessio dazu überredete, wenigstens mal mit den Firmen zu sprechen. Er musste allerdings mit einer kleinen Notlüge nachhelfen und behaupten, er selbst habe sie entdeckt. Da stimmte Alessio endlich zu. Giorgio Romanelli entschied sich nach mehreren Treffen mit den Leuten für die Firma Progresso und konnte auch Alessio von der Qualität ihrer Arbeit überzeugen. Daraufhin besorgte Patrizio uns einen Kredit von einer kleinen Bank, die bis auf eine Bürgschaft von ihm keine weiteren Sicherheiten verlangte. Außerdem gewährte er mir einen hohen persönlichen Kredit, indem er einen großen Teil der Investitionssumme für die Rechner von seinem eigenen Geld vorstreckte, das wir ihm zinslos innerhalb von fünf Jahren zurückgeben sollten. Alessio murrte, aber wir haben neue Rechner gekauft.«

»Woher hat Vespucci so viel Geld?«

»Das weiß ich nicht.«

»Wie heißt die Kredit gebende Bank?«

»Istituto di Credito della Sicilia.«

»Mit Hauptsitz in Gela?«, fragte Bonfá alarmiert.

»Ja, aber dass Sie die kennen, wundert mich. Sie ist ziemlich unbekannt.«

»Ich hatte mal im Rahmen einer Ermittlung mit der Bank zu tun«, antwortete er so lapidar, als ob es sich um eine Nebensache handelte. »Und weiter?«

»Dann bekam Patrizio vor einem halben Jahr diesen Streit mit Prosperini, trat aus der FdL aus und gründete den PID.«

»Erinnern Sie sich an den Anlass dieses Streites zwischen Prosperini und Vespucci?«

»Nein, keine Ahnung.«

»Das habe ich mir gedacht. Er war nämlich so überflüssig wie ein Kropf«, fuhr Bonfá mit triumphierendem Lächeln fort. »Er entzündete sich an einem wirklich nichtigen Thema, gemessen an den sonstigen Problemen unseres Landes: Darf der Exkönig ein politisches Amt übernehmen? Der eine

180

meinte ja, der andere nein. Dabei war und ist es egal, wer welche Meinung vertrat, denn der Streit war ein rein theoretischer. Die Medien sprangen mit voller Wucht aufs Thema an. Wochenlang hielten der Krach und die anschließende Gründung des PID die Schlagzeilen besetzt.«

»So war es, und die neue Aufgabe gefiel Patrizio. Er stand im Rampenlicht und wusste sich auf der politischen Bühne zu bewegen. In den ersten Wochen hatte der PID großen Zulauf und eine gute Resonanz in der Öffentlichkeit, weil er eine vernünftige Alternative zur FdL darstellte. Prosperini ist vielen Menschen nicht geheuer, weil er persönlich zu reich und durch seine Mediengewalt zu mächtig ist. Man unterstellt ihm, das einzige Ziel seiner politischen Tätigkeit sei die Sicherung seiner persönlichen Pfründe und nicht das Wohlergehen des Landes und seiner Bürger. Patrizio, der inhaltlich nicht weit von der Politik Prosperinis entfernt ist, gilt als weniger egoistisch, weniger eitel und weniger verschlagen. Es fällt leichter, ihm zu vertrauen. Das heißt, all diejenigen Wähler – und das sind viele, wie wir von unseren Umfragen wissen –, die zwar viele inhaltliche Punkte der FdL unterstützen möchten, es aber wegen des Parteivorsitzenden bisher nicht tun konnten, finden im PID eine wählbare Alternative. Trotzdem stagnierte der Wählerzustrom. Patrizio wurde unruhig wegen der Parlamentswahlen. Vor zwei Monaten bat er mich, die Zahlen für den Freitagsbericht zu schönen, falls sie nicht endlich einen tatsächlichen Anstieg ausweisen sollten. Wähler zeigen nämlich ein merkwürdiges Verhalten, fast so wie bei Wetten: Je mehr Stimmen sich für eine Partei finden, umso mehr Leute stimmen beim nächsten Mal für sie. Das gilt besonders für neue Parteien. Ich war natürlich entsetzt und habe abgelehnt. Patrizio war sauer, sehr sauer sogar und sagte, ich solle mir das noch einmal gut überlegen. Er habe mir in den vergangenen Jahren so oft geholfen, ich stünde in seiner Schuld. Er wollte mir bis zur nächsten Woche Zeit geben, meine Haltung zu überdenken. Für mich gab es nichts zu überdenken. Allein bei der Vorstellung, Alessio diese Forderung zu unterbreiten, wurde mir schwindlig. Er war von absoluter Strenge in allen Fragen inhaltlicher Richtigkeit, ein Perfektionist, dem Mediapoll seinen guten Ruf zu verdanken hatte. Was Patrizio von uns verlangte, war letztlich nichts anderes als Betrug. Ich habe deshalb Alessio zunächst auch nichts davon gesagt und die Beziehung zu Patrizio abgebrochen. Die PID-Werte stiegen nicht. Daraufhin zog Patrizio seine Bankbürgschaft zurück, und unser Bankkredit für die Rechner wurde fällig. Das stand im Vertrag. Wir hatten uns darauf eingelassen, weil die Summe sowieso innerhalb von zwei Jahren zurückgezahlt werden sollte. Zu allem Überfluss forderte Patrizio sein geliehenes Geld sofort zurück. Als all diese Forderungen zusammenkamen, stand ich mit dem Rücken an der Wand. Nun musste ich Alessio einweihen und das Unmögliche von ihm verlangen. Er schaute mich nur an und schwieg dann voller Verachtung. Ich wusste, dass er sich von mir verraten fühlte. Alle finanziellen Dinge hatten stets und ausschließlich in meinen Händen gelegen, die inhaltlichen Fragen in seinen. Er hatte mir, trotz seiner Vorbehalte gegenüber Patrizio, vertraut, und nun hatte ich in seinen Augen gründlich versagt. ›Gibt es eine andere Lösung?‹, fragte er. ›Nein‹, antwortete ich. Dann schaltete er seinen Computer aus, und ehe er ging, meinte er noch: ›Ich habe hier nichts mehr zu tun. Du wirst von mir hören.‹ Ich glaube, er hat geweint.«

Rita Bevilacqua war anzumerken, wie sehr Alessio Consortes Reaktion sie getroffen haben musste. Sie atmete ein paarmal tief durch, ehe sie fortfuhr.

»Am nächsten Tag erschien er nicht, und ich habe gegenüber den Mitarbeitern behauptet, er sei krank. Wieder einen Tag später rief er an, um mir mitzuteilen, dass er die Freitagssendung moderieren würde. Ich sollte dafür sorgen, dass Giorgio Romanelli ihm den Laptop wie immer vorbereitete und zum Sender brachte. Er wollte direkt dorthin fahren und sich das Material dort anschauen. Sie können sich nicht vorstellen, wie glücklich ich über diese Nachricht war. Ich glaubte, dass er bereit sei, für unser Unternehmen zu kämpfen, auch wenn ihm der Weg missfiel.«

»Wie hätte denn die Zahlenmanipulation stattfinden sollen? Hat Vespucci Ihnen das gesagt?«

»Nein. Von Technik hat er keine Ahnung. Alessio sollte das wohl tun. Ich weiß auch nicht, wie.«

»Aber ...«, wollte Bonfá sie unterbrechen.

»Lassen Sie Signora Bevilacqua in Ruhe weitersprechen, bitte«, bremste Leda ihn.

»Alessio kam nachmittags dann doch noch kurz bei Mediapoll vorbei, weil er etwas aus seinem Büro holen wollte. Abends vor der Kamera tat er so, als seien die Zahlen korrekt. Vielleicht waren sie es ja auch. Völlig entspannt analysierte er sie und beantwortete alle Fragen der Moderatorin Manuela Cecamore wie immer: charmant und witzig. Die Zahlen für den PID zeigten nur einen ganz leichten Aufwärtstrend. Damit konnte Patrizio nicht zufrieden sein. Aber das war mir in diesem Moment egal. Alessio verabschiedete sich am Bildschirm mit seinem üblichen Spruch ›Bis nächste Woche‹, und ich war sicher, dass er sein Versprechen an die Zuschauer halten würde, weil er seine Versprechen immer hielt. Nach der Sendung versuchte ich ihn zu erreichen, doch er nahm nicht ab, und auch die ganze folgende Woche bekam ich kein Lebenszeichen von ihm, obwohl ich ihm beinahe stündlich E-Mails schickte. Ich rief bei Federica an, was ich seit Jahren nicht mehr getan hatte, doch sie wollte mir nichts sagen. Er würde sich melden, wenn er es für richtig hielte, meinte sie. Bei Mediapoll ließ ich verbreiten, Alessio habe sich Urlaub genommen, und es wurde normal weitergearbeitet, während ich mit den Banken kämpfte. Von Patrizio kam kein Lebenszeichen. Am Donnerstag erhielt ich eine E-Mail von Alessio, er werde am nächsten Tag wie gewohnt die Sendung durchziehen, ich sollte alles wie beim letzten Mal vorbereiten lassen. Diesmal hatten die PID-Werte einen Sprung nach oben getan. Alessio trug es mit unbewegter Miene vor, allerdings längst nicht mehr so gelassen wie in der Woche zuvor. Tags darauf bekam ich einen Anruf von Patrizio, so würde es ihm gefallen. Es bestünde die Möglichkeit, dass er sich seine Haltung noch einmal überlegen würde. Ich fragte daraufhin bei Giorgio Romanelli nach, ob auch ohne Alessio alles gut laufe, was er bejahte.«

Rita Bevilacqua hielt kurz inne. Sie schien all ihre Kräfte mobilisieren zu müssen, um weitererzählen zu können.

»Dann kam der nächste Freitag, der letzte, an dem wir Alessio lebend gesehen haben. Mit starrem Gesicht verkündete er den kometenhaften Aufstieg des PID in der Wählergunst und überließ es der Cecamore, dies als eines der unerklärlichen Phänomene einer funktionierenden Demokratie zu deuten. Er verabschiedete sich mit einem einfachen ›Ciao‹. Ich wusste ja schon seit dem Morgen aus seinem Brief, dass es kein Wiedersehen für die Zuschauer geben würde. Auch keines mit mir. Das war der schrecklichste Tag meines Lebens. Sein physischer Tod war für mich nur der endgültige Vollzug des bereits Geschehenen.«

Jetzt liefen Rita Bevilacqua Tränen über das Gesicht. Sie fühlte sich offenbar schuldig und betrauerte den Verlust des Freundes und Geliebten, durch dessen Tod auch die Firma, falls sie überleben sollte, nie mehr so sein würde wie vorher. Vielleicht waren es auch Tränen der Angst, nun als Mörderin dazustehen, denn Alessios im Brief angekündigtes Vorhaben, zu gegebener Zeit alles aufzudecken, wäre für Rita Bevilacqua der Vernichtung ihrer gesamten Existenz gleichgekommen. Ein besseres Mordmotiv gab es kaum.

»Haben Sie ihn umgebracht?«

Rita Bevilacqua schaute sie an, schwieg eine Weile und sagte dann: »Ich habe uns beide umgebracht.«

XVII Leda war durch dieses Geständnis ziemlich irritiert, denn die Mediapoll-Chefin hatte bisher am hintersten Ende ihrer inneren Liste an Mordverdächtigen gestanden. Sie fragte noch ein paarmal nach, ob die Bevilacqua ihr Geständnis wirklich aufrechterhalten wolle. Doch die vorher so redselige Frau saß eingesunken vor ihr und sagte kein Wort mehr ins Aufnahmegerät. Die Mitteilung, dass sie unter diesen Umständen festgenommen werden müsse, konnte sie ebenso wenig aus ihrer Erstarrung befreien wie die Empfehlung der Kommissarin, sich einen Rechtsanwalt zu holen. Rita Bevilacqua war unter dem Berg ihrer Probleme verschüttet und schien keinen Ausweg zu finden. Leda machte sich Sorgen und bat Raffaella, das Prozedere der Festnahme mit den erkennungsdienstlichen Maßnahmen durchzuführen und sich um sie zu kümmern.

»Die Geschichte stimmt nicht. Entweder hat die Bevilacqua keine Ahnung, oder sie lügt wie gedruckt«, tobte Bonfá.

»Wieso?«, fragte Leda.

»Das möchte ich auch gern wissen. Aber als ich nachfragen wollte, haben Sie mich unterbrochen.«

»Entschuldigung, aber sonst hätte sie vielleicht nicht weitergeredet. Wo liegt das Problem?«

»Romanelli hat uns gesagt, dass mit dem neuen Rechnersystem auch neue Serviceleute gekommen sind. Seiner Meinung nach sehr gute. Diese haben die Rechte erhalten, in den Hauptrechnern arbeiten zu dürfen. Das heißt, die Zahlen mussten gar nicht von Consorte an seinem kleinen Laptop geändert werden. Zu dem Zeitpunkt, als Romanelli ihm den Computer gebracht hat, waren sie längst verändert. Die Einbrüche zeigen doch, welche Angst die Täter vor dem Auffliegen haben. Jedes Bit Datenmaterial wurde geklaut, um mögliche Beweise zu vernichten. Der ganze Mediapoll-Laden war längst von denen unterlaufen.«

»Das weiß die Bevilacqua aber vielleicht nicht. Womöglich weiß es nicht einmal Vespucci, sonst hätte er doch ein so idiotisches Anliegen nicht vorbringen, sondern den Progresso-Mitarbeitern ganz einfach direkte Handlungsanweisungen zur Änderung geben müssen. Falls sie denn zum Machtbereich der Prosperini-Leone-Mafia gehören sollten, wofür wir keinerlei Beweis haben.«

»Haben wir doch«, triumphierte nun Bonfá, zog eine Reihe Fotos aus der Tasche und heftete sie an Ledas Flipchart. »Was sehen Sie?«

»Zwei Fotos von zwei jungen Männern. Und zwei Fotos von denselben Männern, auf denen sie jedoch ein paar Jahre älter sind. Letztere wurden vor Mediapoll aufgenommen.«

»Richtig. In Rom nennen sie sich Vitaliano Gavioli und Domenico Silvestri, tatsächlich heißen sie Martino Salvino und Leoluca Mazza. Wir haben seit Romanellis Aussage systematisch jeden, der bei Mediapoll rein- und rausging, fotografiert und die Fotos an alle DIA-Einheiten geschickt. Aus Gela bekamen wir Antwort und außerdem die älteren Fotos. Die Kollegen aus Sizilien kennen beide, wussten allerdings nicht, dass sie wieder in Italien sind. Beide entstammen der Leone-Familie in Gela, Salvino ist ein Neffe des Bosses, Mazza der Sohn einer Cousine. Sie waren zum Studium in die USA geschickt worden, weil – so die DIA-Vermutung – der Clan sich den modernen Zeiten und Arbeitsmethoden anpassen wollte und Informatikspezialisten brauchte. In Gela hatten sich die Cousins bereits in Jugendjahren einen Namen als die besten Hacker der Stadt gemacht, ein Potenzial, das der kluge Onkel Leone für die Zukunft des Clans nicht ungenutzt lassen konnte. Sie waren offensichtlich sehr fleißig. Die DIA in Gela, die den Leone-Clan seit Jahren beobachtet, hatte die Jungs das letzte Mal vor sechs Jahren vor der Linse, als sie Ferien in Gela gemacht haben. Wenn das kein Beweis ist?«

»Sehr gut, Bonfá«, sagte Leda anerkennend. »Haben wir den Fall damit aufgeklärt?«

»Scheint so«, meinte der Mafiajäger lächelnd.

»Glauben Sie wirklich, dass Signora Bevilacqua die Täterin ist?«, schaltete sich Ugo Libotti ins Gespräch ein.

»Sie hat ein Motiv. Dagegen sprechen allerdings zwei Aspekte: Sie wurde beobachtet, wie sie mit dem Maserati zu einem Zeitpunkt fortfuhr, als Consorte noch nicht in seinem Haus angekommen war. Der BMW, den die Zeugin Maria Luce später hat kommen sehen, entspricht nicht ganz der Farbe des Zweitwagens von Bevilacqua. Er ist silbern, also heller. Selbst wenn wir davon ausgehen, dass Signora Luce die Farbe falsch beschrieben hat, so bleibt offen, wie, wann und woher die Bevilacqua den BMW plötzlich bekommen haben soll«, meinte Leda. »Denn sie konnte nicht gleichzeitig zwei Autos von Rom nach Pizzoli steuern. Das heißt, sie müsste einen Helfer gehabt haben. Das scheint mir eher unwahrscheinlich, ist aber auch nicht komplett auszuschließen. Lasst sie etwas Kraft schöpfen, und nehmt sie euch dann noch einmal vor. Ich muss jetzt dringend weg und bin in ungefähr vier Stunden zurück. Ciao.«

»Ausgerechnet jetzt?«

Ja, ausgerechnet jetzt musste sie weg. Es gab etwas, das ihr wichtiger war als jede Aufklärung eines Mordes: Flavia. In wenigen Stunden würde ihr Flugzeug vom Flughafen Fiumicino abheben, und sie wollte sie vorher noch sehen. Ihr ein Verlobungsgeschenk bringen, auch wenn das das gestrige Versäumnis nicht ungeschehen machen würde. Das Bild mit dem rosa Fisch vom Stand des jungen Malers aus der Via Margutta wollte sie haben. Es war in den letzten Tagen mehrfach vor ihrem inneren Auge aufgetaucht, und sie hatte sich immer wieder vorgenommen, den jungen Mann anzurufen. Sie fand, dass das Bild zu Flavia und Alessandro passte: ein wenig schräg und mit einer Botschaft versehen, außerdem nicht zu groß und nicht zu schwer, um es im Flugzeug zu transportieren. Die Visitenkarte des Malers entdeckte sie nach langem Suchen auf dem Grund ihrer Handtasche.

»Haben Sie das Bild mit dem rosa Fisch noch?«, fragte sie, als sie Simone Talenti am Apparat hatte. Genau in diesem Moment fiel ihr die Namensgleichheit mit Federica Galantes Schüler auf.

»Natürlich, ich habe doch gesagt, dass ich auf Sie warte«, meinte er lachend.

»Können Sie es mir so einpacken, dass es einen Überseeflug übersteht?«

»Kann ich, bis wann denn?«

»In zwanzig Minuten hole ich es ab.«

Leda zahlte ihm zu seiner Freude den vollen Preis von zweihundertfünfzig Euro.

»Signora Galante sagte mir, dass Sie bei ihr Malunterricht haben und sogar an einer Ausstellung in New York teilnehmen werden.«

»Sie kennen Sie? Ihre Bilder auch?«

»Ja, ich kenne sie recht gut und weiß sogar, dass Sie einen Schlüssel zu ihrer Wohnung haben.«

»Ja, das stimmt. Ich bin häufig bei ihr. Sie ist eine wunderbare Malerin, Lehrerin, Frau und Freundin. Ich bete sie an. Es gibt in Italien nur wenige so große Künstlerinnen wie sie. Und ausgerechnet hier nimmt man sie nicht wahr. Das Leben ist schon verrückt.«

»Kannten Sie ihren Mann?«

»Nur aus dem Fernsehen. Wir sind uns nie persönlich begegnet. Ich hätte das auch nicht gewollt.«

»Warum?«

»Es gibt eben Situationen, da ist es besser, Ehemännern aus dem Weg zu gehen.«

Leda hätte gern gewusst, was er damit meinte, doch die voranschreitende Uhrzeit zwang sie zum raschen Aufbruch.

Flavia und Alessandro standen in einer langen Schlange am Eincheck-Schalter. Das leuchtend rote Haar ihrer Tochter war leicht zu entdecken.

»Mamma, du? Was machst du hier? Musst du nicht arbeiten?«

»Ach, Flavia. Bitte lass die Ironie. Ich habe so ein schlechtes Gewissen. Ich verstehe, dass du unheimlich enttäuscht von mir bist. Aber bitte fliegt nicht mit Groll im Herzen ab. Das ist nicht gut. Diesmal habe ich alles stehen und liegen lassen, um euch noch zu sehen.«

Eine Stunde hatten sie, bis die beiden nach der Sicherheitsschleuse aus Ledas Blickfeld verschwinden würden. Mitten im Gewühl eiliger Menschen, schreiender Kinder und mahnender Lautsprecheransagen, dass Signor X oder Signora Y sich umgehend am Gate soundsoviel einfinden sollten, schlossen Mutter und Tochter bei einem Kaffee und einem Stück Pizza im Stehen Frieden. Leda versprach, über Weihnachten mit Marco in die Staaten zu kommen, günstigstenfalls sogar mit Paolo, falls der nicht bei Donna Agata bleiben wollte, die unter keinen Umständen ein Flugzeug besteigen würde.

»Was ist denn in dem Paket drin?«

»Ein Bild. Mein Verlobungsgeschenk. Ein Fisch ist drauf, der euch sagen will, dass ihr euch miteinander immer so wohl wie Fische im Wasser fühlen sollt.«

»Ach, Mamma, wie gut, dass du noch gekommen bist«, sagte Flavia zum Abschied und umarmte die Mutter fest. »Ich freue mich auf Weihnachten.«

Als Leda ihr Telefonino wieder einschaltete, hatte sie ein gutes Dutzend Mitteilungen auf dem Anrufbeantworter. Alle von Ugo, Bonfá und sogar von Alberto Libero. Rita Bevilacqua war mit einem Nervenzusammenbruch ins Krankenhaus gebracht, und für sechs Uhr war eine Besprechung beim Chef angesetzt worden.

Leda betrat das Büro des Polizeipräsidenten eine halbe Stunde zu spät. Er schaute sie streng an.

»Wo waren Sie denn? Hier geht die Welt unter, und die Leiterin der Mordkommission ist verschwunden. Warum haben Sie während der Dienstzeit Ihr Telefonino ausgeschaltet?«

»Privatsache. Die war wichtig. Kennen Sie schon die Aussage von Signora Bevilacqua?«

»Ich habe sie mir angehört.«

Dann erstattete einer nach dem anderen Bericht. Raffaella Valli schilderte, wie die Bevilacqua in der Zelle angefangen habe, erst unverständlich zu murmeln. Immer lautere Töne habe sie dann von sich gegeben, die dann schließlich in lauten Schreien geendet hätten. Sie habe jeden geschlagen, der versucht habe, sich ihr zu nähern. Das hätten sie sich eine Weile angesehen, in der Hoffnung, sie würde sich wieder beruhigen, und dann schließlich den Notarzt geholt, der es irgendwie geschafft habe, ihr eine Beruhigungsspritze zu verpassen, um sie in den Krankenwagen zu bugsieren. Zwei Beamte seien mitgefahren. Im Krankenhaus werde sie rund um die Uhr bewacht.

Ugo Libotti hatte Ispettore Clemente in Pizzoli zur Zeugin Maria Luce geschickt, um sie die Wagenfarbe des BMWs noch einmal genauer bestimmen zu lassen. Sie habe sich jedoch definitiv auf Metallic-Anthrazit festgelegt. Also konnte es sich bei dem BMW nicht um Bevilacquas Wagen gehandelt haben. Die Zulassungsstelle habe ihm inzwischen auch eine Liste der 3er-BMWs mit römischem Kennzeichen in besagter Farbe geschickt: »Über tausend gibt es. Zwei uns bekannte Namen sind darunter. Cristina Galante und Patrizio Vespucci.«

»Wieso Vespucci? Fährt der nicht mit einem Mailänder Nummernschild?«

»Er hat mehrere Autos. Eines davon ist in Rom zugelassen.«

»Entfällt Bevilacqua damit als Mordverdächtige?«

»Nein, zumindest nicht, solange sie ihr Geständnis auf-rechterhält«, entschied Leda. »Aber wir müssen uns die Galante und Vespucci unter diesem Aspekt gründlich vor-nehmen.«

»Wenn ich das Wort ergreifen darf, Signor Presidente«, meinte Bonfá förmlich, und Libero schaute ihn wegen des ungewohnten Tons erstaunt an.

»Bitte. Welche Überraschung haben Sie uns zu bieten?«

»Dass es intensive Verbindungen zwischen dem staat-lichen Sender RAI und den Privatsendern von Signor Pros-perini gibt.«

»Was soll das heißen, und was hat das mit der Ermittlung zu tun?«, unterbrach Libero Bonfá ungeduldig.

»Das kann ich noch nicht genau sagen. Aber es könnte für die Mordermittlung wichtig sein. Wenn ich kurz er-klären darf: Der Name Patrizio Vespucci spielte bisher we-der bei der Arbeit der Mailänder Antimafiaeinheit noch bei uns in Rom irgendeine Rolle. Eine Verbindung zwischen den Signori Vespucci und Leone war uns unbekannt. Nun hat aber Mediapoll den Palazzo, der vorher der Firma Made in Rome und damit indirekt auch Signor Leone gehörte, durch den engen Kontakt zwischen Signora Bevilacqua und Signor Vespucci besonders preisgünstig bekommen. Beson-ders preisgünstige Immobilienverkäufe zwischen Mitglie-dern desselben Mafiaclans sind üblich und für uns von vorn-herein verdächtig. Wenn Personen, die bisher noch nicht als Mitglieder des Clans aufgefallen waren, in ein solches Ge-schäft verwickelt sind, nehmen wir sie sofort unter Beob-achtung. Deshalb haben wir heute Nachmittag die ein- und ausgehenden Telefonate Vespuccis aus dem vergangenen Monat überprüft und ausgewertet.«

»Das war illegal, Vespucci genießt parlamentarische Im-munität«, fuhr Libero ihn an.

»Das ist uns bekannt, aber hin und wieder können wir

191

uns bei unserer Arbeit nur so helfen. Die Mafia hält sich auch nicht an die Gesetze. Wenn ich fortfahren dürfte?«

Libero verkniff sich ein Lächeln und nickte: »Von mir haben Sie aber keine Erlaubnis dafür bekommen, damit das klar ist.«

»Natürlich nicht, Signor Presidente. Jedenfalls stießen wir bei dieser illegalen Aktion auf Dutzende von Telefonaten mit Signor Leone und auf beinahe genauso viele mit Signor di Gregori.«

»Bonfá, zwei Sachen. Erstens: Hören Sie mit dem ewigen Signor und Signora auf. Die Namen reichen. Wir sind unter uns. Zweitens: Wer ist di Gregori?«, wollte Libero wissen.

»Enrico di Gregori ist der Nachrichtenchef aller RAI-Kanäle. Es ist völlig unüblich, dass ein Mitglied des Verwaltungsrats so engen Kontakt zu Redaktionen pflegt. Das hat uns alarmiert, und wir haben daraufhin die Telefondaten di Gregoris angefordert. Bei ihm tauchten täglich mindestens zwei, manchmal sogar fünf und mehr Telefonate zu oder von einem Kollegen der Prosperini-Privatsender auf, Alemanno Gracchi.«

»Bonfá, verraten Sie mir, wie die DIA so schnell an diese Informationen rankommt? Wir warten oft Tage auf die erbetenen Listen von den Telefongesellschaften«, erkundigte sich Leda neugierig.

»Wir arbeiten ähnlich wie die Mafia und haben im Lauf der Jahre ein Netz von Vertrauenspersonen in den für uns wichtigen Positionen aufgebaut. Wir unterscheiden uns von den Verbrechern dadurch, dass wir unsere Informanten nur selten bezahlen. Unsere Informanten kollaborieren aus der Überzeugung heraus, dass die Mafia verschwinden muss, weil sie ein übles Krebsgeschwür in unserem Land darstellt, welches unsere Demokratie ernsthaft gefährden kann.«

»Können auch wir von diesen Menschen für unsere banalere Arbeit profitieren?«

»Nein. Der Kreis muss klein und geschlossen bleiben. Tut mir leid.«

»Schade. Weiter, was schließen Sie aus diesen Verbindungen?«

»Dass bei der RAI etwas oberfaul ist. Genaues kann ich noch nicht sagen, habe aber vorhin mit den DIA-Kollegen in Gela gesprochen. Sie berichteten von einem interessanten Vorgang im vergangenen Jahr. Sie haben einen Killer festgenommen, der dem Leone-Clan zugerechnet wird. Der hat sich bereit erklärt, zwecks Strafmilderung als Kronzeuge mit der Polizei zu kooperieren. Er sitzt heute unter falschem Namen im Gefängnis irgendwo in Italien. Er hat den Kollegen viele teils wichtige, teils, wie sie glaubten, unwichtige Informationen geliefert. Manche seiner Geschichten haben sich als glatte Erfindungen herausgestellt. In die Märchenkategorie gehörte ihrer Meinung nach auch die, dass der Zeuge zufällig ein Gespräch im Hause Leone mitbekommen haben will, in dem es um Politik und die Gründung einer neuen Partei sowie die Beeinflussung des staatlichen Fernsehens gegangen sei. Leone sei laut der Aussage unseres Zeugen zufrieden gewesen, dass die Angelegenheit inzwischen gute Fortschritte mache und sie die richtigen Leute an die entscheidenden Stellen gesetzt hätten. Der finanzielle Aufwand sei zwar hoch, aber langfristig lohne er sich. Die Kollegen hatten die Geschichte für baren Unsinn gehalten. Das wäre ein gelungener Eingriff in das Heiligtum der unabhängigen Berichterstattung gewesen, auf die doch jeder der bei RAI arbeitenden Journalisten und sonstigen Mitarbeiter so stolz ist! Kurzum, man hat dem Zeugen nicht geglaubt.«

»Und was hat das alles mit dem Mord an Consorte zu tun?«

»Ich wäre froh, Ihnen eine Antwort geben zu können. Wir wissen nicht einmal, ob es eine Verbindung zwischen Consortes Tod und den geschilderten Fakten gibt. Wir kön-

nen nur festhalten, dass Vespucci selbst rege Verbindungen
zu einem bekannten Mafiaboss, nämlich Giovanni Leone,
unterhält und dass er ein ebenso reges Interesse am Aufstieg
seines PID hat. Aus diesem Grund hat er Mediapoll erpresst,
falsche Umfragewerte in die Öffentlichkeit zu bringen. Inzwischen wurde bei allen Personen, die über Beweismaterial
verfügen könnten, eingebrochen und nach irgendetwas, vermutlich Dateien, gesucht. Es liegt also im Bereich des Möglichen, dass Consorte dran glauben musste, weil er sich weigerte, das belastende Material herauszugeben, respektive es
gar nicht hatte oder aber, weil seine Drohung, die Zahlenmanipulation öffentlich zu machen, in Mafiakreisen bekannt
geworden war.«

»Lassen Sie mich zusammenfassen. Wir haben eine kon-
krete Person mit Mordmotiv, nämlich Bevilacqua mit ihrer
Angst um die Existenz von Mediapoll. Wir haben zweitens
einen Mafiaclan, dem Consorte in die Quere gekommen
ist. Und zusätzlich gibt es ungeklärte Verbindungen zwischen RAI und Prosperinis Privatsendern, von denen wir
nicht wissen, ob sie für den Mord an Consorte eine Rolle
spielen.«

»Cristina Galante sollten wir nicht völlig aus den Augen
verlieren. Sie hasste ihren Schwager, fährt einen passenden
BMW und hat kein Alibi«, schloss Leda die Bestandsauf-
nahme ab.

»Wie geht es weiter?«

»Suche nach dem Eigentümer des metallic-anthrazitfarbe-
nen BMWs, erneute Vernehmung des Mafiakronzeugen,
Vernehmung Cristina Galantes, Überprüfung der Einkom-
mensverhältnisse von di Gregori und Umhören bei RAI-
Mitarbeitern, wie dort die Stimmung ist. Danke und guten
Abend«, verabschiedete Libero sie.

Donna Agata und Paolo saßen vor dem Fernseher und
schauten Nachrichten, als Leda nach Hause kam. Donna

Agata in Paolos neuem Geburtstagssessel, er selbst mit ausgestreckten Beinen auf dem Sofa.

»Du hattest die ganze Zeit dein Telefonino abgeschaltet. Flavia hat vor dem Abflug noch versucht, dich zu erreichen«, sagte Paolo und drehte sich dabei nicht einmal zu ihr um. »Uns gibt es wohl für dich nicht mehr.«

»Ich war am Flughafen, um sie zu verabschieden.«

»Das hat sie mir erzählt. Und sie wollte dir sagen, wie sehr sie sich darüber gefreut hat.«

»Nun hat sie es dir gesagt, und das ist doch sehr schön so.«

»Kinder, jetzt streitet nicht. Maria hat köstliche Rinderrouladen vorbereitet. Ich mache sie schnell warm.«

»Falls die berühmte Signora Commissaria überhaupt mit uns zu speisen gedenkt, Mamma. Wahrscheinlich hat sie mit wichtigen Zeugen oder dem Polizeipräsidenten höchstpersönlich bereits in einem besonders guten Restaurant ein besonders ausgefallenes Abendessen genossen. Dabei konnte sie dann auch noch über ihre Arbeit reden, weshalb es besonders gemundet hat.«

»Paolo, du irrst gewaltig. Ich habe außer einem miserablen Stück Pizza am Flughafen seit dem Frühstück gar nichts gegessen, und mir ist vor Hunger schlecht.«

Die in der Tat köstlichen Rouladen wurden begleitet von einem Glas Rotwein und dem angeregten Bericht Donna Agatas, wie Flavia am Vormittag einem Tornado gleich durch die Wohnung gefegt war, um ihren Pass mit dem Visum zu suchen, dabei ein noch unausgepacktes Geschenk für Paolo aufgetan hatte und wie schließlich Alessandro mit seinem Gepäck eingetroffen war und seiner Verlobten mit einem breiten Grinsen das verlorene Dokument vor die Nase gehalten hatte, das aus unerfindlichen Gründen im Vorderteil seiner Reisetasche gesteckt hatte. Nach dem hastigen Aufbruch der Neuverlobten hätten Maria und sie selbst etwa zwei Stunden lang Ordnung schaffen müssen und sich dabei herrlich amüsiert.

»Ich habe Flavia versprochen, dass wir sie Weihnachten besuchen«, warf Leda in die Runde.

»Nach Amerika fliegen? Leda, das kannst du mir nicht antun wollen! Fliegt ihr, ich bleibe hier.«

»Dann bleibe ich bei dir. Ihr könnt ein Mutter-Kinder-Treffen veranstalten.«

»Junge, das kommt nicht infrage. Wenn Leda fliegt, musst du mit. Ein gemeinsamer Urlaub würde euch sehr guttun.«

»Und wo bleibst du?«

»Hier. Mit Marias Hilfe wird das sehr gut klappen. Ihr solltet bald buchen, damit ihr günstige Flüge bekommt.«

Vom Tagestrubel erschöpft, zog die alte Dame sich zurück. Leda und Paolo räumten auf und fanden endlich Zeit zum Reden.

»Paolo, ich brauche deine Hilfe. Aber du musst mir bei der Seele deiner Mutter schwören, alles, was ich dir jetzt sagen werde, für dich zu behalten. Es herrscht strengste Geheimhaltung. Du weißt ja, eigentlich darf ich ohnehin mit niemandem außerhalb unserer Ermittlungsgruppe über unsere Fälle sprechen. Das gilt in diesem Fall ganz besonders. Deshalb frage ich dich, Paolo: Kannst du mir garantieren, dass keine Geschichte, nicht einmal die geringsten Spekulationen betreffend den Fall Consorte in deiner Zeitung erscheinen werden?«

Sie hatte sich entschieden – Geheimhaltung hin oder her –, ihn von der Ermittlung in Kenntnis zu setzen. Paolo war ein kluger, unabhängig denkender Gesprächspartner, der ihr schon oft entscheidende Hinweise hatte geben können. Außerdem musste sie ihre Angst vor dem ungeheuerlichen Verdacht loswerden, dass der Staat systematisch unter die Kontrolle der Mafia geraten könnte, ja dass dies möglicherweise bereits teilweise geschehen war.

»Dio mio, ist die Lage so ernst? Ja, ich kann es dir garantieren. Also, was ist los? Ein Staatsstreich?«

Leda starrte ihn fassungslos an. Er wusste etwas. Woher?

Seit wann? Von wem? Es musste ein Loch im Polizeiapparat geben.

»Wer hat dir das gesteckt?«

»Leda, bist du verrückt? Das sollte ein Witz sein. Einfach so dahergesagt. Du willst doch nicht behaupten, dass jemand wirklich einen Umsturz plant?«

»Einen Umsturz würde ich das nicht nennen. Aber eine schleichende Übernahme der Staatsgewalt scheint im Gange zu sein, und Consorte war vielleicht das erste prominente Opfer. Danach sieht es im Moment aus.«

XVIII Als Leda am nächsten sonnig warmen Morgen mit Schwung durch das schmale Portal auf den Parkplatz des Präsidiums fahren wollte, geschah es: Ein scheußliches Knirschen und Krachen von Blech an der rechten Hinterseite ihres Wagens. Sie hatte zum ersten Mal in ihrer nun fast dreißigjährigen Berufslaufbahn in der Questura die Einfahrt falsch genommen. Wie oft hatte Ugo ihr prophezeit, dass sie eines Tages den Wagen genau an dieser Stelle ruinieren würde! Immer hatte sie ihn ausgelacht und sogar vor vierzehn Tagen mit ihm gewettet. Nun schuldete sie ihm ein Mittagessen in einem Restaurant seiner Wahl.

Sie eilte durch die langen Flure des verwinkelten Gebäudes und fand erst nach einigem Suchen und Fragen die für Schäden an Dienstwagen zuständige Stelle. Eine unfreundliche Frau, die kurz vor ihrer Pensionierung zu stehen schien und sich wahrscheinlich seit Jahrzehnten mit nichts anderem als kaputten Autos befasste, raunzte sie nach Erklärung der Lage an: »Name?«

»Leda Giallo.«

»Kommissariat?«

»Hauptkommissariat sieben.«

»Mord?«

»Ja.«

»Und jetzt haben Sie Ihr Auto um die Ecke gebracht? Das passt ja.«

»Es fährt noch«, protestierte Leda.

»Na, dann eben versuchter Mord, ist doch auch hübsch. Sie sind heute früh schon die Dritte, die mit dem Portal aneinandergeraten ist. Es ist wohl über Nacht geschrumpft. Eine Reparatur können Sie sich diesen Monat abschmin-

198

ken. Die Werkstatt ist voll. Das sage ich Ihnen gleich.« Mit zusammengekniffenen Augen taxierte sie Leda: »Sie hab ich hier noch nie gesehen.«

»Ich war auch noch nie bei Ihnen.«

»Sind Sie neu?«

»So gut wie. Ich habe erst zwei Jahrzehnte hinter mir.«

»Also kurz vor der Pensionierung. Aber den Dienstwagen haben Sie erst vor Kurzem bekommen? Oder ist das der Ihres Chefs? Peinlich, dann kriegen Sie Ärger. Frauen können nicht fahren, wird der Ihnen sagen und gleichzeitig verschweigen, dass er seinen Dienstwagen im letzten Jahr fünfmal gegen das Portal gesetzt hat. Wer ist denn Ihr Chef?«

»Alberto Libero.«

»Was? Fahren da oben sogar die Sekretärinnen Dienstwagen?«

»Weiß ich nicht. Vielleicht.«

»Sind Sie keine Sekretärin?«

»Nein, ich leite das Mordkommissariat.«

»Na, und ich wollte eben schon einen Wagen für mich beantragen. Dann schauen wir mal, ob Frauen wie Sie das Formular auf Anhieb bewältigen. Ich sage Ihnen, das hat noch niemand geschafft. Nicht einmal der Polizeipräsident. Sie können es ruhig mitnehmen und sich den Vormittag damit vertreiben. Ich brauche nur eine Kopie von Ihrem Ausweis. Kann ich ihn bitte haben?«

Während die Frau mit dem Dokument verschwand, schaute Leda sich das Formular an und stellte fest, dass sie etwa dreißig Fragen würde beantworten müssen, unter anderem die nach dem genauen Datum ihres Dienstantritts und sämtliche Daten ihrer gesamten Polizeikarriere. Wie sollte sie die in absehbarer Zeit zusammenbekommen?

»Was haben die Fragen mit der Beule im Auto zu tun?«, erkundigte sie sich, als die Frau mit ihrem Ausweis zurückgekehrt war.

»Das hat mich bisher jeder gefragt, und meine Antwort

lautet: Ich schätze, nichts. Aber Sie können ja mal versuchen, sie unbeantwortet zu lassen. Dann wird Ihr Auto nie repariert.«

Ugo jauchzte vor Freude, als Leda die Botschaft über das gewonnene Essen überbrachte.

»Ich wusste, dass dieser Tag ein guter wird. Vorhin habe ich es zu meiner Frau Elena gesagt: Schatz, das ist mein Tag. Der Kleine hat uns die ganze Nacht durchschlafen lassen, und jetzt das. Was für ein Glück! Und ich weiß auch schon, wo wir hingehen: Ins La Pergola, zum besten Koch Roms. Danach sind Sie pleite.«

»Ugo, das ist unfair. Ich dachte, du wärst ein bescheidener Mensch.«

»Wenn ich zahlen muss, immer. Aber in diesem Fall nicht. Jahrelang haben Sie mich bei der Durchfahrt Höllenqualen leiden lassen und nur gelacht, wenn ich sagte, Sie sollten langsamer fahren. Das Essen ist nichts weiter als ein angemessener Schadensersatz für mein Leiden.«

»Gut, ich fange schon mal mit dem Sparen an. Aber weißt du, was noch schlimmer ist? Dieses Formular. Die in der Verwaltung sind komplett übergeschnappt, einem einen solchen Fragebogen vorzusetzen. Fehlt nur die Frage, wann ich das erste Mal Sex hatte.«

»Und?«

»Mit siebzehn – und du?«

»Mit achtzehn. Zwischen feinstem Fisch an knusprigen japanischen Bioalgen und zartestem Fleisch an einer Ingwer-Passionsfrucht-Soße oder Ähnlichem können wir uns dann ja ausführlich über diesen wichtigsten Tag im Leben unterhalten. Signora Chefin, ich freue mich unsäglich über die Beule«, strahlte Ugo sie an. »Ich finde übrigens, dass wir Raffaella mitnehmen sollten. Sie hat ganz sicher Interessantes zum Thema beizutragen, wie ich sie einschätze.«

»Auf wessen Kosten?«

»Die können wir uns teilen. Einverstanden?«

Nun musste Leda lachen. »Einverstanden. Aber erst, wenn der Fall Consorte gelöst ist.«

»Habe ich Ihnen eigentlich heute schon gesagt, dass Sie ganz phantastisch aussehen?«

»Ugo, nimm mich nicht am frühen Morgen auf den Arm. Das vertrage ich noch nicht.«

»Früh nur für Sie, ich arbeite schon seit zwei Stunden. Was mache ich jetzt mit der Liste der dreihundert metallic-anthrazitfarbenen BMWs, die in Rom gemeldet sind? Ich hatte es Ihnen ja schon erzählt: Es ist kein mir bekannter Name dabei.«

»Das ist bestimmt ein Mafiaauto, das auf irgendeinen ihrer Gehilfen gemeldet ist. Gib die Liste Bonfá, vielleicht kennen er oder seine Leute einen der Namen.«

Gute zwei Stunden kämpfte Leda mit dem Ausfüllen besagten Formulars. Sie stand mit Bürokratie in jeglicher Form auf Kriegsfuß, aber was hier abgefragt wurde, ging wirklich zu weit. Sie würde es bei Libero empört zur Sprache bringen und eine drastische Vereinfachung des Verfahrens fordern. Viermal musste sie in der Personalstelle anrufen, um Daten, Registrierungs-, Versicherungs- und sonstige Nummern abzufragen. Lachend erkundigte sich die Dame am anderen Ende der Leitung: »Haben Sie einen Unfall gebaut? Kopieren Sie das ausgefüllte Formular, und heben Sie es gut auf. Das nächste Mal geht es dann ruckzuck.«

Bevor sie sich von einem Fahrer zur Banca di Credito bringen ließ, eilte sie zur Herrin der Unfallformulare und reichte ihr das Werk über den Tresen.

»Das ging aber schnell. Sieht auf den ersten Blick ziemlich gut aus. Kaum etwas durchgestrichen und geändert. Besser, als jeder Mann das gemacht hätte. Ich erlaube mir die Bemerkung, dass sich hieran erkennen lässt, wer für Führungsaufgaben geeignet ist. Sie sind es. Umsichtig und präzise. Glückwunsch.«

»Bekomme ich einen Gewinn?«

»Ja, Sie brauchen es nicht noch einmal auszufüllen wie die meisten anderen.«

»Das scheint mir ein Volltreffer zu sein. Danke und schönen Tag noch.«

Luigi Cremonese hatte Leda zuletzt vor Jahren im Rahmen einer Mordermittlung gesehen. Sie erinnerte sich jedoch genau an seine hünenhafte Statur, die ihm eher das Aussehen eines Preisboxers als das eines Bankpräsidenten verlieh. Er residierte heute wie damals im obersten Stockwerk des Bankinstitutes. Zu ihrer Überraschung stellte Leda fest, dass auch die persönliche Assistentin des Präsidenten dieselbe geblieben war und Leda mit einem geradezu herzlichen Lächeln auf ihren perfekt geschminkten Lippen empfing.

»Signora Commissaria. Wie schön, Sie wieder einmal bei uns begrüßen zu dürfen. Bitte entschuldigen Sie Signor Presidente noch einen Moment, aber er führt gerade ein außerordentlich wichtiges Telefonat. Darf ich Ihnen den Mantel abnehmen und einen Kaffee bringen?«

Nichts, aber auch gar nichts hatte sich an diesem Ort verändert: weder der schallschluckende Teppichboden noch die perfekt gestylte Assistentin im eleganten Kostüm, deren Gesicht nicht einmal gealtert zu sein schien. Ihr Name war Leda allerdings entfallen. Kaum war sie entschwebt, um den Kaffee zu holen, wurde die Tür vor Leda aufgerissen, und Cremonese stand in voller Größe vor ihr.

»Signora Giallo, kommen Sie bitte herein! Entschuldigen Sie, dass ich Sie habe warten lassen. Aber da musste noch etwas geklärt werden. Es betraf Ihre Anfrage. Sie scheinen mal wieder einen fragwürdigen Fisch an der Angel zu haben.«

Mit einer Handbewegung wies Cremonese ihr einen Platz am kleinen Besprechungstisch zu. Er selbst wartete höflich, bis sie saß, um sich dann selbst niederzulassen.

»Signor di Gregori unterhält in Italien seit Jahren zwei Konten und seine Frau ein weiteres. Zufälligerweise scheint er mit unserer Bank sehr zufrieden zu sein, denn alle Konten werden bei uns geführt. Das hat mir eine genaue Einsicht in seine finanzielle Situation ermöglicht. Er scheint in den letzten Jahren bei der RAI eine glanzvolle Karriere hingelegt zu haben, denn seine Gehaltszahlungen vom Sender haben sich verfünffacht.«

»Das stimmt, er ist der Direktor der Gesamtredaktion Aktuelles geworden, leitet also alle Nachrichten- und Hintergrundsendungen zu aktuellen Geschehnissen.«

»Ein, wie ich heute gelernt habe, sehr gut bezahlter Posten. Den braucht er auch, denn er hat Ausgaben, die das gesamte RAI-Einkommen schlucken. Ich habe eine Auflistung kommen lassen, und bitte schauen Sie sich die Liste genau an: Regelmäßig werden Kreditraten für ein Haus und eine Wohnung in Rom abgebucht, die er vor drei beziehungsweise zwei Jahren erworben hat. Außerdem die Raten für ein Haus in den Bergen, für zwei Mercedes-Pkws und einen Austin. Hinzu kommen hohe Schulgelder für die amerikanische Schule seiner drei Kinder, die Mitgliedsbeiträge für sich und seine Frau im Golf- und im Tennisclub, monatliche Gehaltszahlungen an eine – wie mir scheint – feste Haushälterin sowie viele andere große und kleine Ausgaben, die das Leben angenehm machen.«

»Was ist an alledem auffällig?«

»Dass Signor di Gregori keinen Pfennig Bargeld haben kann, da seine Einkünfte von den Ausgaben komplett aufgefressen werden. Das heißt, es bleiben ihm monatlich genau einhundertvierundvierzig Euro und zweiundsiebzig Cent zur freien Verfügung. Sprich, er kann vielleicht seinen Kinderlein ein Eis kaufen, aber seine Autos nicht betanken. Er hat in den vergangenen Jahren auch nie nur einen Cent bar abgehoben. Da er nach meiner Recherche, die ich für umfassend halte, keine weiteren Konten in Italien oder dem überprüfbaren europäischen Ausland hat, muss er Bargeld aus anderer Quelle als seinem offiziellen RAI-Einkommen beziehen. Ich habe mir deshalb auch die Kreditverträge mit ihm kommen lassen, um zu sehen, ob er möglicherweise andere Einkommensquellen angegeben hat. Das ist nicht der Fall. Hier sind die detaillierten Auflistungen all dessen, was ich Ihnen gerade erläutert habe.«

»Vielen Dank für Ihr Vertrauen. Sie sind mir eine große Hilfe.«

»Verraten Sie mir nach Aufklärung des Falls, warum Sie diese Informationen brauchten?«

»Gern. Aber ich kann nicht versprechen, dass es nicht vor meinem Anruf bereits in der Presse nachzulesen sein wird. Es könnte sich um einen der größten Skandale in der italienischen Nachkriegsgeschichte handeln. Arrivederci, Signor Cremonese.«

Leda hatte während des kurzen, aber ergiebigen Gesprächs mit Cremonese den Piepton ihres Telefoninos in ihrer Handtasche gehört, der den Eingang einer SMS signalisierte. Im Aufzug las sie die Nachricht: »Komm bitte gleich zu Alfredo und Ada. RAI-Infos. Kuss P.« Angelo, schoss es ihr durch den Kopf, natürlich, Angelo würden sie treffen. Er war ein entfernter Bekannter von Paolo und arbeitete als Redakteur bei RAI. Seinen Eltern gehörte ein kleines Restaurant gleich hinter der Chiesa Nuova, wo sie früher eine Zeit lang öfter mal gegessen hatten.

Leda ließ sich von dem wartenden Fahrer hinbringen und schickte ihn dann zurück ins Präsidium. Sie klopfte an die noch verschlossene Tür des Restaurants.

»Ciao, Angelo. Lange nicht gesehen«, sagte sie, als Angelo ihr öffnete.

»Ciao, Leda. Paolo ist auch gerade gekommen. Zu essen gibt's noch nichts Richtiges. Es ist zu früh für die Küche. Wenn ihr eine Stunde Zeit habt, aber umso mehr. Kaffee kann ich uns in jedem Fall machen.«

»Nein, danke, ums Essen geht es uns diesmal nicht.«

Im Gastraum war es kühl und düster. Paolo saß schon an einem der Holztische. Er hatte seine schwarze Lederjacke anbehalten. Hinter ihm an der Wand war der Wahlspruch Signora Adas zu lesen: Un pasto senza vino è come un giorno senza sole. Ein Gericht ohne Wein ist wie ein Tag ohne Sonne.

»Betreiben deine Eltern das Restaurant noch immer selbst?«, erkundigte sich Leda, die beschlossen hatte, ihren Mantel ebenfalls anzulassen.

»Nein, nein. Papà ist vor zwei Jahren gestorben, und Mamma kommt nur noch zum Essen runter, wenn überhaupt. Sie ist über achtzig und hat sechzig Jahre lang hier gekocht. Irgendwann kann man nicht mehr. Ich habe alles übernommen. Nur die Kocherei überlasse ich Leuten, die es besser können und schon bei Mamma gelernt haben.«

»Hast du denn neben deiner Tätigkeit bei RAI genug Zeit dafür?«, fragte Paolo.

»Wieso? Da arbeite ich doch gar nicht mehr. Seit zwei Jahren bin ich raus. Das passte zeitlich ganz gut mit der Übernahme des Restaurants. Ich habe sozusagen Computer und Kamera gegen Lieferwagen und Weinkarte getauscht. Nicht schlecht, was?«

Angelo war ein kleiner rundlicher Mann mit einer gepflegten Halbglatze und großen braunen Augen, die sie unter buschigen Augenbrauen pfiffig und lebensfroh anschauten. Der Wechsel von der Kopfarbeit zur körperlichen Arbeit schien ihm prächtig zu bekommen. Leda und Paolo jedoch passte er in diesem Moment weniger gut ins Konzept.

»Dann weißt du vom Sender also wenig?«, erkundigte sich Paolo.

»Ganz im Gegenteil. Die Exkollegen fallen in Schwärmen bei mir ein und weihen mich in jeden Tratsch und Klatsch ein. Heute erfahre ich viel mehr als früher. Worum geht es euch denn?«

»Wieso hast du den Sender verlassen?«

»Die haben mich verlassen, sprich zur Kündigung verführt, wie so viele andere Altgediente auch. Prima Abfindungen haben sie uns angeboten. Wer das Angebot nicht angenommen hat, wurde auf miserable Posten versetzt und darf jetzt Archivmaterial bearbeiten oder Meldungen von Nachrichtenagenturen umschreiben. Das ist nicht sehr befriedigend, wenn du vorher in eigener Verantwortung ganze Nachrichten- oder Hintergrundsendungen bearbeitet oder sogar produziert hast. Ich habe das geahnt und mich für die Abfindung und mein Restaurant entschieden. Damit bin ich gut gefahren.«

»Warum hat RAI das gemacht?«

»Offiziell, um jünger und moderner zu werden, und das geht, so behaupten die oberen fünfzehn, sprich der Aufsichts- und Verwaltungsrat, nur mit jüngeren Leuten. RAI steht, trotz seiner staatlichen Anbindung, unter enormem Quotendruck. Wegen der Werbung, die Geld bringt. Die Kanäle von Prosperini versuchen, mit ihren blöden, aber beliebten Shows insbesondere das jugendliche Publikum ganz und gar für sich zu gewinnen und damit auch die wirtschaftlich entscheidenden Werbespots. Im Vergleich zu den Privatsendern hatten wir für die gleiche Anzahl von Sendestunden mehr als die doppelte Anzahl von Sendesklaven mit den dazugehörigen Personal- und vor allem Pensionskosten, was Prosperini als staatliche Verschwendungssucht anprangert. Daraufhin musste RAI sich etwas einfallen lassen.«

»Nach welchen Kriterien wurde vorgegangen? Nur nach dem Alter?«

Angelo räusperte sich und zögerte mit der Antwort. »Es gab da angeblich eine Liste. Aber das kann ich nicht beweisen, und ihr müsst es auf jeden Fall für euch behalten. Wenn die spitzkriegen, dass ich das gesagt habe, verklagt mich der Sender sofort.«

»Das wird er ganz sicher unterlassen, wenn ich unser Gespräch zur Zeugenvernehmung erkläre. Als Zeuge hast du die Pflicht, die ganze Wahrheit zu sagen.«

»Aber ich weiß ja nicht, ob es wahr ist.«

»Dann werde ich es genauso darstellen, nämlich als bei RAI kursierendes Gerücht, und kein römischer Staatsanwalt oder Richter wird daran Anstoß nehmen. Alles, was wir hier besprechen, ist nicht zur Veröffentlichung gedacht, sondern dient allein der polizeilichen Ermittlung«, erklärte Leda.

»Ich musste Leda bei der Seele meiner Mutter schwören, dass ich nichts schreiben werden, Angelo. Und ich liebe meine Mutter sehr. Du kannst also offen reden, vertrau uns.«

»Moment mal. Wenn Leda als leitende Mordkommissarin sagt, dass meine Befragung eine Zeugenvernehmung im Rahmen einer polizeilichen Ermittlung ist, muss doch jemand ermordet worden sein. Wer denn? Jemand aus dem Sender?«

»Jemand außerhalb des Senders. Bitte frag nicht weiter. Ich kann keine Namen nennen. Wenn ich das tue, kann mich niemand schützen, so wie ich es bei dir tun kann. Verstehst du das?«

Angelo stand auf und ging zur Theke. Im Raum herrschte bis auf das Klirren von Gläsern und einer Flasche, die er aus einem Regal nahm, erdrückende Stille. Paolo schaute Leda fragend an: Ob er wohl weiterreden würde?

Drei Grappagläser zwischen den Fingern der linken und eine Flasche des Tresterschnapses in der rechten Hand, kehrte Angelo zurück, setzte sich wieder, stellte vor jeden von ihnen ein Glas und schenkte ihnen wortlos ein.

»Salute, auf Alessio Consorte, der keinen Selbstmord begangen hat, wie uns alle glauben machen wollen. Stimmt's, Leda?«

Nun brauchte Leda tatsächlich einen großen Schluck

Vierzigprozentigen. »Salute, auf Alessio Consorte, der gern weitergelebt hätte.« Sofort spürte sie wohlige Wärme aufsteigen.

»Bei RAI hatte ich den Spitznamen ›der Schnüffler‹. Weißt du warum, Leda? Weil ich Geschichten schon gerochen habe, bevor die anderen die Namen der Leute richtig buchstabieren konnten. Ich sage es niemandem, das schwöre ich ebenfalls bei der Seele meiner Mutter.«

»Halte dich dran, kann ich dir nur raten. Sonst wird dein schönes Restaurant vielleicht bald in Flammen aufgehen. Und es wird nicht die Polizei sein, die es dir anzündet«, sagte Leda und nahm noch einen Schluck.

»Die Mafia bei RAI? Jetzt geht aber deine Phantasie mit dir durch, Leda. Das glaube ja nicht einmal ich. Und ich denke schon, dass dort einiges zum Himmel stinkt.«

»Wer steht auf der Liste?«, erinnerte Paolo an die Ausgangsfrage.

»Die Linken, Kritischen und Unabhängigen. Bei denen spielt das Alter keine Rolle. Die werden rigoros abgeschoben. Darüber stand vor einem Jahr schon einmal etwas in der La Repubblica. Der Informant flog auf, wurde sofort von RAI gefeuert und wegen Rufmordes verklagt. Das Beispiel hat gewirkt, jetzt redet niemand mehr darüber. Angst fressen Wahrheit auf. Die Sklaven kuschen.«

»Heißt das, RAI schlägt einen konservativen Kurs ein?«

»Schaut doch nur mal aufmerksam die Nachrichten und Polittalks an. Von dem kritischen Journalismus, der früher mal unser Markenzeichen war, ist nichts geblieben. Manchmal vergleiche ich die Nachrichten bei RAI und den Prosperini-Sendern. Die klingen, als wären sie abgesprochen: die gleichen Themen, die gleichen Tendenzen. Die Hauptprobleme des Landes werden zwar nicht gänzlich ignoriert, aber kleingeschrieben, wie beispielsweise die Ausländerfeindlichkeit, das Nichtfunktionieren der Justiz, die Spaltung der Gesellschaft in Arm und Reich, die Pensionsproblematik, die nirgendwo in Europa so gravierend wie bei uns sein dürfte, die zunehmende Macht der organisierten Kriminalität. Leute wie dieser verdammte Prosperini können die Fäden der Macht in den Fingern halten, und alle Geschichten über ihn werden nur noch lächelnd als Hirngespinste linker Neider abgetan. Und die RAI stimmt in diesen Chor mit ein. Der Heiligen Jungfrau sei Dank, dass ich da nicht mehr mitmachen muss.«

Aufgeregt schüttete er den Rest aus seinem Glas in sich hinein und goss gleich nach.

»Die Kollegen müssen doch sehr frustriert sein?«

»Total. Jedenfalls diejenigen, die unter Journalismus auch Kritik an den bestehenden Verhältnissen verstehen. So, jetzt will ich über das Thema nicht mehr reden, weil es mich so aufregt, dass ich mich noch betrinke.«

»Patrizio Vespucci aus dem Verwaltungsrat. Welche Rolle spielt er?«

»Der ist der Schlimmste von allen. Ein schlauer Fuchs. Charmant, hat immer das passende Argument bei der Hand, um alles nach seinem Willen zu steuern. Nach außen, was die RAI anbelangt, relativ unauffällig, nach innen unheimlich einflussreich, von geradezu suggestiver Macht. Man raunt, dass er den Sender – genau wie Prosperini seine Privatkanäle – für den Aufbau seiner eigenen politischen Machtansprüche nutzen will und deshalb von langer Hand vorbereitet nach und nach alle Schlüsselpositionen bei RAI mit ihm genehmen Leuten besetzen wird oder schon besetzt hat. Da seine politischen Positionen nicht weit von Prosperinis entfernt liegen, werden die Inhalte der einst feindlichen Schwestern immer ähnlicher.«

»Kauft er Leute ein?«

»Das behaupten zumindest die Kollegen.«

»Kennst du Namen?«

»Dazu kann ich nur sagen, seit Vespucci im Verwaltungsrat sitzt, wurde eine ganz entscheidende Position neu besetzt und mit unglaublichen Kompetenzen ausgestattet: die des Direktors für Nachrichten und Hintergrund...«

»Enrico di Gregori.«

»Genau. Er hat in den von ihm geleiteten Redaktionen innerhalb von zwei Jahren eine Postenrotation vorgenommen, die alle noch sprachloser macht, als sie es vorher schon waren. Wer brav ist und den gewünschten Bericht liefert, wird mit seiner hoheitlichen Liebe überhäuft. Aber ein Wort der Kritik – und man landet im Redaktionsabseits. Brutale Günstlingswirtschaft! Wenn ich den Kollegen hier abends zuhöre, packt mich das reine Entsetzen. Di Gregori hat die Meinungsfreiheit abgeschafft und umgibt sich mit Speichelleckern und Jasagern. Und noch etwas, er hat plötzlich unheimlich viel Geld. Auch wenn es mit dem Consorte-Mord nichts zu tun hat, wäre es verdienstvoll, wenn ihr mal rausfinden könntet, wo das herkommt. Denn so viel, wie er ausgibt, verdient kein RAI-Direktor. Nicht mit allen Sonderzulagen der Welt. Aber merkt euch, von mir wisst ihr das alles nicht.«

Leda und Paolo blieben doch noch zum Essen im Restaurant von Angelo, der sich selbst an die liegen gebliebene Tagesarbeit machte. Inzwischen zogen verlockende Gerüche durch den Gastraum, und es war durch die Hitze der Küchenöfen auch um einige Grade wärmer geworden. Gina, die Köchin, hatte Fagioli con salsiccia, dicke Bohnen mit Wurststückchen, und Penne all'amatriciana im Angebot, was Leda und Paolo nicht ausschlagen konnten. Eine solide Grundlage für den Rest des Tages schien ihnen nach dem Spätvormittagsschoppen außerdem angebracht. Dem Wahlspruch der Hausherrin, Wein zum Essen zu trinken, folgten sie allerdings nicht.

»Weißt du, was ich bei der ganzen Sache nicht verstehe?«, sagte Paolo beim Essen. »Dieser Leone ist doch laut Antimafiaeinheit ein Prosperini-Vertrauter. Wieso pflegt er dann so engen Kontakt zum politischen Feind Vespucci? Und wieso gibt es unter dessen Regie so eine Gleichschaltung der Medien? Denn danach klingt Angelos Bericht, wofür auch die täglichen Telefonkontakte zwischen di Gregori und dem Kollegen von den Privatsendern sprechen. Wie hieß er noch?«

»Alemanno Gracchi«, half Leda weiter.

»Richtig. Das ergäbe nur einen Sinn, wenn Vespucci am selben Strang zöge wie Prosperini und wenn Leone für die beiden arbeitete. Stattdessen hat sich Vespucci aber gerade von Prosperini getrennt und eine eigene Partei gegründet, ist damit also politischer Gegner des Medienmoguls aus Mailand. Als solcher positioniert er sich im Wahlkampf. Gerade gestern habe ich ihn wieder in den Nachrichten gehört, wie er Prosperini als machtgierigen und mit unsauberen Methoden operierenden Mann beschimpfte. Ein bisschen eleganter hat er es ausgedrückt, aber es war gut zu verstehen, was er meinte. Wie kann er dann zulassen, dass die Sender aus dem privaten und dem öffentlichen Lager noch immer, wie wir annehmen, so enge Absprachen treffen? Das hätte Vespucci logischerweise spätestens nach der Gründung des PID unterbinden müssen. Oder?«

»Vielleicht spielt di Gregori ein falsches Spiel und lässt sich inzwischen von Prosperini *und* von Vespucci bezahlen, damit er die ›richtige Linie‹ beibehält«, schlug Leda vor. »Es dürfte Vespucci nämlich schwerfallen, nachdem er Aufsichts- und Verwaltungsrat vor nicht allzu langer Zeit von den hohen Qualitäten di Gregoris überzeugt hat, plötzlich das Ruder wieder herumzureißen und das genaue Gegenteil zu behaupten.«

»Möglich. Weil wir gerade so schön spekulieren, werfe ich eine dritte These in den Ring: Vespucci und Prosperini sind gar keine Gegner, sondern streben nach wie vor gemeinsam, wenn auch in getrennten Parteien, dem Ziel der Macht entgegen. Die vermeintliche Gegnerschaft wurde aus wahltaktischen Gründen erfunden, der PID nur gegründet, um denjenigen, die zwar inhaltlich Prosperini wählen würden, ihn aber wegen der vielen gegen ihn laufenden Strafverfahren moralisch ablehnen, eine inhaltlich ähnliche Wahlalternative zu bieten. Gesetzt den wahrscheinlichen Fall, Prosperini erringt bei der Wahl nicht genügend Stimmen, um mit der FdL und den anderen kleinen konservativen Parteien eine Regierungskoalition zu bilden, dann könnte der PID die fehlenden Prozente beisteuern. Im Ergebnis hätten wir dann einen Ministerpräsidenten Prosperini und einen, sagen wir, Finanz- oder Außenminister und stellvertretenden Ministerpräsidenten Vespucci.«

Leda lachte und bemerkte: »Wenn wir noch länger nachdenken, fällt uns wahrscheinlich eine vierte und fünfte These ein. Jetzt sag mir nur noch, wer Consorte umgebracht hat und warum! Er muss in dem Drama eine zentrale Rolle gespielt haben. Bringst du mich in die Questura zurück?«

»Weiß man, wie es der Bevilacqua geht? Kann sie schon wieder vernommen werden?«, erkundigte sich Leda nach ihrer Rückkehr bei Ugo.

»Viel besser. Sie hat vorhin aus dem Krankenhaus angerufen und möchte Sie dringend sprechen.«

Sie beschlossen, dass Raffaella und Ugo Cristina Galante vernehmen sollten, während sie selbst ins Krankenhaus fahren würde. Dort traf sie die Mediapoll-Chefin blass und sichtlich von Medikamenten sediert in einem Einzelzimmer an, vor dem ein ziviler Beamter Wache hielt.

»Buongiorno, Signora. Geht es Ihnen besser? Sie wollten mich sprechen?«

»Danke, dass Sie gekommen sind. Die Ärztin sagt, dass ich einen Nervenzusammenbruch hatte und starke Medikamente zur Beruhigung bekomme. Das Sprechen fällt mir deshalb schwer. Irgendwie fehlt mir auch jegliche Kraft. Das war wohl alles zu viel. Ich weiß nicht, wie es ohne Alessio weitergehen soll. Mein ganzes Leben hat ohne ihn keinen Sinn. Wahrscheinlich werde ich Mediapoll verkaufen. Aber das ist im Moment nicht so wichtig. Glauben Sie, dass ich ihn umgebracht habe?«

»Das haben Sie gestern zumindest gesagt.«

»Ja, aber ich war es nicht, zumindest nicht im physischen Sinn. Im übertragenen schon, denn ich habe ihn in eine inakzeptable Situation gebracht. Können Sie mir das glauben?«

»Warum haben Sie es dann behauptet?«

»Weil ich mich an seinem Tod schuldig fühle. Er war damals gegen die hohen Investitionen und wollte, dass Mediapoll langsam und stetig aus eigenen Kräften wächst. Er war gegen den Kauf des Palazzos und gegen den Umzug nach Rom. Meine Nähe zu Patrizio war ihm zuwider. Er mochte ihn nicht, nicht nur, weil ich mit ihm ins Bett ging. Das konnte er akzeptieren, weil er es mit Federica und anderen auch tat. Die Wahrheit ist: Er misstraute Patrizio zu Recht. Ich habe ihn so enttäuscht.«

»Kann es sein, dass Signor Consorte noch irgendeine andere Person von seiner Absicht, die Erpressungs- und Manipulationsgeschichte an die Öffentlichkeit zu bringen, in Kenntnis gesetzt hat? Seine Frau? Vespucci? Wissen Sie etwas darüber?«

»Federica? Das könnte sein. Patrizio? Ganz sicher nicht.«

»Übrigens brauchte Consorte die Zahlen gar nicht mehr zu fälschen. Das geschieht seit einiger Zeit direkt in Ihrem Haus. Sie haben dafür hervorragende Spezialisten engagiert und bezahlen sie zudem noch gut.«

Leda zeigte der Bevilacqua die Fotos und erklärte ihr, wer die jungen Männer in Wirklichkeit waren. »Vespucci hat sie bei Ihnen eingeschleust. Wir sind uns nur nicht sicher, ob er von deren direkten Mafiabeziehungen etwas weiß. Würden Sie uns helfen, das herauszufinden, und gegebenenfalls gegen

213

ihn aussagen? Das würde dem Widerruf Ihres Geständnisses viel Glaubwürdigkeit verleihen.«

»Sie glauben mir also nicht?«

»Sie haben ein starkes Mordmotiv: tiefe Enttäuschung plus Existenzangst.«

»Was soll ich tun?«

»Sie sind also bereit?«

»Ja.«

»Wichtigster Punkt: kein Wort zu irgendjemandem über das, was ich Ihnen gerade gesagt habe. Egal, wer Sie anrufen oder besuchen sollte: Sie tun, als wüssten Sie von nichts. Das ist extrem wichtig, damit die Täter nicht gewarnt werden und Beweise vernichten können. Wir müssen sie vorher erwischen.«

Dass sie sich selbst in Lebensgefahr bringen könnte, wollte Leda ihr nicht sagen, um ihr angeschlagenes Nervenkostüm zu schonen.

»Hat Patrizio mich die ganzen Jahre nur benutzt?«

Auf diese Frage antwortete Leda nicht, sondern verabschiedete sich rasch und überließ die Bevilacqua ihren Gedanken über zwischenmenschliche Beziehungen und deren Tücken. Den Polizisten vor dem Zimmer hielt sie an, besonders aufmerksam zu sein.

IXX Am nächsten Morgen wachte Leda lange vor dem Klingeln des Weckers mit einem drückenden Kloß in Hals und Magen auf. Ein entscheidender Tag in ihrer Karriere erwartete sie. Einer, an dessen Ende die Polizei entweder über die Kriminalität triumphieren würde oder umgekehrt die Kriminalität über die Polizei. Gestern noch war gemeinsam mit Polizeipräsident Libero beschlossen worden, heute alles auf eine Karte zu setzen, einen Überraschungsangriff gegen die Mafia zu starten, um ihren verheerenden Einfluss auf das Land rechtzeitig vor den Wahlen zu stoppen. An vier Orten sollte fast gleichzeitig zugeschlagen werden.

Leda blieb eine Weile ruhig liegen und lauschte Paolos Atemzügen. Sie hoffte, dass eine ausführliche warme Dusche dem morgendlichen Elend ein Ende setzen würde. Als sie aber auf die Waage stieg, verschlimmerte sich die Situation erheblich, denn diese zeigte drei Kilo mehr an als noch vor einer Woche. Ungehemmt ergriff der Frust Besitz von Leda und ließ sich nicht einmal von vielen Litern Wasser wegspülen. Er blieb und verlangte zu allem Überfluss herrisch nach Cappuccino und einem Cornetto mit Vanillecreme.

Leda beschloss, dass es keinen Sinn hatte, sich inmitten dieser verwirrenden Mordermittlung, deren Ausgang möglicherweise epochale Bedeutung für die Zukunft Italiens haben könnte, zusätzlich den Qualen einer Diät zu unterziehen. Nach der Aufklärung würde für das Land und sie selbst ein neuer Anfang zum guten Ende führen.

Mario sang laut »O sole mio«, als Leda die Bar betrat. Bei jedem Ton wippte das kleine Goldkreuz an der Kette in seinem dichten, schwarzen Brusthaar, das aus dem geöffneten Hemd quoll, und er ließ ein Tuch im Takt über die glatte

Metallfläche des Tresens fahren, während die Sonnenstrahlen blitzende Reflexe durch den ganzen Gastraum schickten.

»Buongiorno, Mario. Dein Tag hat gut begonnen.«

»Ihrer hoffentlich auch. Spüren Sie die Kraft unserer wunderbaren römischen Sonne? Ihre Wärme, ihren Segen für jede Kreatur?«

Er strahlte Leda dermaßen an, dass ihr eigenes Stimmungsbarometer deutlich in die Höhe schnellte, und erst jetzt bemerkte sie, wie schön die Sonne tatsächlich draußen schien. Einer dieser herrlich milden Spätherbsttage, an denen man sogar im Freien zu Mittag essen konnte, hatte sich angemeldet. Aber das gute Wetter allein konnte nicht der Grund für Marios überbordend gute Laune sein, denn normalerweise reagierte er kaum auf die meteorologische Seite des Lebens.

»Was ist Großartiges passiert?«

»Wir werden die Rot-Gelben in die Tasche stecken. Unsere Blau-Weißen werden verstärkt. Ein phantastischer Einkauf: Zeze aus Brasilien. Gestern hat der Präsident den Vertragsabschluss bekannt gegeben. Commissaria, wir werden wieder siegen.«

Marios Leben bestand im Wesentlichen aus Familie, Bar und Fußball. Die Gewichtungen konnten je nach Problem- oder Erfolgslage unterschiedlich ausfallen, aber diese drei Grundelemente wirkten sich in irgendeiner Form auf seine jeweilige Tagesstimmung aus. Der Einkauf des Brasilianers für seine Lieblingsmannschaft musste vielversprechend sein, was Leda selbst allerdings in keiner Weise zu beurteilen vermochte. Angemessenes Desinteresse zu zeigen kam jedoch deshalb nicht in Betracht, weil Mario ihr das übel genommen hätte.

»Soso, Zeze aus Brasilien. Toll! Wo hat er noch mal vorher gespielt?«

»In Deutschland, bei Leverkusen. Da war es ihm wohl zu kalt.«

»Wann fängt er hier an?«

»Nächsten Monat schon. Jetzt sind die Blau-Weißen richtig motiviert. Nach so vielen Niederlagen gibt das neuen Schwung. O sole mio, welche Freude!«

»Und du meinst, dass ein einzelner Spieler das Blatt wenden kann?«

»Absolut. Entweder Trainerwechsel oder neue Spieler, das wirkt wie eine Schönheitsfarm plus Lifting bei Frauen.«

Der Vergleich war im Gunde genommen eine Unverschämtheit, doch Leda verzichtete aus Zeitgründen auf Widerspruch. Nachdem sie zwischen Cappuccino und Cornetto mit Vanillecreme noch vieles über die belebende Wirkung von frischem Spielerblut in alten Mannschaften gelernt und Mario zu ihrer Freude vergessen hatte, sie auf den Todesfall Consorte anzusprechen, machte sich die Kommissarin auf den Weg.

Der Verkehr stockte an den üblichen Stellen. Während der Wartezeiten dachte Leda erneut über den Plan nach, die finsteren Mächte bei Mediapoll und dem Fernsehsender zu packen. Was haben wir vergessen, was übersehen?, fragte sie sich. Werden wir Beweise für den vermuteten politischen Skandal finden? Stimmt unsere Mafiathese? Ist Vespucci den Verbrechern zuzuordnen? Hat er in deren Interesse gehandelt? Wer war der Mörder Consortes? Aus unerfindlichen Gründen tauchte vor ihr immer wieder das Bild einer Frau auf, wenn sie an den toten Consorte dachte, wahrscheinlich wegen der zwei Frauen, die ihn wohl geliebt hatten, Rita Bevilacqua und Federica Galante, und des Hasses der dritten, Cristina Galante. In der vergangenen Nacht hatte sie sogar von einem riesigen Weinglas geträumt, in das aus einer winzigen Ampulle von einer weiblichen Hand Tropfen gezählt wurden, die jedoch, sobald sie aus der Ampulle hervordrangen, die Größe von Tennisbällen annahmen und mit lautem Platschen im Rotwein verschwanden.

Leda spürte ihr Blut in den Adern pochen. Sie war aufgeregt. Vier Einsätze hatten sie gestern Abend für den heutigen Tag vorbereitet. Haftbefehle waren beantragt, Kollegen von der Antimafiaeinheit und solche von der Finanzpolizei zu Einsatzbesprechungen geholt worden.

Sie hatten Raffaellas Vater, Rosario Valli, Eigentümer einer großen Transportfirma, zur Mitarbeit bewegen können. Dieser hatte noch abends bei der Firma Progresso angerufen, sich als Bekannter von Rita Bevilacqua ausgegeben und behauptet, er brauche für seine Firma ein komplett neues Rechnersystem. Die Bevilacqua habe die großartigen Fähigkeiten der Signori Gavioli und Silvestri gelobt, weshalb er sich an sie wende. Gern kämen sie am Morgen vorbei, um sein Anliegen mit ihm zu besprechen, hatte Gavioli gesagt, es müsse nur früh sein, da sie bereits weitere Aufträge im Terminkalender stehen hätten. Die würden sie jedoch gegen unerwartete Verhöre eintauschen müssen, so sah es zumindest der Plan vor.

Während Leda unterwegs zum ersten Einsatz des Tages bei Rosario Valli war, würden Bonfás Computerkollegen von der Antimafiaeinheit bei Mediapoll die Beweise für die Manipulation in den Rechnern sichern und Osvaldo Passafiume festnehmen. Gleichzeitig sollten das Privathaus und die Büroräume des der Korruption verdächtigten RAI-Nachrichtenchefs Enrico di Gregori durchsucht werden. Ugo Libotti fiel die Aufgabe zu, alle vier Einsätze von der Questura aus zu koordinieren und als Knotenpunkt für sämtliche ein- und ausgehenden Informationen zu dienen.

Als Leda in den Hof der Valli Trasporti fuhr, war es halb acht. Ein Mann in einem knallroten Overall stand vor einer Halle und bedeutete ihr hineinzufahren. Drinnen sah sie auch Bonfás und weitere Autos stehen.

»Buongiorno. Bonfá hat ja einen Haufen Leute mitgebracht.«

»Er sagt, bei den Brüdern könne man nie wissen, wie es läuft. Fluchtversuch, Schießerei, ist alles drin.«

»Hoffentlich nicht. Sind seine Leute auf dem Gelände postiert? Ich habe weder vor noch hinter dem Tor jemanden gesehen.«

»Dann machen wir einen guten Job, oder? Ivan Bonfá erwartet Sie drüben im Verwaltungsgebäude.«

Raffaella, statt in ihren üblichen Jeans und weißer Bluse mit V-Pulli heute in einem dunkelblauen Kostüm steckend, hatte bereits hinter einer Empfangstheke Platz genommen und spielte Empfangsdame. Zwei Männer, die zu Bonfás hoch spezialisierter schneller DIA-Eingreiftruppe gehörten, trugen knallrote Overalls, auf denen das Firmenlogo prangte und in denen, so vermutete Leda, präzise schießende Waffen steckten. Sie hielten Formulare in der Hand, gerade so als wären sie zur Abfertigung erschienen. Ivan Bonfá trat mit einem Anzug bekleidet aus einer Tür und begrüßte Leda kurz. Sie sah ihm seine Anspannung an.

»Sie sehen aus wie Signor Valli höchstpersönlich. Sie sollten über einen Berufswechsel nachdenken«, versuchte Leda zu spaßen.

»Wenn das heute schiefgeht, mit Sicherheit.«

Mit zwölf Leuten war er angerückt, hatte acht von ihnen außerhalb des Gebäudes postiert und vier innen.

»Wir sind gut vorbereitet. Sie werden als Büropersonal durch eine Scheibe gut sichtbar im Nebenzimmer des Besprechungsraumes sitzen und gegebenenfalls eingreifen.«

Leda schaute sich die Räumlichkeiten genau an und setzte sich an einen Schreibtisch, um sich an die Umgebung zu gewöhnen.

»Was mache ich?«, fragte sie Bonfá.

»Buchhaltung vielleicht? Jedenfalls sollten Sie sehr fleißig aussehen.«

»Falls sie überhaupt kommen.«

Um acht Uhr erschienen einige Mitarbeiter der Firma Valli. Manche kannten Raffaella, die Tochter des Chefs, und begrüßten sie herzlich. Andere wunderten sich über das neue

Gesicht am Empfang und beschwerten sich, dass die Türen anders als sonst heute abgeschlossen waren. Raffaella schickte die erstaunten Mitarbeiter ins obere Stockwerk, wo sie vom Chef erwartet würden, oder reichte ihnen Frachtpapiere und Autoschlüssel, mit denen sie sich auf den Weg machen konnten. Die Wahrheit über den Einsatz behielt sie für sich und brachte so alle Menschen aus der Gefahrenzone. Ihr Vater, Signor Valli, befand sich tatsächlich eine Etage höher, wo er Kunden, Lieferanten und das eintreffende Personal zu einem Kaffee einlud. Unauffällig sollte alles ablaufen, ruhig und schnell, damit niemand Verdacht schöpfte.

Um Viertel nach acht waren noch immer keine Computerspezialisten erschienen. Leda ging zu Raffaella, um die Lage zu inspizieren. Sie war beruhigt, die beiden DIA-Beamten in roten Overalls wie gelangweilt wartende Brummifahrer oder Möbelpacker in der Empfangshalle herumlungern zu sehen.

»Na, alles in Ordnung?«

»Danke, Signora, alles bestens.«

In diesem Moment betraten zwei Männer in Anzügen die Halle. Sie sahen ausgesprochen freundlich und gepflegt aus, trugen Aktenkoffer und kamen direkt auf Raffaella und Leda zu.

»Buongiorno, Signore. Wir kommen von der Firma Progresso und haben einen Termin mit Signor Valli.«

»Ja. Der Chef hat mir Bescheid gesagt. Signora Maria, würden Sie die Herren in den Besprechungsraum führen? Ich sage Signor Valli, dass die Herren da sind«, strahlte Raffaella Leda und die beiden Männer an.

Der größere der beiden fand ganz offensichtlich Gefallen an der hübschen Raffaella und warf ihr ein ebenso strahlendes Lächeln zu.

»Was für ein Service, Signorina! Weiß Ihr Chef, welche Perle er hier sitzen hat?«

»Er nennt mich tatsächlich seine Perle. Aber mehr zahlen tut er trotzdem nicht.«

»Wenn Sie erlauben, werde ich Sie abwerben.«

Leda konnte gar nicht fassen, was sie jetzt sah: Raffaella errötete leicht. Sie flirtete mit einem gesuchten Gangster, der Italiens Demokratie zur Strecke bringen wollte!

»Vielleicht sollten Sie Signorina Raffaella jetzt erst mal etwas Zeit geben, um sich ihre Gehaltsforderung genau zu überlegen. Wenn ich bitten darf?«, fuhr Leda dazwischen und schob den Charmeur vor sich her in den Gang zum Besprechungszimmer.

»Sie werden gut bewacht, Signorina. Das spricht für Ihre Qualität«, meinte der Mann und lachte.

Leda begleitete die beiden in den Raum und bot ihnen an, einen Kaffee zu holen. »Einen kleinen Moment bitte, Signor Valli wird gleich da sein. Bitte nehmen Sie schon Platz.«

Ivan Bonfá und zwei seiner Männer betraten kurze Zeit später jovial lächelnd den Raum.

»Guten Morgen, meine Herren. Ich bin Rosario Valli, und das sind meine Mitarbeiter, die Signori Buzzoni und Iazzoni, zuständig für den gesamten IT-Bereich in meiner Firma.«

Die beiden Männer standen höflich auf, schüttelten den Neuankömmlingen die Hand und stellten sich als Vitaliano Gavioli und Domenico Silvestri vor.

»Meine Freundin Rita Bevilacqua hat Sie als außerordentlich fähig beschrieben, und ich danke Ihnen sehr, dass Sie so schnell Zeit für ein Beratungsgespräch gefunden haben. Bitte nehmen Sie wieder Platz«, sagte Bonfá noch immer freundlich lächelnd.

Platz zu nehmen schafften die beiden allerdings nicht mehr, denn Buzzoni und Iazzoni waren hinter sie getreten, packten gleichzeitig die Arme der nichts ahnenden Herren und ließen Handschellen um die Handgelenke klicken. Bonfá nickte Leda, die die Szene durch die Glasscheibe beobachtet hatte, zu – das Signal, die Einsatzwagen aus der Halle vorfahren zu lassen, um die Mafiosi abzutransportieren. Beiden stand maßloses Erstaunen ins Gesicht geschrieben, sie unternahmen keinerlei Versuch zur Gegenwehr. Buzzoni und Iazzoni tasteten sie gründlich nach versteckten Waffen ab, fanden jedoch keine. Dafür zogen sie ihnen modernste Telefoninos, Blackberrys, Schlüssel und Geldbörsen mit Dokumenten aus den Taschen.

Drei Minuten später saßen die Festgenommenen schweigend mit jeweils drei weiteren Beamten in zwei unterschiedlichen Autos. Schließlich brauste eine kleine Kolonne vom Hof, die aus vier Einsatzwagen und dem Pkw der beiden Gefangenen bestand. Leda und Raffaella standen in der Eingangstür und sahen ihnen nach.

»Das nenne ich eine saubere Aktion«, meinte Raffaella anerkennend. »Kein Wort zu viel, kein Schuss, keine Gegenwehr. Wie nasse Katzen haben sich die feinen Herren abschleppen lassen. Von der Mafia hatte ich immer eine andere Vorstellung! Vielleicht gehören die doch nicht zur Familie und fragen sich, was da Merkwürdiges mit ihnen geschieht.«

»Wieso flirtest du mit einem solchen Typen?«, wollte Leda wissen. »Du bist sogar rot angelaufen.«

»Das kann ich jederzeit, wenn ich will. Schauen Sie her«, sagte Raffaella lachend und wurde auf der Stelle puterrot. »Von allein kommt es allerdings auch, aber nur, wenn ich mich ärgere.«

»Jedenfalls werden die beiden nicht schlecht staunen, wenn das errötende Röschen gleich dicke Ermittlerdornen in die eitlen Herrenherzen bohren wird«, meinte Leda amüsiert.

Bald darauf setzte sie ihre junge Mitarbeiterin vor dem Haus der Antimafiaeinheit ab, wo die Vernehmung von Salvino und Mazza stattfinden würde. Leda selbst fuhr weiter zum Sender RAI. Während der Fahrt informierte sie Ugo, dass sie unterwegs nach Saxa Rubra sei. Eine gute halbe Stunde später bog sie auf den Parkplatz des Funkhauses ein, wo bereits zwei weiße Kleinlaster standen, die nur den Kollegen von der Finanzpolizei gehören konnten. Leda fuhr an ihnen vorbei zu einer Parklücke und hupte kurz. Prompt stieg aus einem der Wagen ein groß gewachsener, hagerer Mann.

»Haben Sie den Durchsuchungsbefehl?«

»Nein, der Präsident bringt ihn mit.«

»Das muss ja eine heikle Angelegenheit sein, wenn er selbst kommt«, meinte der Mann.

»Das ist es in der Tat. Sind auch beim Privathaus di Gregoris Kollegen postiert?«

»Ja, natürlich, Commissaria. Alles wie besprochen.«

Polizeipräsident Libero erschien in einem unauffälligen weißen Fiat älterer Bauart. Er saß selbst am Steuer und parkte den Wagen auf einem der vielen freien Plätze.

»Die fangen hier offensichtlich erst später mit der Arbeit an«, meinte er freundlich lächelnd und begrüßte Leda und den Hageren. »Den Durchsuchungsbefehl habe ich dabei. Wir können loslegen.«

Der Hagere nickte in Richtung der beiden Transporter, woraufhin sechs weitere Frauen und Männer mit zusammengeklappten Umzugskartons in den Händen ausstiegen. Dann zog die kleine Karawane zum Haupteingang. Am Empfang zeigte Libero dem Mann hinter der Scheibe seinen Dienstausweis, fragte ihn nach dem schnellsten Weg zu di Gregoris Büro und verbot ihm schließlich, dort anzurufen. »Wir werden die Telefonate überprüfen. Wenn Sie Signor di Gregori oder einen seiner Mitarbeiter warnen sollten, machen Sie sich der Strafvereitelung schuldig. Haben Sie das verstanden?«

Der Mann nickte mit offenem Mund und gab ihnen dann die nötigen Informationen. Das Büro war nach seiner Beschreibung leicht zu finden. In Aufzug und Fluren trafen sie kaum Menschen, und wenn, dann kümmerte sich niemand um die Truppe, die wahrscheinlich nur wieder einmal den Umzug irgendeines Kollegen von einem Raum in den anderen übernehmen sollte. Di Gregori war nicht da. Eine seiner Sekretärinnen schloss ihnen widerwillig die Tür zu seinem Büro auf und ließ sie hinein. Libero wies sie an, sich wieder an ihren Schreibtisch zu setzen und die Beamten nicht bei der Arbeit zu stören.

Als diese begannen, sie nach sämtlichen Passwörtern zu fragen und ihren Computer zu durchsuchen, machte sie Anstalten, dies zu verhindern, was aber nur zur Folge hatte, dass die Beamten den Rechner vom Netz nahmen und in einem Karton verschwinden ließen. Dasselbe geschah mit dem Gerät ihres Chefs. Außerdem wurden alle Schubladen, Regale und Schränke sowie darin befindlichen Ordner durchgesehen. Die meisten wanderten an ihren Platz zurück, einige jedoch wie auch das gesamte Papiermaterial, die CDs, DVDs und Sticks in Kartons.

In di Gregoris Schreibtisch fanden sie eine abgeschlossene Schublade, deren Schlüssel der Chef nach Aussage der Sekretärin an seinem Schlüsselbund trug. Sie brachen die Schublade auf und fanden Ordner mit Bankauszügen und einige andere interessant erscheinende Unterlagen. Leda führte es auf jahrelange Berufserfahrung zurück, dass der Hagere plötzlich auf ein Regal zuging und eine Reihe ordentlich nebeneinanderstehender Bücher hervorzog, woraufhin ein Wandsafe mit Zahlenschloss zum Vorschein kam.

»Wie haben Sie das bemerkt?«, wollte Leda wissen.

»Die Bücher standen zu genau ausgerichtet im Regal, anders als die anderen. Das ist ein klassischer Hinweis«, meinte er grinsend. »Das Problem ist nur die Zahlenkombination. Wir rufen di Gregori an – und wenn er uns die Kombination nicht sagen will, schweißen wir es auf.«

Der Nachrichtendirektor, der gerade die Durchsuchung seines Privathauses miterlebte, war offensichtlich mit den

Nerven am Ende und schrie Libero durchs Telefon an, er solle die Finger von seinem Büro lassen. Libero versuchte ihn zweimal zur Preisgabe der Zahlenkombination zu bewegen, erntete jedoch nur wilde Beschimpfungen. Schließlich drückte er den Ausknopf seines Telefoninos und befahl: »Aufschweißen!«

Die Mühe lohnte sich, denn sie fanden bündelweise Dollarnoten und Schweizer Franken. Nach circa einer Stunde begannen die Beamten die ersten gefüllten Kartons zu den Autos zu bringen. Nach anderthalb Stunden waren sie endgültig fertig und überließen die weinende Sekretärin ihrem Schicksal.

Auf dem Flur begegneten sie Manuela Cecamore, der Moderatorin.

»Was ist denn los? Zieht di Gregori in ein anderes Büro?«

»Sozusagen«, meinte Libero. »Kenne ich Sie nicht aus dem Fernsehen?«

»Die meisten kennen mich vom Bildschirm. Ich sie aber so gut wie nie«, lautete die schnippische Antwort. »So wie in Ihrem Fall.«

»Ich kann Ihnen auch nur wünschen, dass Sie mich nicht kennenlernen müssen. Weder mich noch meine Leute«, gab der Präsident schlagfertig zurück, grüßte kurz und ging davon. Die Cecamore sah ihm verblüfft nach.

Di Gregori saß bei Ledas und Liberos Rückkehr bereits im Verhörraum des Polizeipräsidiums. Als sie eintraten, sprang er auf und schleuderte ihnen all seine Empörung über seine Festnahme entgegen. Konsequenzen werde das haben, furchtbare Konsequenzen für alle, die an dieser verleumderischen und rufschädigenden Aktion teilgenommen hätten. Er wolle den Polizeipräsidenten sprechen und den Innenminister.

»Buongiorno, Signor di Gregori. Das mit dem Innenminister dürfte im Moment schwierig werden, weil er an einer wichtigen ganztägigen Sitzung teilnimmt. Er wurde aber von mir selbst im Vorfeld über die Aktion informiert. Mein Name ist Alberto Libero, Polizeipräsident der Stadt Rom. Dies ist meine Kollegin Leda Giallo. Woher haben Sie das viele Geld, das wir in Ihrem Wandsafe im Büro gefunden haben? Umgerechnet dreihunderttausend Euro. Andere Menschen würden so viel Erspartes auf die Bank legen, damit es Zinsen bringt. Ach übrigens, möchten Sie vielleicht auch einen Kaffee?«

»Was wollen Sie von mir?«

Di Gregoris schmaler Mund zuckte nervös, Liberos Frontalangriff hatte ihn sprachlos gemacht.

»Also bitte, woher kommt das Geld im Safe? Wir hören.«

»Was werfen Sie mir vor?«

»Steuerhinterziehung. Bitte drei Kaffee und eine große Flasche Wasser sowie Gläser«, sagte Libero in das auf dem Tisch stehende Mikrofon, durch das die Vernehmung aufgezeichnet und zugleich in den Nebenraum hinter der Spiegelscheibe übertragen wurde.

»Glauben Sie vielleicht, ich bin ein Verbrecher?«

»Wir haben ernst zu nehmende Hinweise darauf, dass Sie über wesentlich mehr Geld verfügen, als Ihre Einkommenssteuererklärung ausweist«, fuhr nun Leda fort.

»Ich verdiene sehr gut und habe gespart. Das darf man doch wohl. Es ist heutzutage riskant, sein Geld den Banken anzuvertrauen.«

»Die Überprüfung Ihrer Konten hat ergeben, dass Ihr gesamtes Einkommen durch Fixausgaben gebunden ist. Ihnen stehen monatlich exakt einhundertvierundvierzig Euro und zweiundsiebzig Cent zur freien Verfügung. Das ist zu wenig, um den kompletten Bargeldbedarf einer vierköpfigen Familie mit mehreren Häusern und Pkws zu bestreiten, zumal keine Abbuchungen über Kredit- oder Cashkarten im Konsumbereich nachvollzogen werden konnten. Also, woher stammt das Geld?«

Di Gregori suchte eine Weile schweigend nach einer plausiblen Antwort.

»Das sind Nebeneinnahmen aus Beratertätigkeiten, die mir bar bezahlt werden«, sagte er schließlich.

»Welche Art von Beratung?«

»Politische und Medienberatung. Das Geld habe ich gerade erst bekommen und hätte es auf jeden Fall versteuert.«

»Mit welcher Quellenangabe?«

»Ich bin zur Verschwiegenheit verpflichtet.«

»Nein. Es geht um einen Straftatbestand. Da können Sie nur dann schweigen, wenn Sie sich selbst durch eine Aussage belasten würden.«

Schweigen.

»Signor di Gregori, es wäre besser zu reden. Und zwar auch darüber, woher Sie in den Jahren zuvor das Bargeld hatten, das Sie laut Bankenauskunft nicht haben konnten!«

Schweigen.

»Wir möchten auch wissen, warum Sie täglich mehrmals mit Ihrem Kollegen von der Konkurrenz, Alemanno Gracchi, telefonieren und warum so häufig mit Patrizio Vespucci.«

Schweigen.

»Bitte, wenn Sie nicht wollen. Abführen!«, forderte Libero den neben der Tür Wache haltenden Beamten auf. »Übrigens, Signor di Gregori, alle unsere Fragen gehören zum Komplex der Mordermittlung Consorte.«

»Wieso Mord?«, fand di Gregori nun plötzlich wieder zur Sprache zurück. »Er hat Selbstmord begangen.«

»Nein, er wurde betäubt und dann ermordet. Wir haben es den Medien nur nicht gesagt.«

»Mit Mord habe ich nichts zu tun!«

»Angesichts des hohen Geldbetrags im Safe und Ihrer Weigerung, uns den Geldgeber zu benennen, müssen wir leider davon ausgehen, dass Sie etwas darüber wissen und möglicherweise Schweigegeld erhalten haben.«

»Nein«, rief di Gregori aufgebracht. »Nein!«

»So. Und warum sollten wir Ihnen glauben?«

Di Gregori atmete tief durch und sagte dann leise: »Ich weiß nicht genau, von wem es kommt. Wahrscheinlich von Prosperinis Medienimperium.«

»Wofür?«

»Weil ich mich einverstanden erklärt habe, alle News mit den Privaten abzusprechen und so eine für die FdL günstigere Berichterstattung zu bewirken.«

»Das ist denen so viel Geld wert?«

Di Gegori nickte.

»Wie oft ist Übergabe?«

»Alle zwei Monate vierzigtausend.«

»Macht zweihundertvierzigtausend Euro pro Jahr. Das heißt, im Safe liegt das Geld von ein paar Jahren, wenn ich davon ausgehe, dass einiges Bargeld verbraucht wurde. Richtig?«

Nicken.

»Wer übergibt Ihnen das Geld? Wahrscheinlich weder Signor Gracchi noch Signor Prosperini persönlich.«

»Wenn es so weit ist, bekomme ich eine SMS mit der Angabe des Übergabeortes. Das kann überall in der Stadt sein. Dort übergibt mir ein Mann eine Tragetüte, und das war's.«

»Immer derselbe Mann?«

Nicken.

»Was sagt er?«

»Buongiorno, Signor di Gregori. Viele Grüße vom Boss.«

»Sonst nichts?«

Kopfschütteln.

»Sie wissen, dass Korruption bestraft wird. Warum haben Sie das getan? Sie verdienen doch gut.«

»Mit den Schulden vom Haus hat es angefangen. Dann bekam unser Sohn Asthma vom Umweltschmutz in der Stadt. Da haben wir das Haus in den Bergen gekauft, wo meine Frau und die Kinder an den Wochenenden und in den Ferien sind. Dort geht es dem Kind gut. Auf dem Meer auch, deshalb haben wir ein Boot.«

»Ist den Journalisten der Redaktion denn nichts aufgefallen?«

»Sie beschweren sich. Aber das tun sie ohnehin und haben es immer getan. Insbesondere die älteren Journalisten, die noch zu den ganz linken Zeiten zu uns gekommen sind. Auf die hört schon lange niemand mehr. Stellenkürzungen treffen vor allem diese Kollegen. Die Jungen sind sowieso viel unpolitischer. Mit denen gibt es keine Probleme. Ich habe in den vergangenen Jahren die Redaktionen weitgehend neu besetzt. Auch dafür habe ich das Geld erhalten.«

»Wurden Sie gezwungen, bestimmte Journalisten einzustellen?«

»Nicht gezwungen. Ich erhalte Vorschläge, die ich wohlwollend prüfe.«

»Von wem?«

»Von Alemanno Gracchi.«

»Vorschläge, denen Sie folgen?«

»Das gehört dazu.«

»Hat Vespucci versucht, Sie zu beeinflussen? Wollte er, dass sein PID eine größere Rolle in der Berichterstattung spielt?«

»Ja, und es gab erstaunlicherweise keinen Druck von Gracchi, das zu verhindern. Ich verstehe das auch nicht.«

»Was wusste Signor Consorte von alledem?«

»Nichts. Das weiß niemand außer mir.«

»Wie sicher sind Sie da? Wir haben den Hinweis auf Sie immerhin aus der Redaktion erhalten. Darüber scheint intensiv gesprochen zu werden. Warum sollte Alessio Consorte davon nichts gehört und Ihnen nicht gedroht haben, alles auffliegen zu lassen? Ein gutes Mordmotiv, finden Sie nicht?«

»Ich habe ihn nicht umgebracht. Für alles Geld der Welt

würde ich keinen Menschen umbringen. Nein, damit habe ich nichts zu tun«, jammerte di Gregori.

Nun zog Leda das Polizeifoto Osvaldo Passafiumes aus der Tasche und hielt es di Gregori vor die Nase.

»Kennen Sie diesen Mann?«

»Von ihm bekomme ich die Geldpakete. Wer ist das?«

»Ein Mann von der Mafia. Mit der arbeiten Sie nämlich zusammen.«

Den ganzen Tag über wurden außer di Gregori auch Martino Salvino, Leoluca Mazza und Osvaldo Passafiume an verschiedenen Orten von verschiedenen Teams verhört. Salvino und Passafiume schwiegen nach bester Mafiamanier. Mazza kippte jedoch um und gestand, nachdem ihm die Teilnahme an einem Zeugenschutzprogramm zugesichert worden war, seine Zugehörigkeit zur Leone-Familie und die Manipulation der Rechner im Auftrag seines Onkels Giovanni Leone. Er berichtete auch über viele Treffen und Gespräche zwischen seinem Onkel und Patrizio Vespucci. Auf Bonfás Frage, wie es sein könne, dass Leone seine Leute schicke, um den politischen Feind Vespucci seines Freundes Prosperini zu unterstützen, fing Mazza zu lachen an und gab dem verblüfften Bonfá politischen Nachhilfeunterricht.

Ivan Bonfá spielte ihnen bei der abendlichen Besprechung die Aufnahme dieser Vernehmung vor: »Die Trennung Patrizio Vespuccis von der FdL und die Gründung seines PID gehörte doch zum Plan. Denn es gibt viele Wähler, die die Inhalte der FdL unterstützen möchten, Prosperini selbst aber wegen seiner Kontakte zu uns, wegen seiner wirtschaftlichen und medialen Macht und wegen der vielen Strafverfahren gegen ihn für moralisch indiskutabel halten. Vespucci genießt höheres Ansehen. Er soll mithilfe des PID genau diese Wähler an sich ziehen. Nach der Wahl werden beide Parteien koalieren und ein Regierungsbündnis bilden. So einfach ist das. Und darauf sind Sie wirklich nicht gekommen?«

Leda glaubte nicht richtig zu hören: Genau diese These hatte Paolo gestern in Angelos Restaurant vetreten, und sie hatte ihn dafür ausgelacht. Dann lauschte sie weiter der Vernehmung.

»Wusste Alessio Consorte davon?«

»Er war klug und muss es geahnt haben.«

»Hat er mal etwas zu Ihnen gesagt?«

»Nie.«

»Hat er die Zahlenmanipulationen bemerkt?«

»Gesagt hat er nichts. Aber wir haben ja lange Zeit gar nichts verändert. Das geschah erst in den letzten Wochen. Und da ist er nicht mehr bei Mediapoll erschienen, sondern machte nur noch die Freitagssendungen bei RAI. In Wahrheit hatte er ja mit der Aufbereitung der Zahlen nichts zu tun. Das ist Giorgio Romanellis Sache. Der ist zurzeit krankgemeldet.«

»Wer bereitet die Zahlen für heute Abend auf?«

»Ich schätze mal Romanellis Vertreter, Luigi Crocetti.«

»Und welche Zahlenwerte bekommen wir zu sehen?«

»Die richtigen, weil Martino und ich hier sind. Der erste sichtbare Sieg für Sie.«

»Nicht nur für uns, für ganz Italien.«

»Ist doch sowieso egal, wer regiert. Solange Prosperini lebt, wird er immer alle Fäden ziehen, egal ob erkennbar oder im Hintergrund. Wenn Sie den nicht festsetzen, wird sich nie etwas ändern.«

»Ihr Tipp: Kriegen wir ihn?«

»Nein, er ist viel zu mächtig und hat viel zu viele Leute auf seiner Payroll.«

»Wer hat die Einbrüche bei Consortes Witwe, bei Romanelli, bei Izzo und in Pizzoli begangen?«

»Keine Ahnung. Solche Handarbeiten übernimmt normalerweise Osvaldo.«

Mazza habe geredet wie ein Buch, erzählte Bonfá anschließend. Er habe Frage um Frage, ohne Zeit zu verlieren, beantwortet, sei präzise in seinen Angaben und angenehm im Umgang gewesen.

»Das ist eben das andere Gesicht der Mafia: gut erzogen und phantastisch ausgebildet. Der hat noch nie eine Waffe in der Hand gehabt, sondern lässt andere die Drecksarbeit machen.«

Aufmerksam hörten sie zu, wie Mazza ausführlich auf alle Vorwürfe einging und die Tatbeteiligungen, wo sie ihn betrafen, unumwunden zugab. Nur wenn die Sprache auf den Mord an Alessio Consorte kam, wehrte er ab und behauptete mit Nachdruck, damit nichts, aber rein gar nichts zu tun zu haben. Weder er noch Salvino.

Außerdem, so sagte Bonfá, hätten beide ein wasserdichtes, bereits überprüftes Alibi vorzuweisen. An jenem Freitagabend hatten sie als Lehrkräfte eines Informatikseminars für komplexe Großrechnersysteme an der Universität eine Vorlesung gehalten. Das täten sie, wie Studenten berichtet hätten, jeden Freitagabend und gingen anschließend mit einigen Seminarteilnehmern ins Restaurant. Es gebe zwölf Zeugen, die dies bestätigen könnten. Vier hätten es bereits für jenen Freitag getan. Sie wären von dort erst nach ein Uhr nachts aufgebrochen, zu spät, um rechtzeitig am Tatort gewesen sein zu können.

Osvaldo Passafiume habe nur bei einem einzigen Thema sein Schweigen gebrochen, nämlich beim Vorwurf des Mordes an seinem ehemaligen Chef. Richtiggehend böse sei er geworden und habe sofort ein Alibi in Form eines Diskothekenbesuchs mit mehreren Freunden ab Mitternacht in der römischen Südperipherie vorzuweisen gehabt. Die Überprüfung habe ergeben, dass er die Wahrheit sagte, berichtete Raffaella.

Ugo hatte mit Cristina Galante gesprochen. Sie hatte jede Mordbeteiligung abgestritten, jedoch ohne brauchbares Alibi für die Tatzeit. Ihr BMW, der bereits kriminaltechnisch untersucht worden war, hatte aber keinerlei belastende Hinweise auf eine Fahrt in die Berge erbracht. Ugo glaubte nicht, dass Cristina als Mörderin infrage komme.

Als sie auseinandergingen, war dank Mazzas Aussage vieles klarer und zugleich erschütternder als noch am Morgen. Nur über einer Frage lag eine dunkle, die Lösung verschleiernde Wolke: Wer war der Mörder Consortes?

Zu Hause angekommen, wurde Leda vom neugierigen Paolo erwartet, dem sie alles bis ins kleinste Detail berichtete.

»Das ist eine völlig verrückte Geschichte«, meinte er abschließend. »Ich glaube fast, dass ihr euren Mörder woanders als bei der Mafia suchen müsst. Dieser Consorte war, wie mir scheint, ein Frauenheld. Du fandest ihn ja auch immer so sexy. Vielleicht hat ein betrogener Ehemann ihn erledigt?«

»So einfach kann es doch nicht immer sein, Paolo«, meinte Leda.

»Ich hätte ihn umgebracht, wenn du mir seinetwegen Hörner aufgesetzt hättest.«

»Rede keinen Quatsch. Lass uns lieber sehen, ob sie die Sendung heute auf den Bildschirm bekommen.«

Diesmal stotterte Manuela Cecamore nervös in die Kamera, während Massimo Ottaviano dem Publikum gewandt und wortreich die Zahlen und Schautafeln präsentierte und mit charmantem Lächeln verkündete, dass der PID im Vergleich zur Vorwoche stark abnehmende, die FdL dagegen leicht positive, die Liberalen und das Mitte-Links-Bündnis stabile Prozentwerte zu verzeichnen hätten. Falls die Liberalen und der PID nicht noch mächtig hinzugewönnen, stünden die Chancen für eine angestrebte Regierungsübernahme durch Prosperini schlecht, weil ihm starke Koalitionspartner fehlten.

»Bevor ich es vergesse, du kannst morgen die ganze Geschichte für die Sonntagszeitung schreiben«, meinte Leda. »Präsident Libero wartet auf deinen Anruf. Ich soll dir sogar seine private Telefoninonummer geben, falls du ihn auf den anderen Apparaten nicht erreichst.«

»Das sagst du mir jetzt erst?«

»Ich dachte, als kleines Betthupferl wäre das nett.«

XX Federica Galante hatte die Beerdigung ihres Mannes in den Bergen offensichtlich nur dem engsten Kreis bekannt gegeben. Etwa zwei Dutzend schwarz gekleideter Menschen fanden sich in der Friedhofskapelle von Pizzoli ein. Gemessen am Popularitätsgrad des Fernsehstars Consortes waren das wenige. Der Pfarrer sprach kurz davon, dass der Tote unfreiwillig aus dem Leben geschieden sei, aber es klang so, als fehle ihm der Glaube daran, dass Consorte durch fremde Hand gestorben sein sollte.

Der anschließende Weg von der Friedhofskapelle zur Grabstelle stellte für Federica Galantes Rollstuhl einen einzigen Hindernislauf dar. Simone Talenti schob das Gefährt buchstäblich über Stock und Stein hinter den Sargträgern her. Mehrmals mussten sie und der kleine Trauerzug anhalten, weil der Rollstuhl stecken blieb und von starken Männerarmen angehoben werden musste. Dem schmächtigen Maler stand der Schweiß im Gesicht, und er schnaufte vor Anstrengung.

Als das Gefährt erneut nach vorn gekippt stoppte, sodass die Galante sich mit den Armen fest abstützen musste, um nicht hinauszurutschen, traten plötzlich Sergio Moscone und ein weiterer Mann, den Leda nicht kannte, aus den hinteren Reihen des Zuges vor, packten den Rollstuhl rechts und links an den Rädern und trugen ihn von nun an mit der schwebenden Witwe hinter dem Sarg her. Federica Galante lächelte, was der Skurrilität der Situation durchaus angemessen war.

An der Grabstelle angekommen, stellte sich die aus dem Krankenhaus entlassene Rita Bevilacqua mit um einiges verzweifelterer Miene neben die Witwe. Ihr rannen die Tränen über die Wangen. Leda schätzte, dass die Bevilacqua sich als die eigentliche Witwe fühlte und sich deshalb nirgendwo anders als in der ersten Reihe richtig platziert sah. Keine der beiden Witwen würdigte die andere eines einzigen Blicks.

Zu ihrem großen Erstaunen erblickte Leda etwas abseits der Trauergemeinde Manuela Cecamore. Mit ihr hatte sie nicht gerechnet, denn ihre Verbindung zu Alessio Consorte war, wie die Cecamore betont hatte, rein beruflicher Natur gewesen. Andererseits hatte Maria Luce von einem blauen Alfa, wie die Cecamore einen besaß, gesprochen, der bei Consorte zu Besuch gewesen sei. Hatte es doch mehr zwischen den beiden gegeben?

Während Consorte unter den Gebeten von Pfarrer und Gemeinde im Boden verschwand und Rita Bevilacquas lautes Schluchzen kein Ende nehmen wollte, schaute Leda sich um und entdeckte durch die Stäbe eines Eisentors in der Friedhofsmauer einen anthrazitfarbenen BMW auf der Straße. Jemand saß am Steuer, aber Leda konnte auf die Entfernung nicht sagen, ob es eine Frau oder ein Mann war.

»Auf der Straße steht der BMW, den wir suchen. Schau vorsichtig hin, damit der Fahrer keinen Verdacht schöpft. Geh vorn durch den Haupteingang auf die Straße und versuch das Kennzeichen zu lesen. Ich gehe zum Tor. Unternimm aber nichts, das wäre zu gefährlich«, flüsterte Leda leise ihrer Mitarbeiterin Raffaella zu.

Die Commissaria schlug einen Bogen nach rechts, um außerhalb des Blickfelds des BMW-Fahrers zur Mauer zu gelangen. Manch ein Grab überstieg sie respektlos, trat sogar auf den einen oder anderen flach liegenden Grabstein, bis sie an der Mauer war. Seitlich näherte sie sich dem Eisentor und hörte, dass der Motor des BMWs leise brummte. Vorsichtig lugte sie um die Ecke. Ihr Blickwinkel war so ungünstig, dass sie das Nummernschild nicht erkennen konnte. Dafür aber einen Mann am Steuer. Sie hatte ihn schon einmal gesehen, konnte sich aber nicht erinnern, wer er war.

Leda fror und hielt nach Raffaella Ausschau. Da sah sie ihre Mitarbeiterin weiter vorn das Friedhofsgelände verlassen. Jetzt musste sie direkt auf den Wagen zugehen. Und tatsächlich marschierte sie wenige Momente später am Eisentor vorbei und flüsterte Leda zu: »Ich hab's. Ich gehe zum Auto.«

Leda kehrte zur Trauergemeinde zurück, die sich gerade im Aufbruch befand, gab Federica Galante die Hand und verließ gemeinsam mit der Gruppe den Friedhof. Langsam ging sie die Straße hinunter, wo der BMW noch immer mit laufendem Motor parkte, und betrachtete Kennzeichen und Fahrer. Verflixt, warum nur ließ ihr Gedächtnis sie im Stich?

»Das Auto gehört einem Fabrizio Fracasso. Ein Römer, ohne jede Vorstrafe. Nicht einmal ein Strafzettel«, verkündete Raffaella, als Leda zu ihr ins Auto stieg.

Die Nennung des Namens brachte Leda die Erinnerung zurück: »Der Mann von Consortes Kollegin Manuela Cecamore, Politikredakteur bei RAI«, klärte Leda sie auf und zeigte auf die Fernsehmoderatorin, die gerade, ohne ihren Mann zu beachten, auf einen blauen, direkt vor dem BMW geparkten Alfa Romeo zuging. In diesem Moment sprang Fracasso aus seinem Wagen, eilte auf seine Frau zu, griff sie am Arm und schleuderte ihr offensichtlich wenig Erbauliches entgegen.

»Dann wollen wir ihm mal ein paar Fragen stellen«, meinte Leda und stieg wieder aus ihrem Wagen. Raffaella folgte ihr.

»Entschuldigen Sie bitte, dass ich Ihren Streit unterbrechen muss. Ich bin Leda Giallo, und das ist meine Kollegin Raffaella Valli, beide von der Mordkommission in Rom. Signor Fracasso, wo waren Sie in der Nacht von Freitag auf Samstag, als Alessio Consorte ermordet wurde?«

Fracasso ähnelte einem verwahrlosten, herrenlosen Hund. Seine dunklen, bereits von grauen Strähnen durchzogenen

Haare standen wild vom Kopf ab, seine dunklen, rot unterlaufenen Augen lagen in tiefen Höhlen und schauten glasig in die Welt. Hätte seine Kleidung, die zwar seit Tagen nicht gewechselt worden, aber von erkennbar teurer Machart war, nicht eine andere Sprache gesprochen, hätte man ihn für einen Penner halten können.

»Wieso wollen Sie das wissen?«

»Weil man Ihren Wagen in jener Nacht an jenem Ort gesehen hat, wo Alessio Consorte ermordet wurde.«

»Wieso ermordet? Er hat sich doch selbst umgebracht.«

»Nein, er wurde ermordet, und Ihr Auto wurde hier in Pizzoli gesehen. Wie erklären Sie sich das?«

Fracasso erklärte zunächst gar nichts, sondern schwieg, überwältigt von der Nachricht, wandte sich dann plötzlich seiner Frau zu und fragte sie: »Wusstest du das?«

Manuela Cecamore schüttelte betreten den Kopf. »Alessio, ermordet? Von wem?«

»Vielleicht von Ihrem Mann? Hätte er einen Grund dafür gehabt?«

Fracasso blickte seiner Frau in die Augen und stieß mit aggressivem Unterton hervor: »Sag es, hätte ich einen Grund haben können?«

Ohne zu antworten, senkte die Cecamore den Kopf und schüttelte ihn.

»Wirklich nicht? Warum sind Sie nach Pizzoli gekommen, ohne an der Beerdigung teilzunehmen?«

»Macht mich das verdächtig? Aber wenn Sie es genau wissen möchten: Ich wollte eigentlich zur Beerdigung Alessio Consortes gehen, habe es mir dann aber anders überlegt, weil es schneit und kalt ist. Ich erkälte mich sehr leicht. Deshalb bin ich im Auto sitzen geblieben.«

»Das tut mir leid für Sie«, sagte Leda, die ihm kein Wort glaubte. »Wo waren Sie an jenem Freitag?«

»Entschuldigen Sie bitte, dass ich Ihre Frage nicht beantwortet habe: Ich war in meiner Redaktion bei RAI und hatte dort Spätschicht. Meine Kollegen werden Ihnen das gern bestätigen. Ich habe den Sender gegen zwei Uhr morgens verlassen. Wann wurde Consorte umgebracht?«

»Etwa um diese Zeit. Könnte Ihre Frau den BMW benutzt haben?«

»Sie könnte, hat es aber nicht getan. Dürften wir jetzt abfahren? Oder wurde vielleicht auch der Wagen meiner Frau hier gesehen?«

»Signora Cecamore, was sagen Sie dazu?«

»Mein Mann hat Ihnen alles gesagt.«

»Wohin sind Sie nach der Sendung gefahren?«

»Nach Hause, wohin sonst? Dafür habe ich allerdings keine Zeugen. Außer meinem Mann, der mich bei seiner Rückkehr schlafend im Bett gesehen haben muss.«

»Hat sie dort geschlafen?«

»Tief und fest«, lautete die Antwort.

Sie spielten sich die Bälle zu, wie jedes Ehepaar es tat, wenn es von der Polizei befragt wurde. Und doch spürte Leda, dass irgendetwas zwischen den beiden nicht stimmte.

»Wir werden Ihre Aussagen überprüfen«, sagte sie. »Komm, Raffaella, lass uns schnell fahren, sonst schneien wir noch völlig ein. Arrivederci.«

Auf der Autobahn überholte sie der anthrazitfarbene BMW irgendwann mit hoher Geschwindigkeit. Den blauen Alfa Romeo hingegen sahen sie nicht mehr.

Telefonisch wies Leda ihren Mitarbeiter Ugo noch von unterwegs an, Fracassos Alibi zu überprüfen und die Filme aus den Überwachungskameras des RAI-Parkhauses von der Mordnacht sowie etwas Essbares zu besorgen.

»Pizza kommt gleich, und Fracasso war tatsächlich bis zwei Uhr morgens im Sender«, empfing Ugo die Damen im Büro. »Aber jetzt wird es spannend: Als er losfahren wollte, fand er sein Auto nicht in der Tiefgarage vor. Eine Kollegin, die ebenfalls nach Hause wollte, hat ihn nämlich dort angetroffen. Sie sagt, er hätte versucht, seine Frau auf dem Telefonino zu erreichen, weil er annahm, dass sie nach ihrer Sendung mit Consorte in seinem Wagen davongefahren sei, weil ihr eigener in der Inspektion gewesen sei. Sie habe sich aber nicht gemeldet. Daraufhin habe die Kollegin ihn ins Stadtzentrum mitgenommen und am Piazzale Flaminio abgesetzt, von wo aus er ein Taxi nach Hause nehmen wollte.«

»Das heißt, er hat gelogen. Hast du die Aufnahmen schon durchgesehen?«

»Nein, ich bin doch selbst erst eben wiedergekommen. Hier ist die DVD. Wir brauchen erst die Aufzeichnungen nach neun Uhr anzuschauen, denn bis dahin stand die Cecamore nachweislich vor der Kamera.«

Es dauerte eine Weile, bis sie die Aufnahmen des gewünschten Zeitpunktes gefunden hatten, und sie wunderten sich, welch ein Hochbetrieb um diese Zeit im Parkhaus eines Fernsehsenders herrschte. Im Schnelldurchlauf brausten Autos rein und raus.

»Stopp!«, rief Leda plötzlich. »Da ist Consorte in seinem Geländewagen!«

Ugo hielt die Aufzeichnung an, und sie sahen, wie Consorte aus dem Fenster heraus eine Magnetkarte an ein Lesegerät hielt und sich daraufhin die geschlossene Schranke vor seinem Fahrzeug öffnete.

»Das dürfte das letzte Bild vom lebenden Consorte sein, das es gibt«, meinte Ugo.

»Schade um ihn, er sah wirklich gut aus«, seufzte Raffaella.

»Stimmt. Weiter.«

Die Bilder rasten und rasten, mehrere BMWs kamen vorbei.

»Stopp. Das ist sie!«, rief Leda irgendwann. Sie hatte die Cecamore entdeckt.

In diesem Moment klopfte es an der Tür, und der Junge vom Pizzaservice kam mit drei Schachteln herein. »Einmal mit Artischocken und Anchovis, einmal mit Pilzen und

Schinken und einmal mit Zucchini. Macht preiswerte einundzwanzig Euro.«

»Gott sei Dank, Pino. Ich war kurz vorm Verhungern«, sagte Leda, deren Magen seit einiger Zeit empört und lautstark Nahrung eingefordert hatte. »Aber wieso drei? Hast du heute keine Butterbrote dabei, Ugo?«

»Nein. Heute nicht, weil Elena mit den Kindern und meiner Mutter zu ihren Eltern gefahren ist. Allein kann ich die nicht machen.«

»Wie, Sie können sich kein Panino machen?«, fragte Pino entsetzt.

»Könnte ich schon, aber dann schmeckt es nicht so gut. Dann nehme ich lieber deine Pizza. Sei froh, dass es noch solche Männer gibt.«

Leda drückte dem Jungen ein ordentliches Trinkgeld in die Hand, und er zog zufrieden ab.

»Der arme Consorte. Keine Pizza, nur noch Würmer«, seufzte Ugo.

»Sei ruhig. Du verdirbst uns noch den Appetit.«

Manuela Cecamore war gut in der Aufzeichnung zu erkennen: wie sie das Fenster des BMWs herunterließ, ihre Magnetkarte ans Lesegerät hielt und wie sie davonfuhr. Die eingeblendete Zeit zeigte zweiundzwanzig Uhr drei. Um zwei Uhr sechzehn erschienen Fracasso und die Kollegin auf dem Bildschirm. Da hatten die Polizisten schon einen Großteil ihrer jeweiligen Pizza verschlungen, und Raffaella fragte: »Eine Frau als Mörderin?«

»Es scheint so. Aber warum?«

Ugo druckte die beiden Beweisbilder aus und machte sich mit Leda zusammen auf den Weg zu Fracasso, der in einer der Seitengassen des Campo dei Fiori wohnte. »Sie haben gelogen. Wo ist Ihre Frau?«, überfiel die Kommissarin den Journalisten, der ihr statt einer Antwort eine Alkoholfahne und ein Achselzucken servierte. Sie hielt ihm die Fotos vor die Nase, die er ignorierte.

»Keine Ahnung. Seit Monaten weiß ich nicht, wo sie sich herumtreibt. Hier ist sie jedenfalls nur sehr selten.«

»Hatte sie eine Affäre mit Consorte? Haben Sie deshalb heute Vormittag in Pizzoli mit ihr gestritten?«

»Kann sein.«

»Sie hat ihn umgebracht. Ist Ihnen das klar?«

»Nein. Manuela bringt niemanden um.«

»Und wenn doch? Überlegen Sie genau, wo sie sein könnte.«

»Hab versucht, sie zu erreichen. Telefonino ist abgeschaltet.«

»War sie oft in Pizzoli?«

»Weiß nicht. Ich hatte bis gestern noch nie von dem Kaff gehört.«

»War sie hin und wieder mehrere Tage am Stück fort?«

»Ja, bei ihrer Schwester in L'Aquila zum Klettern.«

»Wann ist sie in der Mordnacht nach Hause gekommen?«

»Weiß nicht. Wir schlafen getrennt.«

»Nimmt Ihre Frau Beruhigungsmittel?«

»Glaube ja.«

»Wo sind die?«

»Keine Ahnung.«

Ugo fand in ihrem Schlafzimmer eine leere Medikamentenschachtel im Papierkorb, rief sofort bei Leo Amato, dem Gerichtsmediziner, an und las ihm vom Beipackzettel die Inhaltsstoffe des Mittels vor.

»Mensch, Ugo, das ist Valium. Genau das war in Consortes Blut. Wo hast du es gefunden?«

»Bei der Fernsehmoderatorin Manuela Cecamore.«

»Die Hübsche, die zusammen mit Consorte das Parteienorakel gesprochen hat? Die hatte was mit ihm, stimmt's? Das habe ich mir immer gedacht, so wie sie ihn in aller Öffentlichkeit anhimmelte. Hat sie ihn umgebracht?«

»Es scheint so.«

»Dann solltet ihr sie schnell finden, bevor sie zu viele von den Tröpfchen nimmt, weil sie dem Geliebten ins Reich der Engel folgen und ewig an seiner Seite schweben möchte.«

XXI Ein merkwürdiger Herbst, dachte Sergio Moscone. Er versuchte sich zu erinnern, ob er einen solchen Herbst schon einmal erlebt hatte, doch ihm fiel nichts Vergleichbares ein. Es war erst Ende Oktober, und doch kam hier im Tal schon zum zweiten Mal so viel Schnee vom Himmel, dass er Mühe hatte, den Weg zu finden. Wollte Gott Pizzoli unter einer Decke verschwinden lassen, um das Geschehene zu verstecken?

Sergio fühlte sich einsam, seit er seinen Freund Alessio tot aufgefunden hatte. Nicht, dass sie besonders viel Zeit miteinander verbracht hätten. Das nicht. Aber die Tage und Stunden ihres Zusammenseins waren besonders vertrauter Natur gewesen, voller Einvernehmen in ihrer Liebe zu den Bergen. Sergio kannte sonst niemanden, der die Berge so geliebt hatte wie Alessio. Am Vormittag, als sie den Sarg in dieses schreckliche Loch hinabgelassen hatten, hätte er schreien mögen, weil ihn der Verlust des Freundes so schmerzte. Aber er hatte sich wie ein Mann benommen, hatte starr dagestanden und niemandem sein Leid gezeigt.

Jetzt, wo er allein war, ließ er den Tränen freien Lauf. In seinem Haus hatte er es nicht ausgehalten, hatte sich eingesperrt gefühlt, eingesperrt in diesem Käfig aus Leid und Einsamkeit, mit diesen Tränen, die nicht aufhören wollten zu laufen. Hier draußen vermischten sie sich mit den schmelzenden Flocken, die sein Gesicht kühlten.

Es war totenstill um ihn herum, lediglich der Schnee knirschte unter seinen Füßen. Er kam nur langsam vorwärts. Endlich tauchte schemenhaft Alessios Haus vor ihm auf. Er wusste nicht, warum es ihn dorthin zog. Er würde es nicht betreten, er würde von niemandem hineingebeten werden. Er würde die Holzbank am Brunnen vom Schnee frei räumen und sich daraufsetzen, so wie er es manchmal mit Alessio getan hatte, schweigend, das vor ihm liegende Bergmassiv betrachtend.

Die dunklen Konturen des Hauses traten langsam deutlicher im Schneetreiben hervor. Und dann war da noch etwas ... Sergio kniff die Augen zusammen und begriff: Da stand ein eingeschneites Auto am Wegrand vor dem Haus. Oje, dachte er. Wenn sich ein Fremder bei dem Wetter in die Berge aufgemacht hatte, bedeutete das für ihn über kurz oder lang, dass er ihn würde holen müssen. Das geschah jeden Winter, weil die Fremden die Wetterlage falsch einschätzten. Er trug sein Funkgerät bei sich, war bereit, dort oben, wo es nur noch Felsen gab, um das Leben eines anderen zu kämpfen, der vielleicht Pläne für die Zukunft hatte, am Leben hing.

Auf der Bank hatte sich eine ausgesprochen dicke Schneeschicht aufgetürmt, unnatürlich hoch, wie Sergio fand. Er ging hin und fuhr mit der Hand darüber, um sie herunterzuwischen. Da stieß er auf Widerstand, einen, der weicher als Holz und unregelmäßiger als die glatte Oberfläche eines Sitzes war. Ein Tierkadaver?, schoss es ihm durch den Kopf. Eilig fegte er den Schnee weiter fort und stand dann fassungslos vor dem Bild, das sich seinen Augen bot: Eine nackte Frau lag ausgestreckt auf der Bank, die Hände auf dem Bauch gefaltet, die Augen geschlossen. Er erkannte sie sofort. Sie war am Vormittag auf dem Friedhof gewesen. Sie sah wie die unbekannte Läuferin aus.

Sergio streifte seine Handschuhe ab, um ihre Hauttemperatur zu fühlen. Sie war kalt. Er fühlte ihren Puls, nichts. Er legte sein Ohr auf ihre nackte Brust. War da nicht ein schwacher Herzschlag? Ein winziger Atem? Er riss sich die Jacke vom Leib, zog die Frau an sich, umhüllte sie mit seiner Jacke und rieb ihren Körper mit seinen warmen Händen. Plötzlich tat sie einen kräftigen Atemzug. Sie stöhnte kurz auf, bewegte sich aber nicht. Sie war bewusstlos. Er rieb weiter.

Dann hob er sie hoch, um sie ins Haus zu tragen, ein Feuer zu machen, ihr einen Schnaps einzuflößen, der vielleicht die Kälte aus ihrem Körper vertreiben würde.

Während er mit ihr aufs Haus zuging, hörte er ein Motorengeräusch, das näher kam. Dann sah er einen Scheinwerfer durchs Schneetreiben. Eine Schneekatze, die sich zu ihm vorarbeitete.

»Clemente, suchen Sie! Fahren Sie zu Consortes Haus und zum Friedhof. Sie ist da irgendwo. Ich weiß es … Ist mir egal, wie viel Schnee fällt und wie hoch er schon liegt. Holen Sie sich die Bergwacht mit Spürhunden und sonstiger Ausstattung. Sie müssen sie finden. Sie wird versuchen, sich umzubringen«, hatte Leda ins Telefon gerufen.

Schon zum zweiten Mal an diesem Tag saß die Kommissarin im Wagen auf dem Weg nach Pizzoli. Ugo jagte über die Autobahn. Das Blaulicht auf dem Dach zuckte durch die Dämmerung. Sie sprachen kein Wort. Noch war von Schnee keine Spur, aber die Wolken hingen dick und grau zwischen den Bergen. Irgendwo würde ein schwerer Geländeeinsatzwagen auf sie warten, um sie mitten ins Schneegebiet zu bringen. Seit weit über einer Stunde waren sie unterwegs, als Blaulicht vor ihnen antwortete.

»Das sind sie«, sagte Ugo, bremste ab und gab dem anderen Wagen ein Lichtzeichen. Der setzte sich in Bewegung, und sie fuhren ihm zur nächsten Ausfahrt nach, wo sie schnell einen geeigneten Abstellplatz für Ledas Wagen fanden und in das große Gefährt umstiegen. Bald schon konnte man keine fünfzig Meter mehr vor Augen sehen. Die Welt schien nur noch aus Schnee zu bestehen.

»Dio, nicht zu fassen. In Rom scheint die Sonne.«

»Das ist hier für Oktober aber auch nicht normal. Ich schätze, es liegt am Klimawandel. Da dreht die ganze Natur durch«, meinte der Fahrer in Uniform mit besorgtem Gesicht.

»Wir haben sie. Giallo, hören Sie mich?«, dröhnte auf einmal Clementes Stimme aus dem Funkgerät. »Wir haben sie. Lag nackt unter dem Schnee auf einer Bank vor Consortes Haus. Bewusstlos. Wir sind auf dem Weg ins Krankenhaus nach L'Aquila. Kommt bitte dahin. Habt ihr verstanden?«

»Verstanden, zum Krankenhaus in L'Aquila. Sagt den Ärzten, dass sie wahrscheinlich hoch dosiertes Valium geschluckt hat.«

Manuela Cecamore musste kurz nach der Beerdigung eine hohe Dosis des Beruhigungsmittels zusammen mit einer halben Flasche Wein genommen, sich dann ausgezogen, in den Schnee gelegt haben und dann eingeschlafen sein.

»Ein paar Stunden schutzlos in der Kälte, das kann schlimme Auswirkungen haben. Wir haben ihr Gegenmittel und eine Wärmetherapie verpasst und können jetzt nur noch abwarten. Vor morgen ist sie mit Sicherheit nicht vernehmungsfähig«, erklärte der Arzt. »Das war ein Suizidversuch.«

Leda und Ugo nahmen sich zwei Zimmer in einem kleinen Hotel in der Stadt und ließen sich ein typisches Restaurant empfehlen, denn warum sollte man die Zeit nicht wenigstens mit gutem Essen überbrücken?

Auf die Frage, was der Wirt ihren verwöhnten römischen Gaumen an Spezialitäten zu bieten habe, lächelte er milde und fragte: »Sind Sie bereit, sich überraschen zu lassen?«

Sie wurden für ihr Vertrauen reichlich belohnt. Im Handumdrehen standen eine Karaffe Wasser und eine zweite mit Rotwein, ein großes Holzbrett mit verschiedenen Wurstsorten und ein Brotkorb vor ihnen.

»Das ist die beste Mortadella, die es in Italien gibt. Wir nennen sie im Spaß Coglioni di mulo, also Maultierhoden, weil sie so aussieht. Die Salami daneben ist aus Schweine- und Schafsfleisch gemacht, und die dritte Wurstsorte ist eine

Fiaschetta L'Aquilana. Mageres Schweinefleisch aus der Keule, leicht geräuchert. Guten Appetit.«

Als Primo Piatto setzte er ihnen mit Kastanien und Sahne gefüllte Ravioli vor, dazu eine Soße aus in Butter geschmorten schwarzen Trüffeln, einem Schuss Weißwein und einem Esslöffel Kalbfleischfond. Das zweite Hauptgericht bestand aus einer reichhaltigen gemischten Grillplatte, bei der der Koch an Chili nicht gespart hatte, weshalb sie eine weitere Karaffe Wein bestellen mussten.

Obwohl Leda und Ugo das Gefühl hatten, bald zu platzen, überredete sie der Wirt noch zu einem Eis aus Schokoladentorrone. »Meine eigene Kreation und die unerlässliche Krönung des Mahls«, erklärte er entschieden. Mit der durchaus erträglich hohen Rechnung brachte er ihnen noch zwei Gläschen Kräuterlikör: »Das tut der Verdauung gut.« Voll des Lobes verließen sie das Restaurant und spazierten durch Schnee und frische Luft zum Hotel.

»Ich freue mich richtig auf eine lange Tiefschlafnacht ohne Familie«, meinte Ugo gähnend. »Darf man so etwas als liebender Ehemann und Vater überhaupt denken?«

»Man darf. Kleine Kinder sind entsetzlich anstrengend. Ich weiß heute gar nicht mehr, wie ich die Zeit damals lebendig überstanden habe.«

»Aber süß sind sie trotzdem, meine jedenfalls.«

»Meine sind noch süßer. Weihnachten besuchen wir alle zusammen Flavia in Amerika. Ich freue mich jetzt schon drauf.«

»Amerika! Gibt es da anständiges Essen? Solches, wie wir es gerade hatten?«

»Das werden wir sehen. Die Hamburger sind wohl besser als hier.«

»Hamburger!«, schnaufte Ugo verächtlich.

Dank einer unerwartet robusten Natur hatte sich Manuela Cecamore am nächsten Morgen so weit erholt, dass Leda mit ihr sprechen konnte. Ohne Umschweife gestand die Moderatorin, dass sie seit einem Jahr eine heimliche Affäre mit Consorte unterhalten habe. Sie erzählte, dass sie ihm zunächst gegen seinen Willen mit dem BMW nach Pizzoli gefolgt sei, um mit ihm zu reden. Denn entgegen seinem Vorhaben und Versprechen, sich von Federica zu trennen, um stattdessen mit ihr zusammenzuleben, habe er ihr nach der Freitagssendung eine Woche zuvor eröffnet, dass er seine Affäre mit ihr, Manuela, beenden wolle. Woraufhin für sie eine Welt zusammengebrochen sei, zumal sie seit Längerem dem bei RAI herrschenden Druck nicht mehr standgehalten habe, dass eigenwillige Mitarbeiter wie sie selbst zunehmend aussortiert worden seien. Doch sie habe Alessio nicht umstimmen können. Im Gegenteil, er sei nur weiter von ihr abgerückt und Gesprächen ausgewichen.

In Pizzoli jedoch habe er sie nicht mitten in der Nacht fortschicken können. Endlich hätten sie geredet und dabei auch einiges an Wein getrunken. Alessio sei allerdings bei seiner Haltung geblieben und habe ihr eröffnet, sein Leben in ganz neue Bahnen lenken zu wollen. Weder sie noch Mediapoll hätten in diesem neuen Leben einen Platz, Federica wahrscheinlich auch nicht. Sie habe angenommen, dass er eine andere Frau liebe, und diesen Gedanken nicht ertragen. Es sei zu einem furchtbaren Streit gekommen, in dessen Verlauf er sie so gedemütigt habe, dass in ihr ein geradezu unbezwingbarer Hass gegen ihn aufgestiegen sei. In diesem Moment sei in ihr der Wunsch geboren worden, ihn zu töten. Aber sie habe zunächst nicht gewusst, wie, und ihm, während er auf der Toilette war, eine Menge Valiumtropfen ins Weinglas geträufelt, um Zeit zu gewinnen.

Zunächst hätten die Tropfen nicht gewirkt. Alessio habe immer weitergeredet und gesagt, dass sie seine Entscheidung akzeptieren müsse, dass er nicht weitermachen wolle wie bisher, dass auch er ein Recht auf freie Entscheidung habe. Sie und ihre Liebe hätten bei all diesen Ausführungen keine

Rolle gespielt. Dann sei er aufgestanden, von Valium und Wein bereits ein wenig unsicher, und habe Holz für den ausgehenden Kamin holen wollen.

Während er fort gewesen sei, erzählte die Cecamore, sei ihr aufgegangen, dass in den nächsten Minuten die volle Wirkung des Medikaments eintreten müsse und sie ihn dann mit einem Kissen ersticken könne. Aber er sei nicht zurückgekommen.

Daraufhin sei sie ihm in die Garage, wo das Holz lagerte, gefolgt, habe ihn bewegungslos im Auto sitzend gefunden und ihren Plan blitzartig geändert. Sie habe Handschuhe aus einer Kommode geholt, ihm eine herumliegende Plastiktüte über den Kopf gezogen, gewartet, bis Alessio aufhörte zu atmen, dann den Motor gestartet, einen Stein aufs Gaspedal gelegt und schließlich selbst den Ort des Geschehens verlassen.

Zurück im Wohnzimmer, sei ihr plötzlich bewusst geworden, was sie getan habe und dass es nun darauf ankomme, mögliche Spuren zu vernichten. Deshalb habe sie die Gläser gespült, eines zurück in den Schrank, das andere mit Wein gefüllt und auf den Tisch gestellt, wobei sie bei jeder Handlung genau darauf geachtet habe, Fingerabdrücke zu vermeiden respektive mit einem Küchenhandtuch abzuwischen. Sie sei jetzt noch erstaunt darüber, wie gefühlskalt und kalkulierend sie in jener Nacht vorgegangen sei. Dann habe sie sich ins Auto gesetzt und sei nach Hause gefahren.

Noch in jener Nacht habe ihr Mann sie zur Rede gestellt. Wo sie um diese Zeit herkomme, warum sie sein Auto genommen habe, dass sie eine Hure sei und hinter Consorte wie eine läufige Hündin herhetze. Er wisse seit Langem, dass sie eine Affäre mit ihm habe, hätte aber immer gehofft, dass sie wieder zur Vernunft kommen werde, was aber wohl nicht der Fall sei. Daraufhin habe sie ihm gesagt, dass Consorte sie verlassen habe und sie damit erst einmal fertig werden müsse, um entscheiden zu können, ob sie weiter bei ihm bleiben wolle.

Als der tote Consorte entdeckt worden sei, habe Fabrizio gelacht und behauptet, nur Schwächlinge würden Selbstmord begehen. In der Folgezeit habe sie versucht, normal weiterzuleben, und noch mehr Valium geschluckt als vor der Tat. Federica Galante, die nichts von der Affäre gewusst hätte, habe sie dann wegen der Beerdigung in Pizzoli angerufen.

Und an Consortes Grab sei Manuela Cecamore auf einmal klar geworden, dass sie nicht mehr leben wolle.

Finale Paolos Bericht in der Zeitung schlug wie eine Bombe ins demokratische Bewusstsein der Italiener ein. Grundsätzlich von den Machenschaften ihrer politischen Klasse abgehärtet, überstieg die Tatsache, dass der bis dahin für unabhängig gehaltene und zum Großteil aus Steuergeldern finanzierte Sender RAI durch Korruption zum Spielball des reichsten Mannes des Landes geworden war, ihre Bereitschaft zur Toleranz. Prosperinis Beteuerungen, er kenne Giovanni Leone kaum, geschweige denn seine Verbindungen zur Mafia, vermochten niemanden zu überzeugen, zumal Paolo dank genauer Informationen vonseiten Bonfás über sämtliche Zeugenaussagen eine Woche lang die täglich wechselnden Verteidigungsargumente des Medienzars mit präzisen Gegenbeweisen widerlegen konnte.

Leone selbst, der ebenfalls festgenommen wurde, sang zu allem Überfluss wie ein Engel und stellte Prosperini als den Geld- und Ideengeber für sämtliche Mafiaaktivitäten im politischen Bereich an den Pranger, was Paolo ebenfalls als erster Journalist von Polizeipräsident Alberto Libero erfuhr und umgehend veröffentlichte.

Patrizio Vespucci, der sich hinter dem nahezu unbezwingbaren Schutzwall parlamentarischer Immunität vor dem Zugriff der Justiz zunächst verstecken konnte, wurde zur Lachnummer der Nation. In unzähligen Karikaturen wurde er als Prosperinis Marionette dargestellt, der der Meister selbst die Fäden durch seine Behauptung abschnitt, er habe ihn immer für einen Dummkopf gehalten, mit dem er nach dessen Austritt aus der FdL keine weitere Zusammenarbeit geplant habe. Dass Vespucci mit Geld und sonstiger Unterstützung Leones sein politisches Fortkommen vorangetrieben habe, beweise zu seinem Entsetzen nur, wie weit die Mafia in sämtliche Bereiche der Gesellschaft einzudringen vermöge, weshalb sie entschiedener denn je bekämpft werden müsse. Er versprach im Fall eines Wahlsieges genau das zu tun, was ihm kein Mensch glaubte.

Vespucci flog umgehend aus dem Verwaltungsrat der RAI, erhielt bei der Wahl weniger als ein Prozent der Stimmen und verschwand als Politiker aus dem Parlament, landete dafür aber auf der Anklagebank in einem gigantischen Antimafiaprozess. Prosperini entkam wie immer einer Anklage, musste sich aber mit nur der Hälfte der erwarteten Stimmen und den Oppositionssitzen für seine FdL im Parlament abfinden.

Mediapoll wurde von einem russischen Finanzinvestor aufgekauft, der im Fernsehen dem staunenden italienischen Volk lächelnd erklärte, wie sehr es in der heutigen Zeit darauf ankomme, das hohe Gut der Demokratie und damit der freien Meinungsbildung zu schützen. Er als unbefangener Außenseiter sehe sich als prädestiniert für diese Aufgabe. In Zukunft werde er sehr genau darauf achten, dass bei Mediapoll jedwede Anbindung an politische Parteien, sei es finanzieller, sei es persönlicher Natur, unterbleibe. Aus den Erfahrungen in seinem eigenen Land wisse er, wie schwierig diese Aufgabe sei. RAI versuchte den Vertrag mit dem Meinungsforschungsinstitut wegen des Eigentümerwechsels vorzeitig aufzukündigen, was dem Sender jedoch misslang.

RAI-Nachrichtenchef Enrico di Gregori verlor neben seinem Posten auch für zwei Jahre seine Freiheit wegen Steuerhinterziehung und Bestechlichkeit. Rita Bevilacqua verschwand nach dem Verkauf der Firma von der Bildfläche. Federica Galante hingegen feierte mit ihren Bildern Triumphe und erhielt endlich auch die ihr zustehende Anerkennung in ihrem Heimatland. Ihre Ausstellungen bestritt sie von da an immer zusammen mit Simone Talenti, dem sie dadurch ebenfalls den Weg in die internationale Kunstszene ebnete.

Manuela Cecamore wurde zu zehn Jahren Haft verurteilt und schrieb im Gefängnis einen kitschigen Roman über unerfüllte Liebe, für den sie sogar einen Verleger und zahlreiche Käufer fand.

Leda schließlich flog mit Paolo und Marco über Weihnachten tatsächlich zu Flavia und Alessandro in die USA. Dort warf sie in den erstaunlich guten italienischen Restaurants wieder all ihre Diätvorsätze über Bord und verschob sie auf das nächste Jahr.

Andrea Isari
Römische Affären
Roman. 288 Seiten.
Piper Taschenbuch

Am Tiberufer wird die Leiche des anscheinend unbescholtenen Bankinspektors Gianpiero Puccio gefunden. Vor seinem Tod hat er noch versucht, Kontakt mit der Polizei aufzunehmen. Warum mußte er sterben? Ein Fall für Leda Giallo, die liebenswerte und eigenwillige Kommissarin, die eine große Schwäche für kulinarische Genüsse hat und sich nicht um weibliche Gardemaße schert. Bei ihren Ermittlungen stößt sie in ein echtes Wespennest von kriminellen Machenschaften. Denn die Spuren laufen auf mehr als eine seltsame Verbindung zwischen der Banca di Credito und dem Vatikan zu ... Ein atmosphärisch dichtes und spannendes Krimidebüt, das die Leser in die historischen Kulissen der Ewigen Stadt entführt.

Gisa Pauly
Die Tote am Watt
Ein Sylt-Krimi. 352 Seiten.
Piper Taschenbuch

Ein furchtbarer Mord auf der Ferieninsel Sylt! Eine vermögende Witwe wird erdrosselt aufgefunden. Eigentlich müsste der Täter per DNA-Analyse schnell zu überführen sein, weshalb Hauptkommissar Erik Wolf auf eine rasche Lösung hofft. Mamma Carlotta jedoch, seine italienische Schwiegermutter, die derzeit zu Besuch ist, hält wenig von solchen modernen Ermittlungsmethoden. Viel lieber verlässt sie sich auf ihre weibliche Intuition. Mit italienischem Charme und zum Schreck der Beamten mischt sie sich in die Ermittlungen ein. Dabei bringt sie sich selbst in Lebensgefahr ...
Atmosphärisch, spannend und humorvoll erzählt Gisa Pauly von Mamma Carlottas erstem Fall, bei dem das italienische Temperament mit dem norddeutschen mehr als einmal zusammenprallt.